SUCCÈS MORTEL

MIRANDA JAMES

Le Chat du bibliothécaire

SUCCÈS MORTEL

Traduit de l'anglais (États-Unis)
par Guillaume Le Pennec

J'AI LU

Titre original
MURDER PAST DUE

Éditeur original
Berkley Prime Crime, published by Berkley,
an imprint of the Penguin Random House LLC.

1

Un ouragan avait traversé ma cuisine, ce matin-là. Un ouragan nommé Justin.

Je soupirai en contemplant l'étendue des dégâts post-petit déjeuner de mon pensionnaire. Qu'est-ce qui lui avait pris ?

Une brique de lait avait été abandonnée sur la table, de même qu'un bol, une cuiller et un paquet de céréales grand ouvert. Ces dernières étaient éparpillées un peu partout. Des éclaboussures de lait étaient quant à elles visibles autour du bol et d'une assiette contenant les restes d'un toast.

Du coin de l'œil, j'aperçus un beurrier laissé en plein soleil, sans couvercle, et un sachet de pain de mie dénoué. Deux tranches avaient été glissées dans le grille-pain, mais Justin semblait avoir oublié d'abaisser la manette. Je m'approchai de l'évier pour récupérer mon journal ; Justin avait réussi à répandre de l'eau en travers des pages, désormais collées les unes aux autres. J'avais bien fait de le lire plus tôt dans la matinée.

Je pris quelques secondes pour regarder par la fenêtre et contempler le jardin, le temps de recouvrer mon calme. Puis je reportai mon attention sur la pièce. Bon, ce n'était peut-être pas un ouragan, plutôt une perturbation tropicale – certes horripilante mais mineure. Je n'étais pas de ces maniaques de la propreté qui vous font une syncope au moindre semblant de bazar. Comme la plupart des hommes, je peux me montrer désordonné… Enfin, je préfère largement quand tout est propre et bien rangé.

En l'occurrence, je n'avais pas de raison de m'agacer pour si peu. Justin avait peut-être failli être en retard pour son premier cours. Ceci dit, le campus de l'université d'Athena n'était qu'à trois pâtés de maisons. En courant, il pouvait y être en moins de cinq minutes.

Ce comportement ne lui ressemblait pas, et c'était bien ce qui me perturbait le plus. Cela faisait deux mois que le jeune homme de dix-huit ans habitait chez moi et il rangeait généralement derrière lui. Ces derniers temps, cependant, il avait cessé de faire attention, il laissait traîner ses affaires et ne nettoyait plus la cuisine après ses repas.

J'aurais peut-être dû m'y attendre quand j'avais assoupli la règle consistant à n'offrir le gîte qu'aux étudiants plus âgés – de préférence ceux de dernier cycle, qui étaient généralement bien trop concentrés sur leurs études pour causer le moindre souci. Je tenais à cette existence tranquille et ordonnée que j'avais mise en place ces trois dernières années.

Si j'avais accepté Justin, c'était pour rendre service à une vieille amie : sa mère. Julia Wardlaw et moi nous étions connus au lycée. Selon Julia, en tant que fils unique, Justin n'était pas prêt à vivre le chahut propre aux résidences universitaires. Aussi tenait-elle à ce qu'il bénéficie d'une atmosphère plus calme et plus douillette pour sa première année de fac.

Après l'interrogatoire serré qu'elle m'avait fait passer, je m'étais presque senti honoré de la voir me confier son précieux chérubin.

Une grosse patte vint s'appuyer contre ma jambe. Je baissai les yeux vers Diesel, mon maine coon âgé de deux ans, qui fit entendre un ronron compatissant. Puis il ôta sa patte et me dévisagea.

— Je sais, Diesel, dis-je en secouant la tête. Justin a un problème, sans quoi il ne se comporterait pas de la sorte.

Diesel me répondit par un nouveau gazouillement – nombre de spécimens de cette race ne miaulent pas, à la différence des autres – et je m'accroupis pour lui caresser la tête. Il arborait toujours sa fourrure d'été, douce comme du duvet. Son encolure et sa queue étaient moins épaisses qu'elles ne le seraient durant les mois froids à venir. Les touffes situées à la pointe de ses oreilles étaient d'autant plus visibles qu'il levait les yeux vers moi, arborant une expression patiente. Il avait un pelage gris zébré de noir et, à deux ans et une douzaine de kilos seulement, il n'avait pas encore atteint sa taille adulte. Avec leur large poitrail et leur silhouette musculeuse, les maine coon sont un peu les rugbymen du monde félin.

— On va avoir une petite discussion avec notre pensionnaire, dis-je.

Diesel appréciait le jeune homme et lui rendait souvent visite dans sa chambre, au deuxième étage.

— Tu imagines la réaction d'Azalea si elle débarquait un matin pour trouver un tel désordre ? Elle nous ferait la peau, à Justin et moi !

Diesel répondit à mon air chagriné par un regard solennel.

Azalea Berry, la gouvernante dont j'avais hérité en même temps que la maison, à la mort de ma chère tante Dottie, avait des idées très strictes quant à l'entretien d'une habitation. Elle avait aussi une opinion très arrêtée sur les chats imposants en tant qu'animaux de compagnie. Malgré tout, Diesel et Azalea étaient parvenus à une forme de cohabitation apaisée peu après que je l'eus ramené à la maison, deux ans plus tôt. Même jeune chaton, Diesel avait deviné l'antipathie que ressentait Azalea à l'égard des félins.

Si elle était plus tolérante envers les étudiants, elle n'aurait pas pour autant permis à Justin de laisser la cuisine dans un tel état. Peut-être pourrais-je aider le garçon à régler son problème, quel qu'il soit, avant qu'il recommence et qu'Azalea lui tombe dessus.

Difficile toutefois de blâmer la gouvernante pour sa dévotion envers cette demeure, car tante Dottie n'avait pas regardé à la dépense – ni ménagé ses talents de décoratrice – à propos de ce qu'elle considérait comme le cœur de tout foyer. La cuisine, située dans la partie sud-est de la maison, était éclairée par le soleil qui brillait à travers de grandes fenêtres. La lumière se répandait dans toute la pièce, renforcée par le jaune pâle des murs et le blanc du carrelage. Les placards, eux, se paraient d'un bleu délicat qui s'harmonisait avec les nuances plus foncées de la table et des chaises.

Je pouvais presque humer l'arôme des biscuits au gingembre que tante Dottie me préparait quand j'étais enfant. Cette pièce n'avait connu que de bons souvenirs mais, l'espace d'un instant, je sentis enfler en moi la peine liée à la perte de ma chère tante et de mon épouse bien-aimée, Jackie. Elles étaient mortes à seulement quelques semaines d'intervalle, trois ans plus tôt. Je les imaginais assises ici, occupées à discuter joyeusement.

Je sortis de ma rêverie et croisai de nouveau le regard de Diesel. J'aurais juré y lire de la compassion.

— Oublions ça, dis-je.

Il agita la queue, puis se retourna et repartit en direction de la buanderie, où se trouvait sa litière.

Je me lançai quant à moi dans le nettoyage de la cuisine. Au moment où je rangeai le paquet de céréales, Justin réapparut.

— Monsieur Charlie, dit-il en se figeant sur le seuil. J'allais débarrasser.

Son sac à dos usé dans une main, il repoussa de l'autre les cheveux bruns qui lui retombaient sur les yeux. Ce gamin avait besoin d'une visite chez le coiffeur… ou d'un élastique pour se faire une queue de cheval.

Diesel, de retour, se frotta contre le jean de son ami. Justin s'accroupit pour lui gratter gentiment le crâne, sans toutefois cesser de m'observer entre ses mèches.

— Je te croyais parti en cours, dis-je. Si Azalea était de passage aujourd'hui, elle aurait eu quelques mots à te dire sur l'état dans lequel tu as laissé la pièce.

J'avais parlé d'une voix tranquille mais je vis Justin rougir. Il baissa la tête et sa tignasse retomba en avant, dissimulant ses traits. Il marmonna quelque chose en se redressant. Assis à ses pieds, Diesel le dévisageait attentivement.

— Pardon ?

— Désolé, répéta plus distinctement Justin avec un haussement d'épaules tout en esquivant mon regard. Je comptais vraiment ranger derrière moi mais j'ai pas vu le temps passer.

Il lança un coup d'œil dans ma direction avant de regarder de nouveau ses chaussures.

— Ce n'est pas grave, Justin. Mais j'ai l'impression que tu as l'esprit ailleurs depuis quelques jours. Ça ne te ressemble pas.

Il haussa de nouveau les épaules.

— Bon, je vais être en retard. Salut, Diesel.

Il se détourna et disparut dans le couloir. Quelques instants plus tard, il ouvrit la porte d'entrée, et je fus soulagé de ne pas l'entendre claquer.

Il fallait vraiment que nous ayons une petite discussion, Justin et moi. Quelque chose le tracassait et il était à la limite de l'impolitesse. Depuis deux mois qu'il habitait ici, et à défaut d'être le jeune homme le plus sociable du monde, il s'était toujours montré poli. Jusqu'à récemment.

Moi-même papa de deux anciens adolescents, je savais qu'un changement de comportement pouvait être le signe de toutes sortes de problèmes. J'espérais qu'il ne s'agissait pas d'une histoire de drogue. Si tel était le cas, son père, un pasteur évangélique du genre conservateur, le délogerait sans doute de l'université pour le ramener de force à la maison. Julia ne serait pas ravie non plus et me reprocherait peut-être même de l'avoir laissé s'attirer des ennuis.

En principe, je n'avais aucune envie de me mêler de la vie de mes pensionnaires. Si le problème de Justin était sérieux, il devrait retourner chez ses parents. Je n'étais pas prêt à faire face à ce genre de difficultés.

Diesel m'accompagna jusqu'à la patère près de la porte de derrière, où je décrochai sa laisse et son harnais. Il se mit à ronronner tandis que je le préparais à sortir, avec ce grondement de moteur caractéristique qui lui avait valu son nom. Il adorait m'accompagner au travail.

— Laisse-moi récupérer mon manteau et ma sacoche, dis-je.

Je m'assurai qu'il n'y avait pas de tache de café ou de nourriture sur ma cravate, ni de poils de chat sur mon pantalon. Pourquoi les couleurs sombres les attiraient-elles comme de vrais aimants ? Après un rapide coup de brosse, Diesel et moi fûmes prêts.

Au fil des deux dernières années, depuis le jour où j'avais trouvé un chaton grelottant sur le parking de la bibliothèque municipale, la plupart des habitants de ma ville natale d'Athena, dans le Mississippi, avaient pris l'habitude de me voir le promener en laisse. Comme Diesel grandissait, certains s'étaient demandé s'il n'avait pas du sang de lynx. En réalité, personne ici – moi compris – n'avait jamais vu de maine coon. Alors qu'allaient-ils penser lorsqu'il aurait atteint sa taille adulte un an plus tard ? Je n'en avais aucune idée.

Des inconnus nous arrêtaient parfois dans la rue pour me demander s'il s'agissait d'un chien à l'aspect bizarre. Et – promis, juré ! – Diesel prenait alors un air offensé. C'était un animal très sociable, qui n'avait toutefois que peu de patience avec la bêtise des autres. Un trait de caractère que, à titre personnel, je trouvais très attachant.

Une fois dehors, je captai un léger parfum de bois brûlé dans l'air frais automnal. C'était encore un peu tôt pour allumer la cheminée, mais l'un de mes voisins n'était de toute évidence pas d'accord. L'odeur me rappelait l'époque où je passais les froides journées d'hiver près du feu, chez mes parents.

Les maisons dans ma rue avaient toutes plus d'un siècle, la plupart étant occupées par les mêmes familles depuis des générations. L'architecture élégante, l'aménagement paysager à l'ancienne et l'impression d'habiter un quartier authentique m'avaient apporté un sentiment de sécurité bienvenu après la perte de ma femme.

Je chassai Jackie de mes pensées et me mis en route, précédé de quelques pas par Diesel. Le campus de l'université d'Athena – où nous nous rendions ce matin-là – se trouvait à trois pâtés de maisons vers l'est. Une promenade qui aurait dû prendre cinq minutes en demandait généralement quinze ou vingt. Diesel et moi nous arrêtions plusieurs fois pour que ses nombreux admirateurs puissent le saluer. Il se laissait faire sans sourciller, ses roucoulements et ses ronronnements faisant naître des sourires sur bien des visages, le mien compris. Une ou deux personnes me gratifiaient même en général d'un « bonjour, Charlie », ce qui m'évitait de me sentir complètement oublié.

Jordan Thompson, la propriétaire de *L'Athenaeum*, notre librairie indépendante locale, était de sortie pour son footing matinal. Elle nous fit un signe de la main en nous dépassant à toute vitesse. J'étais bien obligé d'admirer son esprit sportif. J'aurais aimé pouvoir l'imiter.

Diesel et moi arrivâmes à destination à l'instant même où Rick Tackett, le responsable logistique des deux bâtiments qui composaient la bibliothèque, ouvrait la porte d'entrée. Huit heures pile, pas une seconde plus tôt. Nous étions sur la véranda du manoir d'inspiration grecque, construit avant la guerre de Sécession, qui abritait désormais les bureaux administratifs, les archives et la collection de livres rares. Le bâtiment principal, à savoir la bibliothèque Hawksworth, se trouvait juste à côté.

Rick répondit à mon salut par un hochement de tête puis s'écarta pour nous laisser entrer. Âgé d'une dizaine d'années de plus que moi, Rick était agréable mais peu enclin à la conversation. Il passait l'essentiel de son temps dans l'unité Hawksworth, si bien que je ne le voyais qu'occasionnellement.

Diesel s'engagea en premier dans l'escalier central, en direction du premier étage. Arrivé sur le palier, il tourna à gauche et s'arrêta face à une porte vitrée, sur laquelle s'étalaient en lettres d'or les mots ARCHIVES DES LIVRES RARES.

Une fois la porte déverrouillée et ouverte, je lâchai Diesel et fis le tour de la salle pour allumer les lumières. Pendant ce temps, mon chat s'installa sur son perchoir préféré : un coussin posé sur le large bord de la fenêtre derrière mon bureau. Je détachai la laisse de son harnais, l'enroulai sur elle-même et la plaçai à côté de son coussin.

Diesel se mit à ronronner. Je rangeai mon manteau et ma sacoche, m'installai à mon bureau, allumai l'ordinateur et commençai à organiser mentalement les heures à venir.

Je travaillais sur place deux jours par semaine en tant que catalogueur et archiviste, même si j'aimais trop ce que je faisais pour vraiment parler de « travail ». Durant ma carrière de bibliothécaire à Houston, j'avais dévoué l'essentiel de mon temps à l'administratif. Après une si longue période consacrée aux budgets et à la gestion du personnel, c'était le paradis de pouvoir de nouveau cataloguer des livres.

En somme, je me sentais parfaitement à ma place en compagnie de Diesel et des livres rares.

J'avais à peine commencé la lecture de mes e-mails que j'entendis frapper à la porte.

— Bonjour, Charlie.

Melba Gilley entra dans la salle, aussi sculpturale et racée qu'à l'époque du lycée. J'aimais beaucoup Melba, et elle aussi m'appréciait. À ce stade toutefois, renouer nos liens amicaux nous suffisait amplement. Je ne me sentais pas prêt à rencontrer quelqu'un. D'ailleurs, à présent que j'approchais de la cinquantaine, j'ignorais si je le serais un jour et, si oui, quand. Je ne tenais pas à connaître les complications émotionnelles qui iraient de pair avec une nouvelle relation.

— Salut, Melba. Quoi de neuf ?

Elle se laissa tomber sur le siège à côté de mon bureau et chassa une poussière invisible sur son tailleur couleur aubergine avant de répondre :

— J'ai hâte. Pas toi ?

Elle porta son attention sur la fenêtre derrière moi.

— Salut à toi, adorable Diesel.

Celui-ci répondit par une sorte de roucoulement sans pour autant quitter son coussin.

— Hâte de quoi ? demandai-je, les sourcils froncés.

Avais-je oublié quelque chose d'important ?

— La grande réception de ce soir. De quoi d'autre voudrais-tu que je parle ? sourit Melba. Ce n'est pas tous les jours qu'Athena accueille l'un de ses enfants chéris.

— Ah, ça, dis-je. Tu parles...

Elle secoua la tête.

— Charlie Harris, tu ne me feras pas croire que tu n'es pas curieux de voir ce qu'est devenu Godfrey Priest après toutes ces années. Je sais bien que vous ne vous entendiez pas au lycée, mais tu dois quand même avoir envie de contempler un si célèbre auteur en chair et en os, ajouta-t-elle avec un petit rire.

Je pris un air faussement affligé.

— C'était un abruti il y a trente-deux ans. Il est sans doute encore pire aujourd'hui, sauf que, en prime, il est riche.

— Il s'est marié quatre fois, précisa Melba. C'est en tout cas ce qui se dit. J'imagine qu'avec tout ce que lui rapportent ses livres il a les moyens de payer les pensions alimentaires.

— Je n'ai pas contribué à le renflouer, répondis-je. Du moins pas depuis la sortie de ses premiers bouquins.

— Ah, donc tu as bien lu certains de ses romans ! s'exclama une Melba quasi triomphante.

— Je l'avoue. J'étais curieux, comme tous les habitants d'Athena. Et les premiers m'ont bien plu d'ailleurs. Très distrayants. Mais quand Godfrey a commencé à écrire des policiers violents aux intrigues de moins en moins crédibles…, fis-je avec une grimace qui témoignait de ma répugnance. Sans parler des violences faites aux femmes qu'il y décrivait. Ne me dis pas que tu le lis encore ?

Melba hocha la tête.

— Non, j'ai arrêté depuis plusieurs tomes déjà. Pour les mêmes raisons que toi.

— Alors de quoi as-tu hâte ?

— C'est un auteur de best-sellers, une célébrité, répondit Melba. On ne peut pas dire que la ville en voie défiler beaucoup, non ? Il ne se passe jamais rien de palpitant ici.

Je levai les yeux au ciel.

— Tu n'as tout de même pas oublié la fois où Roberta Hill a repeint son mari à la bombe de peinture rose après l'avoir trouvé nu et ivre mort dans la caravane de Liz Graham ? J'ai entendu dire que c'était plutôt *palpitant*, surtout quand il s'est réveillé et l'a coursée avec une hache dans l'artère principale.

Melba éclata d'un grand rire.

— Oh, Charlie, j'aurais vraiment aimé que tu sois là ! Je n'avais jamais rien vu d'aussi drôle de toute ma vie. Delbert, entièrement rose, avec son service trois-pièces qui s'agitait. Je sortais de la banque quand sa femme et lui sont passés en courant devant moi. Il a de la chance que Roberta n'ait pas fait pire, comme lui couper le zizi.

Je ris à mon tour, en essayant de ne pas me représenter la scène avec trop de précision. J'entendis Diesel ronronner dans mon dos, comme s'il s'amusait avec nous.

Le téléphone portable de Melba sonna. Avec une moue, elle le sortit de l'étui porté à sa ceinture. Elle maniait l'appareil comme un as de la gâchette et le fit tournoyer entre ses doigts avant de l'immobiliser pour lire l'écran.

— Sa Majesté me réclame.

Elle prit l'appel pour assurer à notre patron qu'elle le rejoindrait dans un instant. Puis elle mit fin à la conversation, rengaina l'appareil avec une nouvelle pirouette et se leva.

— Bon, le devoir m'appelle. Franchement, je crois qu'il n'arriverait pas à trouver son propre popotin si je n'étais pas là pour lui montrer où il est, commenta-t-elle avec un petit rire moqueur.

— Voilà ce qui fait de toi une assistante vraiment remarquable, dis-je. Tu connais la place de chaque chose.

— À plus tard, répondit-elle avec un sourire.

Je laissai échapper un petit rire.

Peter Vanderkeller, le directeur de la bibliothèque, ne ressemblait à rien tant qu'à un râteau de jardinage. Ses pieds taille quarante-huit semblaient disproportionnés par rapport à sa silhouette s'étirant sur un mètre quatre-vingt-treize. Melba jurait ne l'avoir jamais vu avaler quoi que ce soit et j'avais plutôt tendance à la croire ; je ne l'avais jamais vu porter autre chose à sa bouche que le stylo ou le crayon qu'il mâchait systématiquement durant les réunions.

Le silence qui suivit le départ de Melba était agréable. Disons que « discrète » n'était pas l'adjectif que la plupart des gens auraient choisi pour la décrire.

Je retournai à mes e-mails et me forçai à lire la dépêche hebdomadaire du général Peter à ses troupes, comme nous la surnommions un peu méchamment entre employés. L'année dernière, à Halloween, plusieurs d'entre nous étaient arrivés en uniforme pour une réunion d'équipe. Peter n'avait pas compris la plaisanterie ; il ne captait jamais ce genre de choses. J'en avais parfois de la peine pour lui.

Le sujet du sermon de la semaine était le recyclage. Peter exhortait chacun à cesser d'apporter de l'eau en bouteille pour la remplacer par celle, filtrée, de la salle de repos du personnel. Je coulai un regard vers ma sacoche. Elle contenait habituellement au moins deux bouteilles d'eau. Je pris la décision de les remplir dorénavant au robinet quand elles seraient vides. Cela satisferait peut-être le patron.

Le dernier message que je lus était un rappel au sujet de la réception prévue le soir même au domicile du président de l'université, en l'honneur de notre célébrité. Je m'étais dit que je n'irais pas mais je savais bien que ma curiosité l'emporterait. J'avais beau détester Godfrey Priest, j'avais envie de voir ce qu'il était devenu après tout ce temps.

À l'époque du lycée, je m'étais laissé intimider par ce type. Il était plus grand et plus beau que moi, toujours à se vanter de son succès auprès des filles. Nous n'avions jamais été amis, que ce soit au lycée ou à la fac – l'université d'Athena. Tout cela remontait à loin, toutefois. Le passé était largement digéré, non ?

Peut-être pas.

Si la meilleure des revanches consistait, comme le disaient certains, à mener une existence heureuse, je tenais à montrer à cet imbécile que j'allais bien.

Je secouai la tête face à ma propre sottise et me détournai de l'ordinateur pour fouiller dans les papiers sur mon bureau. Où avais-je mis cette lettre ? Je soulevai une ou deux des piles de documents jusqu'à retrouver ce que je cherchais.

En plus de l'inventaire des œuvres, j'étais aussi chargé de certaines questions de documentation en lien avec l'historique de l'école, les archives et livres rares de la bibliothèque. La veille, j'avais reçu une demande de la part d'une dame âgée de Vicksburg, qui tentait de localiser une brindille perdue de son arbre généalogique. Ladite brindille était censée avoir fréquenté l'université d'Athena dans les années 1840, peu après son inauguration.

Je balayai le courrier du regard jusqu'à trouver le nom que je cherchais. Je reposai la lettre et me dirigeai vers une étagère à gauche de la porte, en quête d'un vieux registre d'inscriptions susceptible de répondre à la question. J'espérais bien un jour obtenir la subvention nécessaire à la numérisation des archives mais, en attendant, je devais travailler à l'ancienne.

Je sortis le livre et tournai précautionneusement les pages jusqu'aux années concernées.

Des sons me parvenaient depuis d'autres endroits du bâtiment. L'acoustique se comportait souvent bizarrement, le grand escalier et l'immense plafond du hall d'entrée servant de caisses de résonance aux voix des uns et des autres.

Tandis que j'inspectais l'écriture précise mais minuscule du registre concerné, à la recherche d'un dénommé Bushrod Kennington, je captai des bribes de conversation. Tout à ma tâche, je ne leur accordai guère d'attention. Mais les termes « meurtre » et « Priest » me firent soudain tendre l'oreille.

2

J'écoutai attentivement mais sans pouvoir discerner autre chose. Puis les voix s'évanouirent.

Je trouvai l'incident étrangement perturbant, sans pouvoir expliquer pourquoi. Je supposais que la conversation tournait autour de Godfrey Priest, puisqu'il constituait un sujet de choix à Athena, ces jours-ci. Entendre le mot « meurtre » associé à son nom n'était pas si étrange. Il était, après tout, auteur de romans policiers.

Je me détendis et repris mes recherches jusqu'à localiser le vieux Bushrod.

De retour à mon bureau, je pris quelques notes, avec l'idée de répondre au courrier après le déjeuner. J'avais prévu de dédier la matinée au catalogage. Je récupérai le chariot de livres sur lequel je travaillais précédemment et sortis le premier ouvrage en attente de classement. Après l'avoir inscrit dans le module dédié de notre système de gestion, j'entamai un examen plus poussé.

Ce volume, qui faisait partie d'une collection d'ouvrages médicaux du XIXe siècle, était un essai sur le travail des sages-femmes écrit en 1807 par un certain Thomas Denman. La reliure était en excellent état, mais j'ouvris néanmoins le livre avec un luxe de précautions, comme toujours. À force, j'avais pris l'habitude de manipuler des éditions vieilles de deux siècles, voire plus. Je ne pouvais m'empêcher de m'émerveiller en les touchant. Si résistantes, capables de survivre au temps si on en prenait soin, et à la fois si fragiles, si faciles à détruire... Une légère odeur de renfermé titilla mes narines tandis que je caressais du bout des doigts le papier frais et soyeux.

Le plus amusant lorsqu'il s'agissait de cataloguer un texte aussi ancien était de noter tout ce qui, sur cet exemplaire – inscriptions, cachets, annotations –, le distinguait des autres. Sur la page de garde de celui-ci, la date d'achat et le nom de son précédent propriétaire étaient inscrits à l'encre désormais délavée :

Dr Francis Henshall, 18 mars 1809

En poursuivant mon examen, je trouvais d'autres notes écrites de la même main. Le Dr Henshall avait ajouté au texte des commentaires fondés sur ses propres patients.

Je me tournai vers l'ordinateur en quête de la fiche d'information, qui avait été téléchargée dans notre système depuis une base de données bibliographique. Toutes les infos essentielles étaient présentes : titre, éditeur, date, etc. J'y ajoutai les notes pour identifier cet exemplaire précis.

Plongé dans mon travail, je sursautai en entendant soudain quelqu'un se racler la gorge de l'autre côté de mon bureau. Je ravalai mon agacement d'être ainsi interrompu et tournai la tête vers le nouveau venu. Puis j'écarquillai les yeux de surprise en le reconnaissant.

Je sauvegardai à la hâte mon travail en marmonnant :

— Un instant, je vous prie.

— Prends ton temps, Charlie, tonna Godfrey Priest d'une voix qui fit voler en éclats le silence de la salle.

À côté de moi, Diesel s'étira et bâilla. Toujours ravi d'avoir de la visite, il sauta au bas de son perchoir pour accueillir l'écrivain.

Que venait-il faire ici ? Nous n'avions jamais été proches, ni au lycée, ni à la fac. Alors pourquoi me rendre visite ?

— Bonjour, Godfrey, dis-je en me levant.

Je fis le tour du bureau pour lui serrer la main, Diesel sur les talons.

— Ça fait longtemps, ajoutai-je.

— Comme tu dis, répondit Godfrey d'une voix toujours joviale.

Il saisit ma paume et la serra avec vigueur.

— Tu as l'air en forme.

— Toi aussi, répondis-je en tâchant de ne pas grimacer.

Quand Godfrey libéra ma main, j'agitai discrètement mes doigts endoloris.

Il était plus grand encore que dans mon souvenir. Je compris pourquoi en baissant les yeux sur ses pieds : il portait une onéreuse paire de santiags dont les talons ajoutaient cinq bons centimètres à son mètre quatre-vingt-treize.

— C'est quoi, ça ? Un chat ? s'étonna-t-il en regardant Diesel faire lentement le tour de ses jambes.

Visiblement déçu, le félin remonta sur son coussin devant la fenêtre. Puis, dans un nouveau bâillement, il nous tourna le dos et se rallongea pour faire une sieste. Je lui donnerai une friandise en récompense.

— C'est un maine coon, dis-je. Ils sont plus grands que la majorité des chats.

— C'est la première fois que je me fais snober par un matou.

Godfrey se mit à rire mais son expression laissait transparaître une forme d'agacement.

— D'habitude ils m'adorent, ils sentent que j'ai un truc avec eux.

Je tentais de ne pas rire.

— Diesel n'accroche pas avec tout le monde. Ne t'en offusque pas.

Je poursuivis mon examen à la dérobée. Godfrey et moi avions le même âge, mais il paraissait avoir bien dix ans de plus. Il avait la peau tannée et des années d'exposition au soleil avaient tracé des rides sur le pourtour de ses yeux. Sa chevelure aussi avait souffert, désormais réduite à une tignasse de brins de paille décolorés. Ses vêtements de marque et la Rolex à l'épais bracelet en or qu'il consulta de manière ostentatoire témoignaient de sa réussite financière.

— Que puis-je faire pour toi, Godfrey ? demandai-je en reprenant ma place et en lui faisant signe de s'asseoir. Tu es venu évoquer le bon vieux temps ?

Il cala sa silhouette longiligne sur la chaise et croisa les bras.

— Je sais de source sûre que c'est toi l'archiviste ici, répondit-il en refusant de relever ma petite pique.

Toujours aussi pompeux.

— C'est exact, répondis-je.

J'attendis sans rien dire.

Godfrey porta son attention sur Diesel, qui dormait derrière moi.

— Et ils te laissent amener cet animal sur ton lieu de travail ?

Je le vis crisper les doigts comme il balayait la pièce du regard. Il paraissait nerveux sans que je puisse en deviner la raison.

— Comme tu peux le constater, dis-je.

Le rouge lui monta aux joues et il tourna la tête vers moi. Je me souvins qu'il n'avait jamais beaucoup apprécié les sarcasmes, et encore moins quand il était visé.

— Quand est-ce que tu es revenu à Athena ? s'enquit-il. Je ne repasse pas très souvent, j'ai un emploi du temps trop exigeant : tournée des libraires, interviews, réunions à Hollywood avec des producteurs…

Il observa de nouveau la salle. Allait-il finir par m'avouer le but de sa visite ? Combien de vantardises allais-je encore devoir subir ?

— Il y a trois ans, répondis-je en essayant de ne pas montrer mon impatience.

S'imaginait-il que sa vie bien remplie allait m'impressionner ?

— Peu après la mort de ma femme, ma tante m'a légué sa maison en ville, ajoutai-je.

— Dottie ? demanda Godfrey, les sourcils froncés. Donc elle aussi est morte ?

— Quelque temps après ma femme.

— Désolé pour toi. Deux décès aussi rapprochés, c'est rude.

— Ç'a été dur, confirmai-je.

Puis un souvenir me revint en mémoire.

— Tu as habité chez ma tante pendant deux ou trois semestres, non ?

Godfrey opina du chef.

— Durant ma dernière année. Mes parents avaient vendu leur pavillon et déménagé pour Fairhope, en Alabama. Quant à moi, j'en avais assez de la résidence universitaire. J'ai eu de la chance que Dottie ait une chambre de libre. C'était une femme fantastique, ajouta-t-il avec un sourire nostalgique qui adoucit son expression.

— Sans aucun doute.

Je ne me souvenais pas avoir vu cette facette de Godfrey auparavant. Il avait de toute évidence eu de l'affection pour ma parente.

— Tu as beaucoup de succès, ces derniers temps, dis-je. Tous tes livres se classent parmi les best-sellers. Belle performance.

Le sourire de l'écrivain laissa la place à une grimace suffisante.

— Merci. Mes sept derniers romans figuraient en tête des ventes dès leur parution, déclara Godfrey. C'est d'ailleurs plus ou moins pour ça que je suis là.

— J'ai entendu dire que tu allais recevoir un prix en tant qu'ancien élève ayant fait carrière.

Godfrey hocha la tête.

— Ce n'est pas ce que je voulais dire, même si c'est officiellement pour cette raison que je suis de retour en ville. Non, je parlais du fait que je sois venu te parler.

Enfin !

— À savoir ?

— Les archives, répondit Godfrey. Je vais faire don de mes textes aux archives de l'université. J'ai prévu de l'annoncer ce soir au dîner. Comment est-ce que l'on procède ? demanda-t-il, son regard planté dans le mien.

L'administration de la bibliothèque serait ravie d'un tel cadeau et c'était selon moi une excellente idée. À une condition.

— Je suis certain que l'école serait honorée d'accueillir tes manuscrits, dis-je. Mais en faire don est une chose. Es-tu également prêt à offrir les fonds nécessaires à la préparation, au catalogage et à la maintenance ?

— Bien sûr. Qu'est-ce qu'il y a à faire hormis les ranger sur une étagère ? ajouta Godfrey avec un geste de la main en direction des rayonnages. Et de quels montants s'agit-il ? Je pense avoir les moyens.

— Les documents devront être organisés et référencés, dis-je sans relever sa dernière phrase. Cela pourra prendre du temps selon l'ampleur de la collection. Je suis effectivement l'archiviste mais je ne travaille qu'à temps partiel. L'intégration de toutes tes données pourrait prendre des années, en tenant compte des autres livres et collections déjà en attente de traitement.

— Si je vous donnais assez d'argent, vous pourriez engager quelqu'un pour cataloguer mes annales et faire en sorte que ça aille plus vite, non ? Je n'ai pas envie qu'ils prennent la poussière dans un carton.

— Oui, répondis-je. Notre budget est minuscule et nous dépendons largement des dons.

— Combien vous faudra-t-il ?

— Quelle quantité de documents veux-tu envoyer ? demandai-je.

Je lui désignai une boîte posée à côté de lui, à peu près de la taille d'une rame de papier pour ordinateur.

— Ça représenterait combien de boîtes ?

Godfrey contempla l'objet et prit quelques instants avant de répondre :

— Il y a les manuscrits de tous mes romans, et j'en ai publié vingt-trois. Puis il y a ma correspondance, les copies de mes livres en anglais et dans différentes langues.

Il marqua un temps d'arrêt.

— Disons cinquante-quatre cartons.

Une réponse étrangement précise. Avait-il déjà tout emballé ? Il n'imaginait sans doute même pas la possibilité que l'université refuse son cadeau.

— Auxquels tu en ajouteras d'autres, supposai-je tout en faisant quelques calculs mentaux.

— C'est sûr, répondit Godfrey. Je compte bien écrire pendant encore longtemps. Je touche du bois, dit-il en toquant de ses phalanges mon bureau.

Je m'emparai d'un carnet et d'un crayon à papier pour établir un coût approximatif. Quand je lui annonçai le montant, Godfrey n'hésita pas un instant.

— Ça me semble bien, dit-il. Je vous verserai le double, pour qu'on soit sûrs de notre coup. De quoi couvrir les frais pour plusieurs années, n'est-ce pas ?

— Absolument.

Et parce que la voix de mon patron retentissait déjà sous mon crâne, j'ajoutai une phrase attendue, même si elle ne me plaisait guère :

— Tu souhaiteras sans doute également mentionner l'université dans ton testament. Ça ne peut pas faire de mal.

Godfrey se mit à rire.

— C'est un truc que t'es obligé de dire, hein ?

— Oui, admis-je en espérant que l'amertume ne se lisait pas trop sur mon visage.

— Ne t'inquiète pas, j'ai l'habitude. Les gens passent leur temps à me demander de l'argent. J'appellerai mon avocat dans l'après-midi pour qu'il s'en occupe, dit-il avec un sourire.

— Il faudra que tu en parles avec l'équipe administrative ce soir après ton annonce.

Godfrey opina du chef.

L'affaire semblait conclue, mais il ne bougea pas de son siège pour autant. J'attendis sans rien dire.

— Alors, comme ça, tu habites dans la maison de Dottie ? demanda-t-il.

— Oui.

— Tu accueilles à ton tour des étudiants ?

Il avait focalisé son attention vers la fenêtre derrière moi, au pied de laquelle Diesel dormait toujours.

— Oui, répondis-je. C'était son souhait et ce n'est pas si mal d'avoir quelqu'un à la maison maintenant que mes deux grands enfants ont quitté le nid.

Godfrey me regarda, une expression étrange sur le visage.

— Tu as des enfants ?

— Un garçon et une fille. Sean a vingt-sept ans, Laura vingt-trois.

— C'est chouette, dit Godfrey d'une voix douce. D'être parent, je veux dire.

Peut-être avais-je accompli quelque chose que Godfrey n'avait pas su faire. À ma connaissance, il n'avait pas cette expérience. J'avais de la chance, même si je n'étais pas un riche écrivain.

Godfrey pivota légèrement sur son siège.

— Comment sont les pensionnaires ? Ceux qui vivent avec toi ?

— Ce sont tous les deux des jeunes gens sympathiques, répondis-je, déconcerté par la tournure de la conversation.

Pourquoi s'intéressait-il à mes pensionnaires du moment ?

— L'un d'entre eux s'appelle Justin, non ?

Godfrey s'était plongé dans l'examen attentif de ses mains.

— Oui, il y a bien un Justin à la maison. L'autre, Matt, passe actuellement un semestre à Madrid. Il fait des recherches en vue de son mémoire.

Je me sentais de plus en plus mal à l'aise.

— Écoute, Godfrey, si tu me disais ce qui se passe ? Pourquoi toutes ces questions ? Tu connais Justin ?

— Non. Mais j'aimerais bien.

Il marqua une pause, prit une profonde inspiration, puis se tourna pour me regarder en face.

— C'est mon fils, Charlie, mais il ne le sait pas.

3

— Tu es le père de Justin ?

Je dévisageai Godfrey avec l'impression qu'il me faisait une blague de mauvais goût. À l'époque du lycée, il avait une réputation de farceur.

En le voyant hocher la tête, j'acquis pourtant la conviction qu'il était sérieux. Mais pourquoi me dire tout ça ? Simplement parce que Justin logeait chez moi ?

— C'est incroyable…

Un commentaire idiot, mais je ressentais le besoin d'énoncer quelque chose.

— Comme tu dis, répondit Godfrey.

Il baissa de nouveau les yeux sur ses mains avant de poursuivre :

— Il y a encore six mois, je ne savais même pas que j'avais un fils. Je n'arrive pas à croire que Julia ne m'ait jamais rien dit, souffla-t-il avec une note étrange dans la voix.

— Julia Wardlaw ? répondis-je avec l'impression de jouer le rôle du perroquet pas futé.

Godfrey releva la tête.

— Oui. Tu dois te souvenir d'elle. Julia Peterson, à l'époque du lycée. Dieu qu'elle était belle !

Il sourit.

Julia avait effectivement été canon trente ans plus tôt. Je la voyais désormais chaque vendredi soir, quand elle passait récupérer Justin. Les années n'avaient malheureusement pas été clémentes avec elle.

— Tu l'as revue récemment ? demandai-je.

— Non, mais on s'est parlé, répondit Godfrey. Elle m'a écrit via mon site Web pour me parler de Justin. J'ai eu l'impression que le sol s'ouvrait sous mes pieds.

— J'imagine.

La nouvelle apportait un éclairage neuf sur un certain nombre de choses. Quand Julia m'avait amené Justin pour l'aider à emménager, elle avait évoqué sa famille. Visiblement aussi réticente à me parler que moi à l'écouter, elle semblait estimer que c'était malgré tout de son devoir. Justin et son père, Ezra, n'étaient pas d'accord quant au choix de l'établissement. Ezra Wardlaw aurait voulu que Justin étudie dans une petite université religieuse pour devenir pasteur à son tour, mais le jeune homme s'était rebellé, soutenu par sa mère. C'était leur unique enfant, et sa « trahison » – c'était le terme que Julia avait employé en citant son mari – était dure à avaler pour Ezra.

— Ce ne sont pas mes affaires, dis-je à Godfrey, mais tu es certain que Justin est de toi ?

Il me dévisagea comme si j'étais complètement stupide.

— Absolument, dit-il. Tu n'imagines pas que je puisse croire une telle chose sur parole, si ? Je savais que c'était une possibilité, or, dans ma situation, il me fallait des certitudes, donc j'ai insisté pour qu'il y ait un test ADN.

— Naturellement, répondis-je sur un ton ironique. Ce ne sont toujours pas mes affaires mais qu'est-ce que tu comptes faire ?

— Rencontrer Justin, dit Godfrey. Lui parler, lui expliquer la situation. Maintenant que je suis au courant, je tiens à faire partie de sa vie.

Peut-être l'étudiant était-il déjà au courant de l'existence de son célèbre père biologique. Julia aurait pu lui en parler, sachant que Godfrey serait de passage à Athena. D'autant que la nouvelle était parue dans le journal local deux semaines plus tôt.

Cela pouvait expliquer le comportement de Justin ces derniers jours. Apprendre que son père n'était pas Ezra Wardlaw mais Godfrey Priest avait de quoi causer un choc.

Pauvre gamin.

— Qu'est-ce qu'il y a ? demanda Godfrey en me dévisageant.

— Rien, je pensais à Justin.

Pas question de partager mes réflexions avec Godfrey. D'autant qu'il ne s'agissait que de spéculations.

— Tu l'aimes bien ? Tu penses que c'est un bon garçon ?

Il semblait tellement désireux d'en savoir plus sur ce fils inconnu que j'eus de la peine pour lui. Mais j'étais surtout soucieux de la façon dont Justin allait réagir. Serait-il capable d'assumer l'arrivée d'un autre père dans sa vie ?

— Oui, je l'apprécie. C'est un jeune homme agréable et intelligent.

Dans mon dos, Diesel fit connaître sa propre opinion via de petits ronrons ; il savait de qui nous parlions.

— C'est un fils que tu pourras accueillir avec fierté dans ta vie, ajoutai-je.

— Merci, Charlie, répondit Godfrey. Tu n'as pas idée de ce que ça représente pour moi, souffla-t-il d'un ton tellement plein de reconnaissance qu'il en devenait pathétique.

Je compatis.

— Quand comptes-tu le rencontrer ?

— Je suis censé déjeuner avec Julia, dit-il en consultant sa montre. Enfin, si elle parvient à échapper à M. Misère. Je n'arrive toujours pas à croire qu'elle ait épousé ce type...

C'était le surnom d'Ezra Wardlaw. Ce dernier était nettement plus âgé que Godfrey, Julia et moi, et durant nos années de lycée, il avait déjà une réputation de prédicateur zélé.

— J'habitais au Texas quand ils se sont mariés, dis-je. La dernière fois que j'avais eu des nouvelles de Julia, elle sortait avec Rick Tackett et ça semblait plutôt sérieux.

Un fait que j'avais complètement oublié jusqu'à cet instant. Étonnant, la façon dont les choses nous reviennent parfois brusquement en mémoire.

— Rick Tackett ? reprit Godfrey d'un ton sec. Qu'est-ce qui te fait dire ça ?

— On était venus passer Noël avec ma tante et on avait croisé Julia et Rick en ville. À la supérette, je crois. Tu le connais ? demandai-je après une courte pause.

— Ouais, répondit Godfrey d'une voix pleine de dédain.

— Bref, c'est pour ça que j'ai été surpris d'apprendre qu'elle avait épousé Ezra.

Godfrey contempla ses doigts.

— J'imagine que c'est ma faute. J'ai passé plusieurs mois ici, il y a dix-neuf ans, à faire des recherches pour mes premiers bouquins. On a passé du temps ensemble, elle et moi. Je venais de divorcer de ma première femme et Julia avait l'air d'être célibataire.

— *L'air* d'être célibataire ?

— Elle fréquentait l'église d'Ezra et ils avaient eu quelques rendez-vous. Mais elle ne l'a pas beaucoup vu pendant mon séjour.

Il se dandina sur son siège, les yeux toujours baissés.

— J'ignorais complètement que je l'avais mise enceinte. Une fois mes recherches terminées, je suis rentré en Californie.

J'étais prêt à parier que Godfrey ne me racontait pas tout. J'avais l'impression qu'il mentait en affirmant ignorer la grossesse de Julia.

— Tu es reparti et elle a épousé Ezra Wardlaw.

Je l'observais en me demandant s'il allait croiser mon regard.

— Et elle ne t'a jamais contacté pour te parler de Justin ?

Godfrey s'agita de nouveau sur son siège.

— Non, jamais.

Tout, dans son comportement, laissait penser qu'il mentait, mais je ne me voyais pas l'accuser. À quoi cela aurait-il servi ?

— Pourquoi tu me racontes tout ça ? demandai-je.

Godfrey se plongea une fois de plus dans la contemplation de ses doigts avant de me répondre :

— Tu es le seul vieil ami qu'il me reste à Athena – en dehors de Julia, je veux dire – et mon fils habite chez toi. J'ai pensé qu'il serait bien que tu sois au courant, puisque je vais rester en ville un moment et que j'espère apprendre à connaître mon fils.

Son « seul vieil ami » ? Je faillis éclater de rire. Étant donné notre passif au lycée et à la fac, Godfrey devait vraiment être à court d'options pour me considérer ainsi. Après la manière dont il m'avait traité à l'époque, je n'aurais même pas dû lui adresser la parole.

Enfin, même s'il restait un butor, je ne pouvais pas lui tourner le dos. En tant que père, je compatissais.

— Je ferai ce que je pourrai, dis-je.

Son visage s'éclaira.

— Mais tu dois garder à l'esprit, ajoutai-je, que Justin est en plein dans son premier semestre. C'est déjà assez stressant en soi, tu devras faire attention à ne pas lui rajouter de pression.

— Je comprends, assura Godfrey. Je veux simplement faire partie de sa vie, s'il est d'accord.

Il se radossa à son siège.

— Mais j'aimerais vraiment l'emmener en Californie pendant quelque temps. On pourrait apprendre à mieux se connaître, et ce serait l'occasion pour lui de s'amuser un peu. On sait, toi comme toi, que ça n'a pas dû être drôle tous les jours avec M. Misère en guise de paternel. On pourrait même faire un tour en Europe, si ça lui dit.

J'avais conscience que protester ne servirait à rien. Je savais que Julia aurait été horrifiée d'entendre de tels propos ; elle ne voudrait certainement pas que Justin parte aussi loin. Mais ils régleraient tout cela entre eux. Ça ne me regardait en rien.

Diesel sauta au bas de la fenêtre et s'avança vers le siège de Godfrey. La croupe posée au sol, il tendit l'une de ses pattes avant et la posa gentiment sur le genou de l'écrivain. Celui-ci le regarda, médusé.

— Il fait ça de temps à autre, expliquai-je. J'ai l'impression qu'il comprend ce que ressentent les gens et essaie de les réconforter.

— Merci, mon pote, dit Godfrey d'une voix douce en touchant la patte du félin.

Celui-ci émit un petit bruit, retira sa patte et retourna jusqu'à la fenêtre.

Godfrey secoua la tête.

— Dingue ! Il faudra que je lui dédie une scène dans un prochain bouquin.

— Diesel est un chat très spécial, dis-je avec un sourire.

Je saisis un papier de brouillon pour y inscrire mon numéro de téléphone.

— Appelle-moi pour me prévenir quand tu passeras à la maison, d'accord ?

Godfrey prit le papier.

— Merci, Charlie. J'ai un autre rendez-vous avant de retrouver Julia pour le déjeuner.

Quand il se leva, je l'imitai puis serrai la main qu'il me tendit.

— Bonne chance. J'espère que ça se passera bien avec Justin.

Godfrey me remercia de nouveau et s'en fut d'un pas rapide.

— Quel bazar, marmonnai-je.

Je ne me rendis compte que j'avais parlé à haute voix qu'en sentant la patte de Diesel sur mon épaule. Comme je me tournai vers lui, il me dévisagea, la tête légèrement penchée sur le côté. C'était troublant de voir à quel point ce chat semblait ressentir les choses.

— Oui, c'est un sacré merdier. Pauvre Justin... Pauvre Godfrey, pauvre Julia et même pauvre Ezra, dis-je en secouant la tête.

Diesel laissa échapper deux trilles.

— Si tu veux mon avis, on va s'y retrouver mêlés, nous aussi. Avec Justin à la maison, impossible d'y couper.

Nouveau ronron.

— On le soutiendra de notre mieux, affirmai-je avec plus d'assurance que je n'en ressentais réellement. Du moins, s'il veut bien de notre aide.

Des déclarations qui m'étonnaient moi-même. Où était passée ma détermination à me tenir à l'écart des situations émotionnellement compliquées ?

Je plongeai mon regard dans celui de Diesel comme s'il pouvait me fournir la réponse. Il cligna lentement des paupières avant de s'allonger pour faire un somme.

Je pris quelques minutes pour repenser à ce qui venait de se jouer dans mon bureau. Godfrey était d'abord apparu, fidèle à mon souvenir : suffisant, fanfaron, égocentrique. Mais son attitude avait changé et son assurance semblait s'être envolée dès qu'il m'avait parlé de Justin. Avoir un fils le rendrait peut-être un peu plus humble.

Mais il y avait autre chose, notamment son malaise en évoquant Julia. Il m'avait menti à son sujet et il s'était menti à lui-même pendant des années. Il savait depuis le départ que Julia était enceinte mais, pour une raison ou une autre, il n'avait pas voulu l'admettre. Jusqu'à maintenant. Pourquoi ? Peut-être était-ce lié à sa cinquantaine toute proche.

Je me tournai vers mon ordinateur. Toutes ces spéculations me filaient la migraine. Il était temps d'oublier ces distractions pour me concentrer sur mon travail.

Je parvins à m'occuper jusqu'à l'heure du déjeuner en poursuivant le catalogage. Vers 11 h 30, je posai mon crayon, mis mon ordinateur en veille et me levai.

— Viens, mon chat. On rentre manger.

Quelques minutes plus tard, Diesel et moi reprîmes le chemin de la maison. La température avait grimpé de quelques degrés mais la météo restait agréablement fraîche. Mon retour dans le nord du Mississippi, où l'année comportait quatre vraies saisons, constituait un changement bienvenu par rapport à Houston et ses deux saisons. « L'été et le non-été », comme j'aimais à les appeler.

Au moment d'insérer la clé dans la serrure de la porte d'entrée, j'entendis des éclats de voix provenant de l'intérieur. Des voix fortes et chargées de colère.

J'ouvris la porte, Diesel sur mes talons.

Ezra Wardlaw se tenait dans le salon, l'index brandi sous le nez de Justin. Celui-ci était assis sur le sofa, la tête enfoncée dans les épaules. Absorbés par leur dispute, ils ne prêtèrent aucune attention à notre arrivée.

— ... faire tes valises maintenant. Tu rentres à la maison !

Ezra avait le visage si rubicond que je craignais de le voir faire une crise d'apoplexie.

— Je ne partirai pas d'ici ! répliqua Justin en redressant la tête. Et tu n'es pas mon père !

Ezra leva le bras.

— Je t'interdis de me parler sur ce ton !

Je grimaçai en le voyant gifler le jeune homme, dont la tête partit en arrière. Ezra se pencha sur lui.

— Stop !

Je m'avançai, bien décidé à prévenir toute violence supplémentaire dans ma maison. Je lâchai la laisse de Diesel et l'entendis plus que je ne le vis filer vers la chambre. Il détestait les cris.

— Ne vous avisez pas de frapper ce garçon, dis-je.

Ezra pivota pour me faire face.

— Mêlez-vous de vos affaires ! Ça ne vous regarde pas.

Justin frottait son visage endolori. Il me regarda droit dans les yeux et articula silencieusement un « aidez-moi ».

— Si, ça me regarde. Vous êtes chez moi, rétorquai-je d'une voix ferme. Si vous levez encore la main sur qui que ce soit dans cette pièce, j'appelle la police. C'est clair ?

Je fis un pas de plus dans sa direction. Je le dépassais de plusieurs centimètres et j'avais quelques kilos de plus que lui. J'étais prêt à lui remettre les idées d'aplomb si nécessaire.

Ezra me fusilla du regard mais garda les poings baissés en se tournant vers son fils.

— Va chercher tes affaires. Tout de suite.

— J'ai dix-huit ans. Tu ne peux pas me forcer à aller où que ce soit.

Je vis la poitrine d'Ezra se soulever. Il semblait avoir du mal à respirer.

— Il est temps pour vous de partir, dis-je, prêt à intervenir.

Ezra recula sans toutefois quitter son fils des yeux.

— C'est loin d'être terminé, affirma-t-il. Ce salopard pourrira en enfer avant de pouvoir t'arracher à moi !

4

Sur ces mots, Ezra quitta la pièce d'un pas lourd. Quelques instants plus tard, la porte d'entrée claqua avec assez de force pour faire trembler les fenêtres du salon.

— Je le déteste.

La voix de Justin exhalait un tel dégoût… Qu'avait pu lui faire son père adoptif pour que le jeune homme le méprise à ce point ?

— Viens, Justin. On va te mettre un peu de glace sur la joue. Elle est déjà enflée.

Justin me regarda en clignant des paupières. Je crois qu'il avait oublié que j'étais dans la pièce.

— D'accord.

Il se leva mais demeura sur place. Je le pris gentiment par le bras pour le conduire jusqu'à la cuisine. Après ces derniers mots plein de colère, il semblait apathique et se contentait de me fixer avec des yeux éteints.

Il s'appuya contre l'évier pendant que je récupérais des glaçons dans le distributeur et les enveloppais dans un torchon.

— Tiens, dis-je. Garde-le contre ta joue. Ça va te soulager.

Sa pommette était encore d'un rouge presque violacé. Il aurait une belle ecchymose.

Justin prit le linge et l'appliqua sur son visage. Je le vis grimacer mais il maintint la glace en place.

Tandis que je l'observais, inquiet, en me demandant ce que je pouvais faire d'autre pour l'aider, il se mit à pleurer. D'abord en silence, puis de plus en plus fort et bruyamment, le corps secoué de spasmes.

Pauvre gamin. C'était plus qu'il n'aurait dû avoir à en supporter. Je lui passai un bras sur les épaules et il m'étreignit de son bras libre.

Je lui parlai à voix basse, sur un ton apaisant, et les sanglots s'atténuèrent.

Je sentis un contact contre ma jambe, je baissai la tête pour constater que Diesel était sorti de sa cachette et m'observai à présent, désireux de nous aider.

— Regarde, Justin. Diesel est là. Il veut te parler.

Avec un reniflement, Justin me lâcha et s'inclina vers le museau du chat. Il s'assit au sol, le torchon toujours plaqué contre sa joue. Diesel vint frotter sa tête contre le menton de Justin puis grimpa sur ses genoux. Son ronronnement résonna à travers toute la pièce. Penché en avant, Justin laissa Diesel lui lécher sa joue indemne.

Je sortis de la cuisine, le sourire aux lèvres, assuré que Justin était entre de bonnes pattes ; Diesel lui apporterait le réconfort dont il avait bien besoin.

Je me rendis dans la salle d'eau du rez-de-chaussée, pris mon temps pour me laver les mains et contemplai mon reflet dans le miroir. J'avais beau prétendre ne pas vouloir m'impliquer dans la vie des autres, je me retrouvais mêlé à une situation compliquée. Comment Julia réagirait-elle en apprenant ce qu'avait fait Ezra ? Dans sa jeunesse, elle avait un tempérament de feu. Elle était bien capable de s'en prendre à son mari comme lui-même s'en était pris à Justin. Quel foutoir !

Une fois mes mains sèches, j'estimai pouvoir retourner dans la cuisine.

Justin était à présent assis sur une chaise avec Diesel sur les genoux. Il semblait plus calme, le félin avec lui. Un bleu se formait sur la joue du garçon.

— Ça vous dirait qu'on déjeune, les gars ? demandai-je en allant jusqu'au réfrigérateur. Diesel a ses croquettes à disposition, mais moi, j'ai envie d'autre chose.

Je contemplai l'intérieur du réfrigérateur en attendant la réponse de Justin. Le pauvre était sans doute embarrassé. Il avait certes dix-huit ans mais il demeurait un petit garçon par bien des aspects.

— Il reste encore un beau morceau du rôti qu'Azalea a préparé. Je vais faire des sandwichs.

Je me tournai vers la table.

— Ça te dit, Justin ? En général je ne les fais plutôt pas mal.

L'étudiant baissa la tête quelques instants et caressa celle de Diesel.

— Ça me semble bien. Mais je peux me préparer mon repas moi-même.

— Tu sais quoi, je vais découper les tranches de viande et tu t'occuperas des autres ingrédients. Ça te va ?

— D'accord.

Diesel sauta à terre et s'éloigna en quête de son propre déjeuner. Justin, lui, se dirigea vers l'évier et se lava les mains, tout en évitant toujours de croiser mon regard.

Je posai le rôti sur le plan de travail et, une fois muni d'un couteau adapté, commençai à découper d'épaisses tranches. Azalea savait y faire en la matière, j'en avais déjà l'eau à la bouche.

Justin alla piocher moutarde et mayonnaise dans le réfrigérateur, plus un bocal de cornichons vinaigrés faits maison. Il déposa le tout sur la table, ainsi que le pain et un grand sachet de chips. Il alla ensuite chercher assiettes, couteaux et serviettes qu'il disposa à nos places.

— Tu veux bien me prendre un Coca Light ? demandai-je.

Il retourna au réfrigérateur pour prendre ma boisson et une canette de soda classique pour lui. Il s'assit ensuite, en attendant que j'aie terminé. J'estimai avoir coupé assez de tranches pour quatre ou cinq sandwiches ; voilà qui devait suffire.

Je portai le rôti jusqu'à la table et m'installai à l'opposé de Justin. Il me tendit le pain prédécoupé et je prélevai quatre tranches.

— Je ne sais pas toi, mais je me sens prêt à dévorer au moins deux sandwiches.

— Moi aussi, j'ai plutôt faim.

Il paraissait surpris d'avoir de l'appétit. Il attendit que je me sois servi en sauce et condiments pour préparer son repas.

Je versai des chips dans mon assiette tout en observant Justin, qui étalait soigneusement une épaisse couche de mayonnaise sur deux tranches de pain complet.

Il se refusait toujours à croiser mon regard.

— Justin, je veux que tu saches que tu peux venir me parler, si tu le souhaites. Je ferai de mon mieux pour t'aider, et Diesel aussi.

Mes paroles le firent sourire et il releva enfin les yeux vers moi.

— Merci, monsieur Charlie. C'est bon à savoir.

Il mordit dans son sandwich et grimaça de douleur. Une fois la première bouchée – lentement – mastiquée et avalée, il reprit :

— Heureusement que vous êtes rentré à ce moment-là.

Il s'interrompit un instant et détourna les yeux.

— Sans vous, il m'aurait passé à tabac.

Je sentis la colère envahir mes tripes.

— Il t'a déjà frappé auparavant ?

— Oui, répondit Justin avec un bref hochement de tête. Il n'aime pas quand je m'oppose à lui.

Il avait dit ces mots sur un ton si détaché que je sentis mon cœur se serrer.

— Tu n'as plus à subir ça. Ne le laisse pas entrer dans la maison en mon absence.

— D'accord. Comptez sur moi.

Justin mangea quelques bouchées supplémentaires. Je le vis toucher sa joue enflée à deux ou trois reprises ; elle devait lui faire mal.

Je faisais de mon mieux pour avoir l'air calme mais je bouillais intérieurement. Je ne suis généralement pas quelqu'un de violent – loin de là – mais la maltraitance infantile me met en rage. Mon père avait été, comme Ezra Wardlaw, un chrétien évangélique très croyant. Il était sévère, exigeant, mais pas une seule fois il n'avait levé la main sur moi. J'avais souvent mis sa patience à l'épreuve mais le cadre ferme et aimant qu'il m'offrait m'avait appris ce que je devais savoir. J'avais aussi connu le claquement de la brosse à cheveux de ma mère sur mes fesses, mais elle ne m'avait jamais frappé assez fort pour laisser une marque.

Justin se racla la gorge.

— Je... Euh, j'imagine que je devrais vous expliquer pourquoi j'ai dit qu'il n'était pas mon père.

Il se mit à repousser les chips dans son assiette.

— Pas mon géniteur, en tout cas. Mais ma mère est ma vraie mère.

Il me dévisagea avec attention, guettant ma réaction. Feindre la surprise à ce stade aurait été ridicule. Justin méritait la vérité.

— Je sais, dis-je. Ton père biologique est venu me voir ce matin.

— Vous le connaissez ? Normal, j'imagine, vu que vous avez tous les deux grandi à Athena.

La fausse nonchalance de Justin cachait mal sa curiosité.

— On a suivi le même parcours, dis-je. On était dans la même classe au lycée et à la fac.

— Cool.

Justin continua à manger en silence pendant une ou deux minutes.

J'aurais pu lui livrer par moi-même des informations mais j'estimais préférable de le laisser poser les questions. Je devrais néanmoins faire preuve de diplomatie. Aucune envie de dire à ce garçon que j'avais souvent qualifié son paternel de « pignouf ».

Mon premier sandwich terminé, j'attaquai le second après une gorgée de Coca. Entre-temps, Diesel était revenu. Il grimpa sur la chaise en face de la mienne, son regard oscillant entre Justin et moi.

— C'est marrant cette façon qu'il a de faire ça, s'amusa Justin. Vous le laissez manger à table, parfois ?

— Non, parce qu'il n'a que très rarement la même nourriture que la mienne. Tu t'en souviens, n'est-ce pas ? demandai-je en haussant un sourcil à l'intention de mon pensionnaire.

Justin hocha la tête, l'air un peu coupable.

— Oui. Je vous promets de ne plus le faire sans votre permission.

— Merci.

Diesel émit quelques ronrons.

— Oui, c'est de toi que nous parlons, confirmai-je. Et n'espère pas obtenir un morceau de rôti ou une chips.

Je doutais que les chats sachent froncer les sourcils, mais j'aurais juré que Diesel venait de le faire.

Justin laissa échapper un petit rire. Il prit une longue gorgée puis reposa sa canette et se tourna vers moi.

— Comment il est ? Godfrey Priest, je veux dire. Je l'ai vu un peu à la télé et j'ai même lu certains de ses bouquins. Mais je ne sais quasiment rien sur lui.

C'était le moment de faire preuve de tact.

— On a toujours su que Godfrey irait loin.

Je me radossai à mon siège et dévisageai Justin.

— Même enfant, il avait des projets. Il parlait par exemple de voyager à travers le monde. Au départ, il se voyait bien reporter, puis, une fois ado, il a annoncé qu'il deviendrait un écrivain célèbre.

— C'est quand même la classe, souffla Justin.

Un début d'adulation s'était allumé dans son regard. Godfrey aurait peut-être fort à faire pour être à la hauteur des attentes de son fils.

— Quand Godfrey avait décidé de faire quelque chose, il allait jusqu'au bout.

Et peu importe le prix à payer pour les autres, ajoutai-je mentalement pour moi-même.

— Il a toujours été très déterminé et ambitieux. À mon avis, ceux qui le connaissaient n'ont jamais douté qu'il réussirait.

— Vous étiez amis ?

— Pas vraiment. J'avais l'esprit de compétition, moi aussi, et nous visions toujours les mêmes distinctions à l'école. C'était généralement Godfrey qui gagnait, admis-je avec un rire amer. La seule matière où j'ai réussi à le battre, c'était les maths.

Justin secoua la tête.

— Ouais, je connais ça, dit-il. Il y avait une fille dans ma classe qui me passait sans cesse devant. Je détestais être deuxième.

— Moi aussi.

Étonnant comme le souvenir de ces nombreuses défaites me restait encore en travers de la gorge…

— Mais j'ai eu l'occasion de m'accomplir de bien des façons et j'en suis fier. Ce sera pareil pour toi.

Justin me remercia d'un hochement de tête. Je vis qu'il brûlait d'envie de me poser une autre question tout en craignant de le faire.

Je tentai de le rassurer :

— Il a hâte de te rencontrer. Je sais qu'il voulait d'abord discuter avec ta mère, mais je suis certain qu'il viendra te voir dès que possible.

— Ouais, peut-être..., répondit Justin. Mais c'est un auteur riche et reconnu alors que je ne suis qu'un plouc dans un trou paumé du Mississippi.

Je réprimai un sourire.

— Il vient de ce même trou paumé. Il sait désormais qu'il a un fils et c'est la seule chose qui compte pour lui. Tu pourrais avoir sept yeux et la peau violette que ça ne changerait rien.

L'image fit rire Justin, vite imité par un Diesel jovial. Une sonnerie de téléphone interrompit leur hilarité.

— Excusez-moi, dit Justin.

Il se leva pour extirper son portable de la poche de son jean.

— C'est ma mère, dit-il après un coup d'œil sur l'écran. Je reviens tout de suite.

Il prit l'appel en sortant de la cuisine.

— Salut, maman...

Diesel et moi n'en entendîmes pas plus. Mon chat coula un regard plein d'espoir vers les chips qui restaient dans l'assiette abandonnée.

— Pas touche, dis-je. C'est pas le bon carburant pour toi.

Je ramassai l'assiette et la portai jusqu'à l'évier puis revins vers lui et lui grattai gentiment la tête. Il se remit à ronronner comme un moteur.

— Monsieur Charlie...

Justin se tenait sur le seuil de la cuisine, l'air désemparé.

— Qu'est-ce qui se passe ?

— Mon père… Ezra, je veux dire… Il est aux urgences. Il a été mêlé à une bagarre et il est mal en point.

Il marqua un temps d'arrêt, le corps tremblant.

— Vous pourriez m'emmener à l'hôpital ?

5

Je déteste les hôpitaux. J'y ai passé beaucoup trop de temps, d'abord auprès de mes parents, puis de ma femme.

Au moment de garer ma voiture sur le parking des visiteurs du centre régional d'Athena, je me remémorai mon dernier passage : le jour où Dottie avait succombé à son cancer du pancréas. J'étais resté à ses côtés, en m'efforçant de ne pas voir derrière son visage et son corps ravagés la femme heureuse et en bonne santé que j'adorais.

Justin détacha sa ceinture de sécurité, ce qui me sortit de ma rêverie.

— Je n'aime pas ce genre d'endroit, dit-il. Mais j'imagine qu'il faut y aller quand même.

Plutôt que d'ouvrir sa portière, il passa deux fois de suite sa main sur sa joue blessée.

— Moi non plus, je ne les apprécie pas beaucoup, admis-je. Mais ta mère tient à ce que tu sois là. Elle a besoin de ton soutien. Viens, allons-y, lançai-je en ouvrant ma portière.

Justin soupira lourdement mais sortit derrière moi. Il me suivit, légèrement en retrait, jusqu'aux urgences. Difficile de lui reprocher de ne pas avoir envie d'entrer, pas après ce qu'Ezra lui avait fait un peu plus tôt.

Je n'avais aucune idée de l'état de ce dernier. « Mal en point » pouvait signifier beaucoup de choses. Julia n'avait pas donné de détails à son fils, mais je doutais qu'Ezra en soit à un stade critique.

D'ailleurs, s'il s'était battu, qui était son adversaire ? La réponse logique était Godfrey Priest. Était-il amoché, lui aussi ?

Justin m'accompagna jusqu'au guichet d'accueil, et avant même que j'aie fini de parler, Julia apparut à nos côtés.

Elle était habillée avec plus de soin que d'habitude. Elle avait troqué ses sempiternelles tenues informes pour une robe noire toute simple mais bien coupée. Sans doute celle qu'elle portait lors de funérailles, estimai-je. Cela lui conférait une certaine dignité, contrastant avec sa chevelure grise rassemblée en un chignon sévère sur sa nuque.

— Merci de l'avoir accompagné, Charlie, me dit-elle.

Elle toucha gentiment le bras de son fils puis laissa échapper un hoquet de surprise en découvrant l'hématome sur son visage. Elle l'effleura du bout des doigts mais Justin s'écarta.

— Qu'est-ce qui t'est arrivé, mon chéri ?

— Il m'a frappé, répondit-il avec un regard noir.

Julia se tourna vivement vers moi.

— Non mais qu'est-ce qui t'a pris ?

Le feu dans ses yeux laissait entendre qu'elle-même était à deux doigts de me corriger.

— Calme-toi, Julia, dis-je, les mains levées dans un geste d'apaisement. Je n'y suis pour rien.

— Alors qui ? demanda-t-elle en se retournant vers Justin.

— Ezra.

Il avait prononcé ce nom avec un tel mépris que sa mère tressaillit.

— Tout à l'heure. Il voulait me forcer à rentrer à la maison avec lui. Mais j'ai refusé, maman. J'ai dit qu'il n'était pas mon père, qu'il ne pouvait pas m'obliger. C'est là qu'il m'a frappé.

Julia le prit dans ses bras et le serra contre elle.

— Mon pauvre petit chou... Je te jure que je ne sais pas ce qui lui a pris. Il était très contrarié ce matin, mon chéri. C'est ma faute. J'aurais dû mieux m'y prendre avec lui.

Justin eut un mouvement de recul.

— Je ne veux plus jamais le voir !

— Ne dis pas de bêtises, mon chéri. Il reste ton père, même s'il s'est emporté aujourd'hui. Donne-lui une chance de te faire des excuses. Il doit beaucoup s'en vouloir d'avoir agi ainsi.

— Je n'ai absolument rien à lui dire, répliqua Justin, l'air buté.

— Fais ce que je te dis, c'est tout !

Le ton sec de Julia nous surprit, le jeune homme et moi.

— D'accord.

— Suis-moi.

Julia fit demi-tour et s'éloigna. Après un bref échange de regards avec moi, Justin lui emboîta le pas. Je n'étais pas certain qu'obliger Justin à parler à Ezra soit une bonne idée, mais Julia n'aurait certainement pas tenu compte de mes éventuelles objections.

J'allai m'asseoir dans la petite salle d'attente. Résigné à me tourner les pouces pendant un temps indéterminé, je me pris à souhaiter avoir emporté un livre avec moi. Ou Diesel.

Celui-ci n'avait pas paru comprendre pourquoi il devait rester à la maison. Il m'accompagnait presque partout, sauf à l'église. Or il savait que nous n'étions pas dimanche. Il s'était assis dans la cuisine pour nous regarder partir par la porte de derrière, qui donnait sur le garage. Il y serait toujours à mon retour, je le savais.

Je balayai les lieux du regard. Il n'y avait que deux autres personnes : une femme âgée à l'air inquiet et un homme qui devait être son fils. Ils avaient le même nez et la même morphologie. Le type tapotait gentiment la main de sa mère et lui parlait d'une voix douce, mais elle ne paraissait pas l'entendre. Qui étaient-ils venus voir ? Son mari à elle, son père à lui ? J'espérais que la personne concernée, quelle qu'elle soit, s'en tirerait.

Julia réapparut devant moi, bloquant la lumière crue des néons au plafond. Je relevai les yeux vers son visage, pas vraiment surpris d'y lire à la fois lassitude et colère. Je me levai.

— Comment va Ezra ?

Je lui désignai le siège à côté du mien ; elle s'y assit avec lenteur et difficulté.

— Ça va ? demandai-je, préoccupé par la raideur de ses mouvements.

Julia fit la grimace.

— Je vieillis, Charlie, c'est tout. Et je fatigue.

— Tu as le même âge que moi. Tu n'es pas vieille.

J'avais volontairement adopté un ton léger, mais Julia perçut l'inquiétude dans ma voix.

— C'est pas l'âge qui compte, c'est le kilométrage. C'est comme ça qu'on dit, non ? demanda-t-elle avec, sur les lèvres, l'ombre d'un sourire. Ça ira, assura-t-elle. Je suis fatiguée, c'est tout. Les deux derniers mois ont été plutôt rudes.

— Depuis que Justin a quitté le nid.

Elle acquiesça.

— Ezra a fulminé pendant des semaines. Il l'aime de tout son cœur, et la façon dont Justin s'est rebellé contre lui… eh bien… ça a failli lui briser le cœur.

Elle s'interrompit quelques instants.

— Ceci dit, je compte bien lui tordre le cou. Il n'aurait jamais dû gifler Justin ! Il a failli pleurer, d'ailleurs, en voyant la marque sur sa joue.

Je me retins de commenter le comportement de son mari.

— Justin a le droit de mener sa propre vie, dis-je.

J'aurais sans doute mieux fait de me taire et de la laisser parler.

— J'en ai parfaitement conscience, assura-t-elle. J'ai dû prendre une décision quand Justin m'a dit qu'il ne voulait pas être pasteur. Et c'est ce que j'ai fait, figure-toi !

Je ne me sentis pas agressé par sa colère. J'avais posé le pied sur des plates-bandes qui n'était pas les miennes.

— Tu le regrettes ?

La question était indiscrète mais mon instinct me soufflait que Julia avait besoin de se libérer.

— Non, pas du tout.

Elle ferma les yeux et se laissa aller contre le dossier en plastique dur.

— Toi aussi tu es parent. Tu aurais eu des regrets ?

— Non.

J'attendis un moment mais elle ne répondit pas.

— Comment Ezra s'est-il retrouvé à l'hôpital ? Justin a parlé d'une bagarre.

Julia tourna la tête pour planter son regard dans le mien.

— Godfrey m'a dit qu'il était passé te voir ce matin. Qu'il t'avait tout raconté.

— Effectivement. Tu aurais préféré qu'il garde le secret ?

— Il est bien décidé à mettre cette histoire sur le devant de la scène. Mais s'il s'imagine m'arracher Justin sous prétexte qu'il est riche et célèbre, le retour sur terre va être brutal !

Elle se redressa sur sa chaise. Le mépris dans sa voix ne m'étonnait pas ; j'avais souvent vu Godfrey faire cet effet aux gens.

— S'il y a quoi que ce soit que je puisse faire, tu sais que tu peux compter sur moi.

Je n'étais pas ravi de me retrouver mêlé à cette situation mais j'étais décidé à faire de mon mieux pour le bien du garçon.

— Merci. Tu as toujours été quelqu'un de bien, déjà quand on était gamins, à faire ce qui était juste et à soutenir tes amis.

Une partie de la tension et de la colère qui l'habitaient se dissipa dans un sourire. Sa voix était toujours fatiguée quand elle reprit :

— Quel cauchemar... J'étais au restaurant avec Godfrey pour discuter de Justin quand Ezra a débarqué. Godfrey et lui ont commencé à se disputer. J'ai essayé de m'interposer, tu parles...

— Je ne crois pas que tu aurais pu faire quoi que ce soit pour arrêter Ezra, dis-je en me rappelant ce qui s'était passé chez moi. Quand un homme est furieux à ce point...

— Il a très mauvais caractère et passe un temps fou à prier pour demander à Dieu de l'aider à se contrôler. Mais il n'y arrive jamais.

Sa femme subissait-elle ses accès de violence, en plus de son fils ? Après ce dont j'avais été témoin un peu plus tôt, c'était à craindre. Cela aurait-il pu justement expliquer les mouvements raides de Julia ?

Mon amie avait peut-être perçu mon inquiétude. Elle chercha de nouveau mon regard.

— Ezra n'a jamais porté la main sur moi, si c'est ce que tu t'imagines.

— Soulagé de l'apprendre. Mais il a frappé Justin en fin de matinée. Et violemment.

Les poings serrés, Julia parut avoir du mal à respirer. À l'éclat de son regard, je songeai que si Ezra n'avait pas déjà été à l'hôpital, elle l'y aurait sans doute elle-même envoyé.

— Son état est grave ? demandai-je.

— Pas autant que s'il s'en prend de nouveau à Justin !

L'espace d'un instant, je crus qu'elle allait foncer vers la chambre occupée par son mari, mais elle fit un effort pour se reprendre.

— Désolée, Charlie. C'est tellement sordide, tout ça.

— Ne t'inquiète pas, on se connaît depuis trop longtemps.

Je lui pris la main et la tapotai dans un geste rassurant.

— Maintenant, dis-moi ce qui est arrivé à Ezra.

— C'était ridicule. Un homme de sa taille s'attaquant à Godfrey comme il l'a fait. Godfrey l'a cogné à deux reprises, une fois sur le nez et une fois dans l'œil, puis ç'a été terminé. Je ne crois pas que Godfrey ait quoi que ce soit, si ce n'est quelques égratignures aux phalanges.

— Il lui a cassé le nez ? Abîmé l'œil ?

Je n'avais aucun mal à me représenter la scène ; je m'étais moi-même battu deux fois avec Godfrey durant ma folle adolescence. Il avait toujours gagné, et mon visage n'en avait heureusement pas gardé de séquelles.

— Le nez d'Ezra a beaucoup enflé. Son œil aussi. Mais je ne crois pas que les dommages soient permanents, sauf pour son orgueil, car il y avait plusieurs membres de la congrégation dans le restaurant. Ezra s'est couvert de honte devant eux.

La satisfaction malsaine dans la voix de Julia ne présageait rien de bon pour son mari. Pour ma part, toute la compassion que j'avais pu ressentir à son égard s'était envolée lorsqu'il avait frappé Justin.

— Qu'est-ce que je peux faire pour vous aider ? demandai-je.

— Ça va aller. Je suis désolée que tu te sois retrouvé mêlé à tout ça, mais je sais que tu épauleras

Justin de ton mieux. Je te demanderai simplement de répondre présent s'il a besoin de quelqu'un à qui parler. Si cela ne t'ennuie pas.

— Bien sûr.

Je restai silencieux quelques instants mais une question me taraudait.

— Qu'est-ce qui t'a poussée à recontacter Godfrey après tout ce temps et à lui parler de Justin ?

Julia coula vers moi un regard étrange. La réponse que j'attendais fut ajournée par la soudaine réapparition de Justin. Son expression orageuse disait tout ce qu'il y avait à savoir : le moment avec son père ne s'était pas bien passé.

Julia se leva et lui ouvrit les bras. Le jeune homme s'y blottit et ils s'étreignirent. Je me détournai pour respecter leur intimité. La femme âgée et son fils étant partis, je me levai pour aller me poster dans le coin opposé de la pièce. Julia et Justin discutaient à voix basse.

Je restais quelques minutes à explorer du regard le parking, jusqu'à ce que Justin m'appelle. Je les rejoignis d'un pas tranquille.

— Merci encore d'être venu, lança Julia, un bras encore passé autour de la taille de son fils. Je crois que Justin est prêt à rentrer. Je te suis vraiment reconnaissante de l'avoir amené.

Ils semblaient tous les deux très las. Le mieux à faire était de ramener Justin à la maison et de le laisser un peu seul ou en compagnie de Diesel. Mon chat avait sur les gens un effet apaisant, exactement ce dont Justin avait besoin.

— Avec plaisir, dis-je.

Je pris sa main libre et la tins aux creux de mes paumes pendant quelques instants, ce qui la fit sourire.

— Si je peux faire autre chose, fais-moi signe, dis-je en relâchant sa main.

Elle hocha la tête.

— Mets de la glace sur ce bleu s'il te fait trop mal, recommanda-t-elle à son fils.

Justin lui fit une bise rapide puis me suivit vers la sortie. Une fois dans la voiture, il demeura silencieux. Sa ceinture bouclée, il s'adossa au siège et ferma les yeux. Je ne dis rien ; s'il avait envie de parler, je l'écouterais.

Justin se redressa et rouvrit les paupières pour regarder au-dehors.

— Il s'est excusé de m'avoir frappé.

Il porta brièvement la main à sa joue avant de la laisser retomber. Quant à moi, je choisis de ne pas desserrer le frein à main.

— Content de l'apprendre.

— Il a dit que plus jamais il ne me frapperait. Il pleurait.

Justin se tourna pour me regarder.

— Il était sincère, vous croyez ?

— J'espère bien.

Face au risque de s'aliéner totalement son fils, Ezra tentait peut-être de changer.

— Il n'a pas arrêté de répéter qu'il était bien mon père, qu'il s'était occupé de moi pendant dix-huit ans. Comme s'il voulait que je lui en sois reconnaissant.

— Il souhaite te dire, à sa manière, qu'il t'aime et te considère comme son enfant, répondis-je en choisissant soigneusement mes mots. Je ne crois pas qu'il soit vraiment en quête de gratitude. Il ne veut pas te perdre mais n'est pas forcément capable de trouver les bons mots pour te le dire.

Justin fronça les sourcils.

— Il n'écoute pas quand je lui dis les choses. Il se contente de me faire des sermons et de m'expliquer ce que je devrais faire au lieu d'essayer de me comprendre. Je ne suis pas comme lui.

— Non, c'est certain. Mais les pères ont parfois du mal à laisser leurs fils trouver leur propre voie. J'ai le sentiment que certains d'entre eux tiennent à ce que leur progéniture soit exactement comme eux, de manière à justifier leurs propres choix de vie. Tu comprends ce que je veux dire ?

Justin ouvrait de grands yeux.

— J'avais jamais vu ça sous cet angle. Alors c'est aussi pour ça qu'il voudrait que je devienne pasteur ?

Il se retourna pour regarder à l'extérieur, le front appuyé contre la vitre.

Je lui avais suffisamment donné matière à réflexion. Je démarrai et sortis du parking, direction la maison. Justin resta silencieux pendant tout le trajet.

En tournant dans ma rue, je laissai échapper un juron. Une Jaguar inconnue, un modèle récent, était garée en face de la maison. Ça ne pouvait être que Godfrey.

6

Je fus tenté de passer devant chez moi sans m'arrêter. Justin avait besoin de temps pour lui, mais cette rencontre avec Godfrey était inévitable. Peut-être valait-il mieux en finir rapidement.

Arrivé à la hauteur de la Jaguar, je jetai un coup d'œil à l'intérieur. Sans surprise, Godfrey me fit un signe de la main au moment où je roulai dans l'allée. J'actionnai la télécommande de la porte du garage et y engouffrais la voiture. À mes côtés, Justin se redressa sur son siège.

J'arrêtai le moteur et cliquai de nouveau sur la télécommande. Derrière nous, la porte se referma.

Je dévisageai Justin dans la lumière des deux fenêtres murales. La tension liée à son entrevue avec Ezra était toujours perceptible.

Il défit sa ceinture.

— C'était lui, garé devant, hein ?

— Rien ne t'oblige à lui parler si tu ne te sens pas prêt.

Justin cligna rapidement des paupières.

— Non, j'ai envie de lui parler. Je... Mais comment je dois l'appeler ?

— Selon ce qui te met le plus à l'aise. Il comprendra si tu l'appelles « monsieur Priest ». Vous devez tous les deux apprendre à vous connaître avant de décider d'autre chose, répondis-je avec un sourire encourageant.

Justin opina du chef, puis il ouvrit la portière et sortit. Je le suivis jusqu'à la maison.

Comme prévu, Diesel nous attendait près de la porte de la cuisine. Justin s'accroupit pour lui gratter gentiment la tête.

— Tu n'as qu'à passer un peu de temps avec Diesel. Je vais inviter Godfrey à entrer. Je voudrais d'abord échanger quelques mots avec lui, si ça ne te gêne pas.

— Bien sûr.

Mon chat grimpa sur les genoux de Justin pour frotter son menton contre le sien.

L'espace d'un instant, Justin m'apparut bien plus jeune que ses dix-huit ans. J'étais inquiet de voir tant de poids s'accumuler sur ses épaules encore enfantines.

Godfrey patientait sur le pas de la porte, je lui fis alors signe d'entrer.

— Salut, Charlie. Où étiez-vous passés ?

Je l'examinai rapidement sans repérer la moindre égratignure.

— À l'hôpital, dis-je en refermant la porte derrière lui. Julia a appelé pour demander à Justin de s'y rendre.

— À l'hôpital ?

Godfrey secoua la tête.

— Je n'ai pourtant pas tapé très fort, si ?

— Ils voulaient s'assurer qu'il n'avait pas le nez cassé.

Je l'accompagnai jusqu'au séjour et lui fis signe de s'asseoir sur l'un des deux épais fauteuils. Je m'installai sur le second et nous nous observâmes sans rien dire pendant quelques secondes.

— Ezra s'en sortira sans doute très bien, précisai-je. Même si je ne crois pas que Julia le porte en haute estime à cet instant précis. Ni toi, d'ailleurs.

Godfrey se cala contre le dossier du fauteuil.

— Julia... Je ne l'aurais pas reconnue. Elle a beaucoup changé depuis la dernière fois, fit-il avec un froncement de sourcils.

— Nous entrons tous dans la cinquantaine, répondis-je sur un ton volontairement sec. Toi non plus tu ne ressembles plus au jeune homme que tu étais il y a trente ans, tu sais.

Godfrey me fusilla du regard.

— Tu crois que je n'en ai pas conscience ? Je ne critiquais pas Julia. Ça m'a fait un choc, c'est tout.

— Oublions un peu Julia et Ezra. Parlons de Justin.

— Où est-il ? Je voudrais vraiment le voir.

L'écrivain pivota sur son siège et se releva à moitié, les yeux tournés vers la porte.

— Il est dans la cuisine avec Diesel. Il nous rejoindra dans un instant. Je tenais à ce qu'on se parle un peu avant, toi et moi.

Je levai la main, Godfrey se rassit, puis il croisa les bras sur sa poitrine.

— Vas-y, je t'écoute. À propos de quoi comptes-tu me faire la morale, cette fois ?

— Ce n'est pas mon intention, rétorquai-je.

Je fus tenté de lui balancer une ou deux épithètes bien choisies mais m'en abstins.

— Julia m'a chargé de prendre soin de Justin et je voulais simplement te demander d'y aller en douceur avec lui. Il a déjà eu une journée difficile et n'a pas besoin de te voir débouler dans sa vie comme un éléphant dans un magasin de porcelaine. L'important est que tu te concentres sur ce dont Justin a besoin plutôt que sur ce que tu veux, toi.

— Oui, monsieur Harris. Merci de me dire quoi faire.

Le ton de Godfrey était on ne peut plus moqueur mais je n'y prêtais pas attention.

— Je n'ai aucune raison de croire que vous ayez beaucoup changé ces trente dernières années, monsieur Priest, répondis-je sur le même ton. Tu n'as jamais pensé à grand monde en dehors de toi-même mais tu as un fils, désormais, et il est temps que ça change.

Godfrey me dévisagea, surpris.

— Bon Dieu, j'ignorais que tu me détestais à ce point. Qu'est-ce que j'ai bien pu te faire pour mériter tant de haine ?

Je faillis lui rire au nez. Quel ego surdimensionné !

— Ce n'est pas le moment de discuter de ça. Prends simplement le temps de réfléchir à ce que tu as fait à Julia il y a dix-neuf ans. Tu es parti, tu l'as laissée enceinte tout en sachant qu'elle épouserait sans doute Ezra. Il est temps d'assumer les conséquences de tes actes.

En voyant Godfrey blêmir, je sus que j'avais vu juste. Il avait menti en affirmant ne pas savoir que Julia était enceinte au moment de son départ. Au moins n'essaya-t-il pas de nier.

— Je vais chercher Justin, annonçai-je en quittant mon fauteuil. Ne le brusque pas.

Godfrey ne répondit pas, et je le laissai à sa contemplation du mur.

Dans la cuisine, Justin et Diesel étaient toujours par terre. Le garçon avait enfoui son visage dans le cou du maine coon, qui laissait échapper quelques ronrons.

— Ça va ? demandai-je en m'arrêtant à quelques pas d'eux.

Justin releva vers moi un visage aux joues discrètement striées de larmes.

— Oui, oui.

— Que dirais-tu de te débarbouiller ? proposai-je. Tu veux toujours rencontrer M. Priest ?

Justin acquiesça en se relevant et se dirigea vers l'évier pour s'asperger le visage. Après s'être essuyé avec une serviette, il se lava les mains.

— Je suis prêt, annonça-t-il en pivotant vers moi.

Je lui posai une main sur l'épaule et l'accompagnai jusqu'au séjour. Son pas était lent mais assuré. Nous fîmes une pause sur le seuil de la pièce. Godfrey se leva en nous voyant mais Justin s'était arrêté à bonne distance de ce dernier. L'écrivain se réjouit de la présence de son fils, qu'il regardait avec avidité.

— Justin, je te présente Godfrey Priest. Godfrey, voici Justin Wardlaw.

— Ravi de vous rencontrer, dit Justin.

Il fit un pas en avant, la main tendue, mais Godfrey ne réagit pas. Justin hésita, puis Godfrey fit mine de parler et finit par se racler la gorge.

— Ravi également.

Il lui présenta sa paume et Justin s'avança pour la saisir.

Godfrey serra la main de son fils, le regard toujours fixé sur son visage. Je remarquai alors certains traits communs entre eux. Justin avait hérité du teint et des iris de Julia, mais son nez et ses pommettes lui venaient de son père.

Celui-ci le guida vers le canapé et ils s'assirent. Aucun d'eux ne parla, mais ils ne se quittaient pas des yeux.

— Qu'est-ce qui t'est arrivé au visage ? s'enquit l'écrivain.

Je choisis de m'éclipser, les laissant dans l'intimité pour que Justin explique l'origine de son hématome.

De retour dans la cuisine, je saisis le téléphone et composai le numéro de Melba. Je l'avais appelée auparavant, avant d'emmener le jeune homme à l'hôpital, pour la prévenir que je ne serais peut-être pas de retour à la bibliothèque l'après-midi. Je levai les yeux vers l'horloge tandis que Diesel se frottait contre mes jambes. Il était presque 14 h 30.

— Salut, Melba, c'est Charlie.

J'écoutais mon interlocutrice, appuyé contre le plan de travail.

— Je ne suis pas sûr, répondis-je après quelques instants. Je reviendrai peut-être plus tard. Oh, donc tu en as déjà entendu parler ?

Je n'aurais pas dû m'étonner que l'histoire de la rixe entre Ezra et Godfrey circule déjà via Radio Commère. Ni que la commère en question soit cette chère Melba.

— Oui, je sais de quoi il retourne exactement. Je suis surpris que ton informateur ne t'ait pas parlé de ça, plaisantai-je.

Melba me brailla quelque chose dans l'oreille.

— Tu le découvriras bien assez tôt ! renchéris-je.

Je détestais l'idée que la nouvelle serait bientôt sur toutes les lèvres à Athena. Justin et Julia avaient droit au respect de leur vie privée, mais Ezra et Godfrey ne leur avaient laissé aucune chance de la préserver.

— Je t'en dirai plus quand on se verra.

Autant qu'elle reçoive de vraies infos de ma part plutôt que les folles rumeurs qui couraient sans doute déjà.

Diesel avait posé sa patte sur ma cuisse avec un petit roucoulement.

— Je dois te laisser. On se reparle plus tard.

Je l'écoutais quelques minutes de plus puis raccrochai.

— Qu'est-ce qui se passe, mon brave ?

Diesel continua à pépier. Puis j'entendis la porte d'entrée se refermer. Je quittai la pièce, mon chat sur les talons. Le séjour était désert.

— Justin ? Où es-tu ?

Pas de réponse. Je m'approchai de la fenêtre juste à temps pour voir le garçon monter dans la voiture de Godfrey.

— Ils sont partis. Tu essayais de me prévenir, Diesel, c'est ça ?

Le félin leva les yeux vers moi avec une expression qui semblait dire « évidemment ».

— J'aurais préféré qu'ils restent, dis-je en repartant vers la cuisine, mais je ne peux rien y faire. Mieux vaut qu'on retourne bosser. D'accord, mon brave ?

Un quart d'heure plus tard, nous étions à mon bureau, prêts pour la suite de la journée. J'avais prévu de travailler jusqu'à 18 heures avant de reprendre le chemin de la maison, car il faudrait que je me change en vue du dîner de gala – ô joie.

J'eus à peine le temps de m'installer dans mon fauteuil que Melba débarqua, impatiente de connaître le scoop. Je lui fis un résumé des faits qui la laissèrent bouche bée.

— Pauvre Julia ! Godfrey est une ordure de s'être tiré en la laissant enceinte.

Je n'avais pas eu besoin de lui raconter les choses explicitement. Tous ceux ayant connu Godfrey au lycée n'auraient pas été surpris de son attitude.

Melba repartit après quelques commentaires peu élogieux à l'égard de l'écrivain. Je pus alors me remettre au travail pendant un bon moment sans être interrompu.

Aux alentours de 16 heures, je fus tiraillé par la soif. Je fouillai dans mon sac mais j'avais oublié d'apporter une bouteille. Muni d'une grande tasse, je pris l'escalier pour rejoindre la salle de pause et sa fontaine à eau. Diesel avait décliné, dans un bâillement, ma proposition de m'accompagner.

Descendre puis remonter les marches me ferait du bien. Je passais tellement de temps penché sur l'ordinateur que mon dos était souvent endolori, d'autant que j'oubliai de me lever et de m'étirer régulièrement.

Je tournai au bas de l'escalier pour emprunter le couloir menant au fond du bâtiment. L'espace qui avait autrefois servi d'étude et de bureau au propriétaire avait été transformé en une pièce conviviale où les employés pouvaient prendre leur déjeuner, boire un café et se détendre.

Je ne m'étais pas attendu à y croiser qui que ce soit à cette heure, mais Willie Clark était assis à l'une des tables, plongé dans la lecture d'un bloc-notes. M'entendant arriver, il reposa son stylo et me gratifia d'un regard noir.

Je ne m'en offusquais pas ; Willie accueillait tout le monde de cette façon. Lui aussi avait été au lycée avec moi. Il ne s'était jamais montré particulièrement amical mais ce n'était sans doute pas sa faute. Il avait toujours eu le rôle du dindon de la farce, celui que l'équipe de football – dont Godfrey avait été capitaine en dernière année – ne manquait jamais de harceler. Même ceux qui, comme moi, tentaient de se montrer gentils envers lui ne faisaient pas énormément d'efforts. C'était triste à dire mais il n'avait pas beaucoup changé maintenant qu'il était adulte.

— Comment ça va, Willie ? demandai-je avec un sourire aux lèvres en remplissant ma tasse au distributeur.

— Bien, répondit-il sèchement.

Pour un homme nommé à la tête du service de documentation, Willie manquait d'entregent.

— J'essaie de travailler mais je n'arrête pas d'être dérangé, ajouta-t-il.

J'avais toujours vu Willie griffonner des phrases sur des feuilles de papier. Je supposais qu'il voulait devenir écrivain, or je n'avais jamais entendu dire qu'il ait réussi à publier quoi que ce soit.

— Pardon, je ne voulais pas t'embêter.

Je fis mine de ressortir mais me retournai vers lui quand il m'apostropha :

— Godfrey Priest est passé te voir. Et il aurait aussi pris part à une bagarre, à ce qu'on m'a dit, ajouta-t-il avec un sourire narquois.

— Effectivement. J'imagine qu'à cette heure toute la ville est au courant.

— Dommage qu'Ezra n'ait pas envoyé Godfrey à l'hosto, grogna Willie, le regard sombre et plein de haine. Ou au cimetière. C'est tout ce qu'il mérite.

7

Willie avait si souvent été la cible des mauvaises plaisanteries de Godfrey au lycée que l'intensité de son ressentiment ne m'étonnait pas. Mais de là à souhaiter la mort de son ancien ennemi juré...

— Tu y vas un peu fort, dis-je sur un ton que j'espérais mesuré.

Willie aspira bruyamment derrière ses incisives proéminentes – l'un de ses tics les plus agaçants – tout en me fusillant du regard. Je me souvins que Godfrey l'avait autrefois baptisé Bugs Bunny à cause de ses dents. Malheureusement pour Willie, le sobriquet lui était resté.

Il fit claquer sa main sur son bloc-notes.

— Godfrey est un sale enfoiré, et tu le sais très bien. Il t'a ridiculisé plus souvent que tu ne l'as fait.

— Oui, c'est vrai, admis-je. Je ne l'aime pas beaucoup non plus, mais ça ne veut pas dire que je veux le voir enterré.

— Alors c'est que t'as vraiment rien dans la tête.

Cette fois, le mépris dans sa voix me surprit.

— Tu n'es pas au courant de tout ce qu'il a fait. Personne ne l'est vraiment. Sauf moi.

Il se leva, repoussa brusquement sa chaise en arrière, récupéra ses affaires puis quitta précipitamment la pièce.

Le surnom Bugs était cruellement adapté car, physiquement parlant, Willie ressemblait à un lapin. Godfrey et moi le dépassions d'une bonne tête, et je savais que Willie nous en voulait. Godfrey ne s'était toutefois pas contenté d'une domination physique, il avait pris plaisir à tourmenter Willie parce que celui-ci s'emportait chaque fois. Ce qui suffisait à lui donner envie de continuer.

D'autres tel que moi avaient tenté de l'inciter à laisser Willie tranquille, mais Godfrey n'avait pas voulu – ou pas pu – s'arrêter. Le retour de ce dernier à Athena ravivait beaucoup trop de mauvais souvenirs et j'avais le désagréable pressentiment que de nouveaux événements déplaisants se produiraient tant qu'il resterait dans les parages.

Je m'interrogeai brièvement sur ce que Willie avait voulu dire en évoquant ce que Godfrey « avait fait ». Willie avait sans doute sa propre liste de griefs – nombreux, à coup sûr – envers Godfrey.

Je quittai la salle à mon tour et m'apprêtai à remonter l'escalier quand une voix me héla. Je me tournai pour découvrir M. Vanderkeller, le directeur de la bibliothèque, sur le seuil des locaux où Melba et lui travaillaient.

— Bonjour, Peter, dis-je. Vous voulez me voir ?

— Oui, s'il vous plaît, répondit-il avant de se retourner.

Je le suivis en ravalant un soupir d'agacement. Les conversations avec Peter pouvaient durer une heure, voire plus. Je passai devant Melba, qui roula des yeux à mon intention – sa manière de me faire savoir que notre patron était d'humeur bizarre.

— Merci de fermer la porte derrière vous, me dit-il alors que j'entrais dans son bureau.

J'obtempérai puis m'avançai. Peter se posta debout de l'autre côté, les mains sur les hanches. Il était si mince qu'il me fit penser à Gumby, le héros en pâte à modeler filiforme d'une vieille série télévisée. Si Peter avait eu la peau verte, il aurait facilement pu l'imiter. Je chassai cette comparaison idiote de mon esprit et m'assis sur le fauteuil confortable qu'il me désignait.

Ce lieu était mon préféré de tout le bâtiment. À l'origine, les bureaux séparés de Peter et Melba ne constituaient qu'un unique et vaste salon. Les hauts plafonds aux moulures complexes témoignaient de l'époque où avait été construite la demeure. Une magnifique table de salle à manger en acajou, que j'enviais à Peter, lui tenait lieu de poste de travail. Il y avait ajouté un siège de bureau contemporain. Les appareils modernes – ordinateur, imprimante et téléphone – faisaient tristement tâche dans le décor. Il m'aurait suffi de fermer les yeux pour visualiser sans mal une femme en robe à crinoline courtisée par son galant.

— Qu'est-ce que je peux faire pour vous ?

Je bus un peu d'eau en attendant sa réponse. Peter retira ses lunettes en écaille et les fit nonchalamment tournoyer en les tenant par l'une des branches. Il cligna des paupières tout en me dévisageant.

— Le fait a été porté à mon attention que notre éminent ancien élève et fils prodige de la ville souhaite faire don de l'ensemble de ses écrits aux archives de notre institution, le tout accompagné d'une considérable somme d'argent. On a également relaté le fait qu'il avait discuté de ce projet avec vous.

— C'est exact, répondis-je.

Écouter parler Peter me rendait généralement aussi laconique qu'un personnage sorti d'un roman d'Hemingway.

— J'aurais dû vous prévenir juste après mon entrevue avec Godfrey mais j'avais beaucoup de travail et je n'y ai plus repensé ensuite.

— Ce n'est pas un problème, assura Peter en balayant mes excuses de la main. Il est sans doute persuadé de faire, par ce geste, un immense honneur à l'université de sa jeunesse.

Ses lèvres formèrent une grimace de dédain.

— Si cela était en mon pouvoir, j'informerais M. Priest que nous ne souhaitons pas accueillir les œuvres d'un homme qui a prostitué son art pour figurer sur les listes des best-sellers.

J'ignorais que Peter avait une aussi piètre opinion de Godfrey. Et je ne l'avais jamais considéré comme un snob en matière de littérature. Il lisait toutes sortes de fictions et comptait parmi ses préférés plusieurs auteurs de thrillers de la région, comme Carolyn Haines et Charlaine Harris. Quand l'une et l'autre étaient venues donner des conférences à l'université d'Athena, Peter était aux anges.

Alors pourquoi un tel dégoût envers Godfrey Priest ?

— Je doute que le président apprécierait votre décision, commentai-je.

— Non, c'est certain. Et c'est bien dommage. L'école s'est toujours enorgueillie de son riche héritage littéraire.

Il eut un sourire las.

— Devoir aujourd'hui ajouter le travail d'un écrivaillon dans nos archives constitue une bien triste déchéance et une allusion pas franchement subtile quant aux priorités de notre administration actuelle.

— Ce n'est pas si grave. Nous hébergeons aussi l'œuvre complète du médecin timbré du XIXe siècle qui se considérait comme le nouveau Walt Whitman.

Cent vingt-trois volumes reliés à la main de poèmes si exécrables que, en comparaison, le rap s'apparentait à du Shakespeare. Mais le docteur en question avait fait don de sept cent cinquante mille dollars à l'université en même temps que ses soi-disant chefs-d'œuvre.

Peter ne releva pas.

— Il me faut vous remercier, j'imagine, de m'avoir confirmé l'affreuse vérité. Je vais pouvoir laisser la suite entre vos mains expertes, Charles.

— Sans aucun doute, Peter.

Celui-ci ne se détendait jamais au point de m'appeler Charlie.

— S'il n'y a rien d'autre..., débutai-je en me levant.

Peter opina du chef.

— Je suppose que nous nous reverrons ce soir lors de cette fête absurde que notre président a tenu à organiser ?

— Oui, j'y serai.

Avec un nouveau hochement de tête, il reporta toute son attention sur les documents posés devant lui.

Je sortis en prenant soin de refermer sans bruit la porte derrière moi. En me retournant, je découvris Diesel perché sur le bureau de Melba, en pleine conversation avec elle.

— Je crois qu'il se sentait un peu seul, me dit-elle en me regardant par-dessus les oreilles de mon chat.

— Descends, Diesel ! ordonnai-je. Tu n'es pas censé monter sur les tables.

Le félin maugréa quelque chose en sautant à terre. Il s'avança jusqu'au seuil de la pièce, s'assit et commença sa toilette.

— Il te cherchait, indiqua Melba.

— Je sais. Il n'aime pas que je le laisse seul trop longtemps.

— Peter t'a parlé de Godfrey Priest ? demanda-t-elle en se radossant à son siège.

— Oui. J'aurais sans doute dû venir lui en parler ce matin, juste après le passage de Godfrey.

Je me sentais à présent un peu coupable. Il aurait mieux valu que notre responsable l'apprenne par moi.

— Tu sais à quel point il déteste l'idée d'être toujours le dernier à savoir les choses.

Melba coula un regard vers la porte du bureau de Peter.

— Comme lorsqu'il a découvert que sa femme avait une liaison avec Godfrey, chuchota-t-elle.

— Quoi ? Quand ça ?

— Il y a à peu près dix ans. Peu avant l'arrivée de Peter à Athena, en fait.

— Il travaillait dans une petite université californienne à l'époque, c'est bien ça ?

Elle hocha la tête.

— Pas loin de Los Angeles. Et devine avec qui Mme Vanderkeller s'est liée d'amitié ?

— Godfrey. Comment se sont-ils rencontrés ?

— Elle avait apparemment l'ambition de devenir une super scénariste hollywoodienne, raconta Melba avec un froncement de nez désapprobateur. D'après ce que j'ai entendu dire, elle forçait Peter à l'accompagner à toutes les fêtes auxquelles elle pouvait se faire inviter. Elle était, paraît-il, très séduisante. Elle a rencontré Godfrey à l'une de ces pince-fesses.

— Elle a quitté Peter pour Godfrey ?

Voilà qui commençait à ressembler à une histoire de série B.

— Exactement ! Elle a divorcé de Peter et a épousé Godfrey. Elle était sa deuxième femme, je crois. La première était une actrice de bas étage qui avait même fait du porno, à ce qu'on m'a dit.

Son expression scandalisée était désopilante.

— Comment Peter a-t-il bien pu atterrir ici ? Il ne savait pas que Godfrey était originaire d'Athena ?

— Non, le pauvre. Gros coup de malchance.

Elle lança un nouveau coup d'œil vers la porte de Peter.

— Je suppose qu'il a voulu laisser la Californie aussi loin que possible derrière lui mais il ignorait avant d'arriver que Godfrey était natif d'ici.

Le destin s'était acharné sur notre chef. Je me sentais navré pour lui. Pas étonnant qu'il nourrisse un tel ressentiment envers l'écrivain !

— Existe-t-il quelqu'un que Godfrey n'a pas mis en rogne ? demandai-je avec un sourire attristé.

— Je commence à croire que non.

Une sonnerie retentit. Melba fit la grimace.

— Je ferais mieux d'aller voir ce qu'il veut. On se voit ce soir.

— On y sera, assurai-je en me dirigeant vers la sortie. Viens, Diesel, allons terminer le travail, puis direction la maison.

Le maine coon bondit pour ouvrir la voie. Il reconnaissait le mot « maison ».

Je terminai de cataloguer deux autres volumes avant de penser à consulter ma montre. Je fus surpris de constater qu'il était 17 h 37.

— Il est plus que temps d'y aller !

Diesel était prêt, et à peine la porte des archives était-elle fermée à clé derrière nous qu'il me tira pratiquement dans l'escalier.

De retour chez moi, je libérai mon chat de son harnais pour le laisser filer vers ses croquettes et sa gamelle d'eau. Je montai vers la salle de bains à l'étage histoire de prendre une douche rapide mais m'arrêtai sur le palier en entendant du mouvement au deuxième, là où se trouvait la chambre de Justin.

— Justin ? Tu es là ?

J'attendis quelques instants, puis appelai de nouveau. Seul le silence me répondit. Je me dis qu'il était peut-être encore en compagnie de son père, mais ce dernier était attendu à 19 heures à l'université. Je montai et frappai doucement à la porte de l'étudiant. Je hélai une fois encore mais n'eus pas de réponse.

Je tendis l'oreille pendant plusieurs secondes avant d'actionner la poignée. La serrure n'était pas fermée. En temps normal, je ne serais pas entré, car mes pensionnaires avaient droit à leur vie privée, mais dans le cas présent, je n'arrivai pas à me départir d'un mauvais présage. Je redoutais que Justin ait des ennuis.

La pièce était déserte, le lit défait.

Je refermai derrière moi et redescendis lentement jusqu'à ma chambre en me répétant de ne pas m'inquiéter. Il y avait sans doute une explication banale à l'absence de Justin.

Au sortir de la salle de bains vingt minutes plus tard, occupé à me sécher les cheveux avec une serviette, j'avisai Diesel, assis sur mon lit. Il penchait la tête sur le côté, comme s'il me posait une question.

— Oui, je sors. Et oui, tu m'accompagnes.

Je fronçai les sourcils, conscient de parler à un chat. Certaines personnes auraient sans doute trouvé cela très étrange, mais ça n'avait pas d'importance. Oui, je parlais à mon animal.

Je m'apprêtais à nouer ma cravate quand le téléphone sonna. C'était peut-être Sean, mon fils. Il m'appelait parfois à cette heure-là.

— Allô ?

La voix surexcitée de Melba tonna depuis le combiné :

— Tu ne vas pas le croire ! Le dîner de gala est annulé !

8

— Annulé ? Mais pourquoi ? demandai-je, stupéfait.

— D'après ce que j'ai compris, Godfrey a appelé le bureau du président il y a une demi-heure pour leur dire qu'il était trop malade pour venir. Peter vient de me prévenir et je t'ai appelé dans la foulée.

— Merci. Mais Godfrey avait l'air tout à fait en forme quand je l'ai vu.

— C'est franchement étrange.

J'étais d'accord.

— Melba, je dois te laisser. Diesel attend son dîner.

Je savais que c'était la façon la plus simple de mettre fin à la conversation.

— On se voit demain, ajoutai-je. Bonne soirée.

Je raccrochai et baissai les yeux vers Diesel, allongé de tout son long sur mon lit. Il tourna la tête pour me regarder puis cligna des yeux et bâilla.

Qu'était-il arrivé à l'écrivain ? Il adorait être au centre de l'attention. Il n'aurait pas annulé une fête en son honneur sans une raison impérieuse. Celle-ci impliquait-elle Justin ?

Cette pensée me poussa à quitter ma chambre pour remonter jusqu'à la sienne, au cas où il serait rentré pendant que je me douchais. Diesel passa devant moi et grimpa les marches en éclaireur.

Quand j'atteignis le deuxième étage, il était déjà assis devant la porte de Justin.

Je frappai mais il n'y eut pas de réponse. J'ouvris ; toujours aucun signe du jeune homme.

— Viens, mon brave, dis-je à Diesel en refermant. Il n'est pas là.

Le félin me devança de nouveau dans l'escalier. Je me rendis à la cuisine avec la vague idée de manger un morceau, mais le temps d'y parvenir, mon malaise avait gagné en intensité.

Je ne pouvais m'empêcher de penser que quelque chose clochait. Pourquoi Godfrey avait-il zappé sa propre fête ? Où était Justin ?

Si la situation avait sans doute une explication très simple et que tout cela s'avérait être une perte de temps, je décidai cependant de ne pas rester ici à attendre.

Et moi qui disais ne pas vouloir m'impliquer, émotionnellement parlant...

Mon instinct paternel avait visiblement pris les commandes.

Diesel me suivit jusqu'à la porte de derrière mais je lui annonçai qu'il ne pouvait pas m'accompagner. Il adopta un air malheureux, comme s'il était constamment abandonné.

— Je ne serai pas parti longtemps... Enfin j'espère.

Direction le *Farrington House*, l'hôtel le plus chic d'Athena. C'était sans doute là que Godfrey était descendu, et il était probablement logé dans leur meilleure suite. Le bâtiment occupait la moitié d'un pâté de maisons sur la grand-place, à une dizaine de minutes de route de chez moi. Comme il faisait déjà sombre au-dehors, j'allumai les phares en sortant la voiture du garage.

J'espérais que Justin soit là-bas, en sécurité auprès de Godfrey et en grande discussion avec lui pour apprendre à le connaître.

Il n'y avait pas une place libre où me garer devant l'établissement. Je dus me contenter d'un emplacement de l'autre côté de la rue. Au moment de sortir du véhicule, j'aperçus quelqu'un assis dans l'ombre d'un ancien belvédère, à une dizaine de mètres de là.

L'individu bougea et je reconnus Justin. Il me regarda approcher, visiblement nerveux. La soirée était fraîche et le jeune homme était en manches courtes. Il frissonna légèrement et n'osa pas me regarder quand je m'assis à côté de lui. Malgré mon pantalon en laine, la froideur du banc de pierre se répandit rapidement dans mon corps.

— Qu'est-ce que tu fais là ? demandai-je d'une voix calme. Tu n'es pas gelé ?

— Si, un peu, admit-il en claquant des dents. Je... je peux pas y retourner.

— Au *Farrington House* ? Pourquoi ça ?

— Je peux pas, c'est tout.

Le désespoir qui transparaissait dans sa voix m'inquiétait. Je posai une main sur son épaule dans l'espoir de l'apaiser un peu.

— Qu'est-ce qui ne va pas ? Tu peux tout me dire, assurai-je avec paternalisme et bienveillance.

— Non, c'est horrible...

Le garçon frémit. Était-ce l'effet du froid ou non, je n'aurais pas su dire.

— Quelque chose ne va pas avec Godfrey ?

Je tâchai de garder un timbre neutre. Justin acquiesça. Il n'osait toujours pas me regarder.

— Il a besoin d'un médecin ?

Je me levai.

— On ferait mieux d'aller voir comment il va, dis-je.

— Ça ne servira à rien, répondit Justin dans un murmure.

— Pourquoi ?

— Ça ne servira à rien, c'est tout.

J'avais un très, très mauvais pressentiment.

— Tu as demandé de l'aide ?

Justin fit non de la tête. Il semblait encore trop hébété pour faire quoi que ce soit.

Je sortis mon téléphone pour appeler les secours et leur signalai un homme potentiellement blessé.

— C'est quel numéro de chambre ? demandai-je à Justin.

Il haussa les épaules.

— La suite Lee, je crois.

Je donnai l'information à l'opératrice puis raccrochai avant qu'elle essaie de me garder en ligne.

— Viens.

Je le pris gentiment par le bras pour l'aider à se lever.

— On pourra peut-être faire quelque chose, dis-je.

J'avais peur qu'il ne soit trop tard mais je me devais d'essayer.

Je m'attendais à ce que Justin résiste mais, pour une raison inconnue, il me suivit avec docilité. J'eus beau l'assaillir de questions sur le chemin, il ne décrocha pas un mot de plus.

Une fois dans la lumière éclatante du hall de l'hôtel, je constatai que Justin était pâle et dans une détresse évidente. Je fus saisi par un sentiment d'urgence d'autant plus grand. Godfrey avait-il eu une crise cardiaque ?

— Il m'a donné une clé, m'indiqua Justin en me voyant me tourner vers la réception.

— Parfait.

Je mis le cap sur l'ascenseur, la main toujours fermement posée sur le bras de l'étudiant. Une fois dans la cabine, il appuya sur le bouton du troisième et dernier étage.

Celui-ci comprenait cinq vastes suites, portant toutes le nom d'un général des confédérés. Justin se dirigea vers la plus luxueuse des cinq, baptisée d'après Robert E. Lee. Il s'arrêta devant la porte.

Je pris la carte magnétique qu'il tenait et l'insérai dans la serrure. J'ouvris la porte et fis un pas de côté. Le visage de Justin devint livide. Il s'appuya contre le mur.

Une bouffée d'effluves mêlés me parvint depuis le seuil et mon malaise s'accentua. À peine avais-je fait deux pas à l'intérieur que je sus d'instinct ce que j'allais découvrir : une scène de crime. Il faudrait faire attention à ne rien déranger. Mais je devais m'assurer de l'état de Godfrey.

Les plafonniers éclairaient l'entrée. Les odeurs étaient désormais plus fortes et je sentis l'effroi s'emparer de moi comme je m'approchai des deux canapés, certain de ce que j'allais trouver.

Trois pas de plus et je fus en mesure de voir ce que me cachait le dossier du sofa. Godfrey était affalé au sol, immobile, l'arrière du crâne en charpie.

Le parfum métallique du sang se mêlait à l'odeur des tripes de l'écrivain, qui s'étaient vidées.

Une sorte de rugissement enfla progressivement sous mon crâne. Impossible de détourner les yeux du corps inerte. Avec une telle blessure, Godfrey était forcément mort. Mais, dans l'espoir improbable qu'il soit toujours en vie, je rassemblai mon courage et contournai le canapé pour m'approcher de lui. Je me penchai pour saisir son poignet gauche et levai légèrement son bras, juste ce qu'il fallait pour placer mes doigts au bon endroit. J'eus beau tenir son poignet pendant ce qui me parut une éternité, je ne perçus pas de pouls.

Comme je reposai précautionneusement le bras de Godfrey, j'entraperçus quelque chose qui dépassait sous sa taille. Mon cerveau ne l'identifia pas immédiatement. Si je ne mettais pas un peu de distance entre cette scène d'horreur et moi, j'allais vomir à coup sûr.

De retour dans le couloir, j'inspirai une grande goulée d'air. Je fermai les yeux pendant quelques instants mais une seule image me restait en tête : le crâne défoncé de Godfrey.

Et le téléphone de Justin gisant juste à côté du corps.

C'était forcément le sien. Le portable que j'avais vu était violet et Justin en avait un identique. Justin qui, à cet instant, frissonnait, les bras serrés contre sa poitrine. Il me dévisagea, la peur dans les yeux.

Qu'était-il arrivé dans cette pièce entre le père et le fils ? S'étaient-ils disputés ? À quel sujet ? Ils venaient à peine de se rencontrer.

Je contemplai Justin ; il m'était impossible de l'imaginer coupable. Ce n'était pas un tueur, pas ce gamin malheureux et terrifié.

J'avais beau avoir déjà appelé les secours, je ressortis mon téléphone et composai le numéro du shérif local. Quand un agent répondit, je lui donnais mon nom et lui fis un rapide compte rendu de la situation.

— Je vous attendrai dans le hall d'entrée, dis-je.

À présent, Justin pleurait en silence. J'étais partagé, car d'un côté je souhaitais le réconforter, mais j'étais également tenté de retourner dans la suite pour récupérer le portable. Envisager un tel geste me semblait fou, mais le pire qui puisse arriver à Justin serait de se retrouver suspect numéro un.

Le bureau du shérif n'était qu'à trois rues de là ; ils arriveraient dans moins de cinq minutes. Les secours aussi allaient débarquer d'une seconde à l'autre, même s'ils ne pourraient plus rien faire pour le pauvre Godfrey.

J'hésitai toujours mais la décision fut prise à ma place lorsque les portes de l'ascenseur s'ouvrirent. Deux personnes âgées en sortirent.

— Viens, fiston, on descend, dis-je en passant un bras autour des épaules de Justin.

Le couple nous lança des regards intrigués mais je ne leur prêtai pas attention. La priorité était de ramener Justin dans le hall et de nous dégoter une boisson réconfortante. Le remède préféré de ma tante face à n'importe quel choc.

La descente en ascenseur parut durer une éternité et la mauvaise musique d'attente ne fit rien pour calmer mes nerfs déjà à vif. Quand enfin nous arrivèrent au rez-de-chaussée, je guidai Justin vers le restaurant.

Un simple coup d'œil à mon visage et à l'adolescent en larmes qui m'accompagnait suffit à la serveuse pour comprendre l'urgence.

— Qu'est-ce qu'il vous faut ?

— Deux tasses de café très chaud et beaucoup de sucre.

J'installai Justin à la table la plus proche. La jeune femme revint très vite avec la commande.

— Tiens, Justin, bois ça, dis-je. Ça te fera du bien.

Il me dévisagea quelques instants avant de saisir la tasse entre ses mains tremblantes pour avaler une gorgée. La serveuse s'attardait près de notre table, l'air inquiète.

— Ça va aller ? demanda-t-elle.

— Il est un peu choqué, c'est tout, dis-je avec un hochement de tête.

Je bus à mon tour une longue rasade et sentis une chaleur bienvenue envahir mon corps.

— D'accord, dit-elle. Faites-moi signe s'il vous faut autre chose.

Je la remerciai tout en observant le visage de Justin, qui reprenait des couleurs. Je sortis un mouchoir de ma poche et le lui tendis. Il s'en servit pour s'essuyer les joues et sécher ses larmes, puis il se moucha.

— Merci, dit-il.

Il s'essuya de nouveau le nez.

— J'ai un peu pété les plombs quand je l'ai trouvé.

— Je comprends. On ne peut pas te le reprocher. Moi aussi, je suis secoué.

Je repris un peu de café.

— Tu as passé combien de temps assis dehors sur la place ?

— Je sais pas trop, répondit Justin. Difficile à dire.

Il but à son tour.

— Qui a pu faire ça ? C'est complètement fou...

— Je sais. Ça ne rime à rien, et je doute qu'on comprenne un jour le pourquoi du comment.

Devais-je lui parler du portable et le tenir au courant dès maintenant ? Si j'abordais le sujet, sa réaction pouvait paraître plus suspecte encore. Il était sans doute préférable de ne rien évoquer afin que sa réponse aux questions de la police soit spontanée.

Seigneur, quel bazar !

— Vous croyez que c'est mon père – Ezra, je veux dire – qui l'a tué ? Il était tellement en colère ce matin...

L'expression sur son visage était à vous briser le cœur.

Seigneur, faites que ce ne soit pas Ezra. Ni Julia. Justin ne le supporterait pas.

Que pouvais-je lui répondre qui soit à même de le réconforter ? Je n'étais pas en mesure d'affirmer quoi que ce soit. Cette affaire allait l'obliger à grandir de manière rapide et brutale.

— Je t'avoue que je n'en sais rien, répondis-je finalement.

Je n'eus pas le temps d'en dire plus que je repérai du coin de l'œil un début d'agitation dans le hall.

— Ne bouge pas d'ici. Demande un autre café si besoin. Les secours et les agents du bureau du shérif sont là. Il faut que j'aille leur parler.

— Compris. Je ne bouge pas.

Mû par une soudaine inspiration, je lui donnai mon propre portable.

— Appelle ta mère. Demande-lui de nous rejoindre ici aussi vite que possible. Je ne sais pas combien de temps ça va me prendre et je ne veux pas que tu restes tout seul.

Justin opina du chef. Il prit le téléphone, l'examina pendant un instant puis composa le numéro.

Je le laissai assis à la table et me préparai pour l'interrogatoire qui allait suivre. Je m'étais tellement inquiété pour Justin que je n'avais pas pris le temps d'alerter le personnel de l'hôtel. La directrice de l'établissement fut sidérée lorsqu'elle apprit la nouvelle. Elle tendit une clé à l'un des ambulanciers et ils se dirigèrent vers l'ascenseur, accompagnés de deux agents.

Tandis que je m'approchais de la réception, une femme noire, grande, mince, aux cheveux coiffés en chignon et en uniforme pivota pour me faire face. Elle me sonda de ses iris marron. Son expression était pour le moins énigmatique.

— Monsieur Harris, dit-elle d'une voix neutre. C'est vous qui avez signalé l'incident.

— Oui, agente Berry, c'est ça.

Je m'arrêtai à deux pas d'elle.

Kanesha Berry et moi avions une relation difficile, principalement liée au fait que sa mère était ma gouvernante. À la mort de ma tante Dottie, Kanesha avait tenté de convaincre sa mère de prendre sa retraite, mais Azalea n'avait prêté aucune attention aux conseils de sa fille. Elle n'était pas prête à cesser de travailler, aussi le jour de mon emménagement m'avait-elle annoncé qu'elle s'occuperait de moi et n'avait aucune envie d'entendre d'éventuelles objections.

Puisqu'il aurait fallu beaucoup plus de courage – ou d'inconscience – que je n'en avais pour tenter de débattre avec Azalea, je m'étais contenté de sourire et de la remercier.

Pas plus capable que moi d'influencer sa mère, Kanesha avait choisi de me tenir responsable de la situation. À chacune de nos rencontres, j'avais l'impression de faire face à un tigre.

Après m'avoir copieusement fusillé du regard, elle fit signe à l'un de ses collègues.

— Agent Bates, lança-t-elle d'une voix tendue. C'est M. Harris qui nous a appelés. Chargez-vous de prendre sa déposition préliminaire.

— Oui, chef.

Bates avait répondu en regardant dans le vide plutôt que vers Kanesha. Son ton était à la limite de l'insubordination.

Kanesha plissa brièvement les yeux mais ne répondit pas. Elle se détourna et se dirigea vers l'ascenseur.

— Venez avec moi, monsieur, me dit Bates.

J'avais aperçu Bates en ville mais je ne le connaissais pas. Il semblait avoir le même âge que Kanesha, soit environ trente-cinq ans.

Je le suivis derrière la réception en priant pour que Julia arrive rapidement. La directrice nous accompagna jusque dans son bureau, qu'elle parcourut de long en large, de toute évidence très perturbée. Bates l'aida à se calmer puis lui demanda de nous laisser.

Une fois que nous fûmes seuls, Bates s'installa derrière la table et me fit signe de m'asseoir en face de lui.

Je me laissai tomber sur le siège, les tripes nouées. Des visions de Godfrey gisant mort ne cessaient de me revenir en tête. J'aurais bien eu besoin d'un remontant pour me reprendre. Un petit verre de brandy aurait certainement fait l'affaire, mais je doutais que Bates me laisse en commander un.

Il commença par me demander mon nom, mon adresse et ainsi de suite. Puis il s'attaqua au point central. Après deux faux départs, je parvins à fournir un récit organisé de ma découverte du corps, tout en omettant pour le moment de dire que je n'y étais pas allé seul.

— Comment êtes-vous entré dans la chambre ? s'enquit Bates une fois que j'eus terminé.

— J'avais une clé.

— Et comment vous l'êtes-vous procurée ? me demanda-t-il, soupçonneux.

— Le fils de Godfrey me l'avait remise. Godfrey lui-même la lui avait confiée un peu plus tôt dans la journée.

Ce qui était vrai.

Bates nota quelque chose sur son calepin puis me demanda de reprendre mon récit depuis le début, en commençant par lui dire pourquoi j'étais venu voir Godfrey.

Je réexpliquai l'annulation du gala et mon inquiétude à l'idée que l'écrivain ne soit tombé malade parce que, jamais à ma connaissance, il n'aurait manqué une telle occasion.

— J'ai essayé de l'appeler, pas de réponse.

— Et vous n'avez pas demandé à quelqu'un d'aller voir comment il allait ?

Bates m'observait avec un air volontairement impassible.

— Non, je n'y ai pas pensé, dis-je. Je n'habite pas très loin d'ici, donc j'ai sauté dans ma voiture pour venir.

Bates hocha la tête et je repris pour la deuxième fois le fil de mon récit.

Pendant tout ce temps, je continuai à m'inquiéter pour Justin. Julia avait dû arriver. La nouvelle lui ferait forcément un choc, mais la priorité était de s'occuper de son fils.

Comme Bates relisait ses notes, je pris le risque de poser une question :

— C'est l'agente Berry qui est chargée de l'enquête ?

Bates hocha la tête avec une expression indéchiffrable.

— Le shérif par intérim Berry, précisa-t-il, puisque le shérif Dan Stout est actuellement en congé maladie.

— Je vois.

Effectivement, je voyais très bien. Cette affaire constituerait un gros tremplin pour la carrière de Kanesha si elle parvenait à la résoudre rapidement. Elle était la seule Afro-Américaine du bureau et je la connaissais assez bien pour mesurer l'étendue de son ambition.

Justin et moi allions sans doute traverser des moments difficiles. Kanesha n'y irait pas avec le dos de la cuiller, même si j'étais prêt à parier que sa mère interviendrait au cas où elle nous pousserait dans nos retranchements.

La porte s'ouvrit et Bates se leva. Je pivotai sur mon siège.

Kanesha fit deux pas dans la pièce et brandit une pochette plastifiée contenant un téléphone portable. De couleur violette.

— C'est vous qui avez perdu ceci, monsieur Harris ?

9

Mon regard demeura fixé sur le téléphone dans sa pochette plastique.

— Non, ce n'est pas à moi.

Je m'avançais en terrain miné et j'allais devoir faire attention à là où je posais les pieds.

— Vous savez à qui il appartient ?

Kanesha baissa la main qui tenait l'objet mais elle ne me lâcha pas des yeux.

— Non.

C'était vrai. Je pensais que c'était celui de Justin mais n'en étais pas certain.

— Vous connaissez un dénommé Justin ?

Je restai coi quelques instants. Kanesha savait très bien que j'avais un pensionnaire nommé ainsi. Elle vivait avec sa mère et il me semblait impensable qu'Azalea ne lui ait pas parlé de lui.

— Oui, finis-je par dire. Justin Wardlaw. Il occupe une chambre chez moi.

— Où est-il à présent ?

— Je ne sais pas.

C'était la vérité. Justin se trouvait peut-être encore au restaurant de l'hôtel, mais Julia avait très bien pu arriver pour l'emmener chez elle.

— Si vous voulez passer à la maison ce soir ou demain, il y sera certainement.

Kanesha hocha la tête. Elle s'avança vers le bureau et y déposa la pochette. L'agent Bates se leva de son fauteuil, et elle prit sa place, puis elle lui tendit la main afin qu'il lui remette son calepin. Je la vis froncer deux ou trois fois les sourcils en lisant les notes qu'il avait prises.

Sa lecture terminée, elle reposa le carnet, que Bates récupéra. Kanesha se radossa à son siège et m'observa sous ses paupières mi-closes.

Je fis de mon mieux pour ne pas laisser paraître mon malaise.

— Je pense que nous avons tout ce qu'il nous faut pour le moment, dit-elle.

Quoi ? Elle n'est pas sérieuse...

— J'aurai d'autres questions à vous poser, ainsi qu'au jeune M. Wardlaw, mais je sais où vous habitez.

L'ombre d'un sourire joua sur ses lèvres, une ombre pas franchement bienveillante.

— Très bien, dis-je. Je serai chez moi ce soir.

Je me levai et les saluai de la tête. Je savais que, à un moment ou à un autre, Kanesha me coincerait pour mon mensonge par omission. Après tout, je n'avais pas révélé avoir été accompagné au moment de la découverte du corps. De toute façon, si ç'avait été à refaire, je n'aurais pas agi différemment. Justin avait besoin de temps pour se remettre du choc avant d'avoir affaire aux forces de l'ordre. Au risque de m'attirer des ennuis, je lui avais fait gagner un temps précieux.

Je fonçai jusqu'au restaurant mais la table où j'avais laissé le garçon était vide. Je repartis rapidement vers ma voiture. De retour chez moi, quelques minutes plus tard, j'aperçus une Honda vieillissante garée près de ma boîte à lettres.

Julia et Justin étaient attablés dans la cuisine. Diesel s'était hissé sur les genoux du garçon, qui le serrait contre sa poitrine. Théière, tasses, cuillers et petit pot de lait étaient soigneusement disposés entre la mère et le fils.

Julia releva les yeux vers moi, troublée.

— Oh, Charlie, quelle histoire, quel bazar ! Je suis terriblement désolée que Justin et toi ayez dû voir une telle chose.

— Je vais bien, lui assurai-je en posant une main réconfortante sur son épaule. Justin, ça va ?

— Ça va, dit-il d'une voix étouffée.

Il frottait sa tête contre celle du félin, dont le ronronnement emplissait la pièce.

J'allai chercher une tasse et une soucoupe dans le placard avant de m'asseoir avec eux. Julia me servit du thé. J'y ajoutai du sucre, du lait, et goûtai. La chaleur du thé était apaisante et réconfortante, comme toujours.

Je reposai la tasse après quelques gorgées. Ni Julia ni Justin n'avaient repris la parole, attendant peut-être que je rompe le silence. La tension émanant d'eux était palpable.

— J'ai parlé avec les enquêteurs du bureau du shérif, annonçai-je. C'est Kanesha Berry qui est chargée de l'enquête.

— La fille d'Azalea ? s'étonna Julia, les sourcils froncés. Je ne savais pas qu'elle avait eu une promotion. Tant mieux pour elle, j'imagine.

— Il semble que ce ne soit que temporaire, dis-je avec un haussement d'épaules. M. Stout est en congé maladie et Kanesha le remplace en attendant.

— Pourquoi ce n'est pas la police qui s'en occupe ? demanda Justin.

— Dans une grande ville, ce serait le cas. Mais ici, c'est le shérif qui enquête sur les homicides. Notre service de police n'est pas équipé pour mener l'enquête.

— Ce genre de choses n'arrive pas souvent à Athena, Dieu merci...

Julia saisit sa tasse au creux de ses paumes et y noya son regard.

— Je n'ai pas dit à l'agente Berry que Justin était à l'hôtel avec moi.

C'était abrupt mais je ne voyais pas comment faire autrement.

— Merci.

Mon amie sourit, mais les rides qui lui barraient le front s'accentuèrent.

— Cela dit, repris-je, ils apprendront forcément que Justin a passé du temps dans cette chambre avec Godfrey aujourd'hui.

— C'est vrai, mais d'autres personnes ont aussi pu passer lui rendre visite. Il est évident que Justin n'y est pour rien.

Le ton de Julia était aussi acéré que le regard qu'elle dardait vers moi.

— Évident, répétai-je.

Je me tournai vers le jeune homme.

— Quand t'es-tu servi de ton téléphone pour la dernière fois ?

Plutôt que de croiser mon regard, il s'appuya contre le dossier de sa chaise et fourra les mains dans les poches de son jean. Il en sortit mon portable, qu'il me rendit sans un mot.

Je le remerciai et posai l'appareil sur la table.

— Et maintenant, si tu répondais à ma question ? lançai-je sur un ton aussi tranchant que celui de sa mère.

Son absence de réponse m'agaçait.

— Ne lui parle pas ainsi ! lança Julia, l'œil noir. Il n'a rien fait de mal.

Je lui rendis son regard.

— Je n'ai pas dit le contraire, mais il faut qu'il réponde. C'est important.

Julia se radossa à son siège, les bras croisés. Je crus qu'elle allait reprendre la parole, mais malgré une brève inspiration, elle demeura silencieuse.

Je répétai ma question à Justin. Diesel frotta son museau contre le menton du garçon, qui finit par lever les yeux vers moi.

— Je sais pas trop. Dans l'après-midi, je dirais.

— Tu l'as sur toi ?

Julia me dévisageait sans rien dire.

— Non, répondit Justin en repoussant les mèches brunes qui lui retombaient sur le visage. Je l'ai perdu.

— En quoi est-ce si important ? voulut savoir Julia, les mains jointes et les coudes appuyés sur la table. Les gens perdent leur téléphone, ça arrive…

— Parce qu'ils ont retrouvé le portable de Justin près du corps de Godfrey.

Je les observai attentivement pour jauger leur réaction. Julia cligna plusieurs fois des yeux tandis que Justin demeurait muet.

— Justin, Godfrey était toujours en vie quand vous vous êtes séparés cet après-midi ? demandai-je sur un ton neutre, dénué de menace.

— Absolument, répondit le garçon.

— Mais tu es retourné dans sa chambre et tu l'as trouvé mort. Il s'est écoulé combien de temps entre ton départ et le moment où tu es revenu ?

Justin réfléchit quelques instants.

— Environ une heure.

Il lança un coup d'œil vers sa mère, visiblement inquiet. Celle-ci évita son regard.

— Pourquoi y es-tu retourné ?

Justin reporta toute son attention sur moi.

— Je voulais reprendre notre discussion. Il n'a pas répondu quand j'ai frappé, donc je me suis servi de la clé pour entrer, dit-il d'une voix qui se fêla. Je… J'ai pensé qu'il était sans doute allé à un rendez-vous, donc j'allais lui laisser un mot mais…

Il laissa sa phrase en suspens, visiblement au bord des larmes.

Julia prit le relais, l'air sombre :

— Quand il a trouvé le corps de Godfrey, il a sorti son téléphone pour appeler quelqu'un. Mais il a paniqué.

Je me représentais sans mal la scène.

— Il a lâché le téléphone et n'a pas osé le récupérer.

— C'est ça, dit Justin qui avait retrouvé sa voix normale. J'ai eu très peur. Je suis sorti de l'hôtel mais je ne savais pas quoi faire, donc j'ai traversé la rue et je me suis assis jusqu'à ce que vous arriviez.

— Qu'est-ce qu'on va faire, Charlie ? s'inquiéta mon amie. Kanesha va sans doute croire que Justin est coupable. Mais ce n'est pas lui ! L'idée même est complètement ridicule. Je ne laisserai personne traiter mon fils d'assassin !

— Je n'en suis pas un.

Justin serra Diesel contre lui et tourna vers sa mère un regard qui me parut circonspect.

— Je te crois, affirmai-je avec le plus de conviction possible. Franchement, quel mobile aurais-tu pu avoir ?

Justin se dandina sur son siège, ce qui fit protester le maine coon. Le garçon lui caressa gentiment la tête puis le souleva pour le déposer à terre. Diesel émit un gazouillement avant de s'éloigner vers la buanderie.

— Désolé, dit Justin en me regardant droit dans les yeux. On s'est disputés et je lui ai un peu crié dessus.

Il marqua un temps d'arrêt et se tourna vers sa mère. Celle-ci soupira.

— Godfrey avait envie que Justin reparte avec lui en Californie pour quelques mois. Mais Justin ne voulait pas y aller. Godfrey… Bon, tu sais comment il pouvait être quand il avait décidé quelque chose. Moi, le laisser emmener Justin en Californie ? Non mais franchement !

Je me remémorai les crises de colère de Godfrey quand on le contrariait.

— Je ne m'en souviens que trop bien. Il pouvait se montrer extrêmement désagréable.

— Effectivement, dit Justin, le regard triste. Il s'est un peu calmé quand je me suis mis à crier, moi aussi. Mais j'ai bien vu qu'il était toujours furieux alors je suis parti.

— Et quand Justin est revenu, Godfrey était mort.

Le ton horrifié de Julia me remit en mémoire la scène macabre dont j'avais été témoin. Je m'agitai sur mon siège, mal à l'aise. Il me faudrait longtemps avant de pouvoir m'ôter cette vision de la tête.

Je bus un peu de thé dans l'espoir d'apaiser mon estomac noué.

— Il faudra raconter tout ça à l'agente Berry.

Justin se renfrogna. Sa mère n'avait pas l'air ravie non plus.

— Je sais bien que ça ne vous plaît pas. J'aurais aussi aimé maintenir Justin en dehors de tout ça, mais je doute que ce soit possible.

Julia paraissait prête à me lancer la théière à la figure.

— Si tu ne dis rien, il n'y a aucune raison qu'ils sachent que Justin était sur place.

Elle semblait déterminée à protéger son fils à n'importe quel prix et ne réfléchissait plus de manière rationnelle.

— Faites preuve d'un peu de jugeote !

Ma patience atteignait ses limites. J'avais tenté de faire gagner du temps à mon pensionnaire pour qu'il puisse se reprendre mais je n'allais pas mentir plus longtemps aux agents.

— Ils ont retrouvé son téléphone et vont sans doute découvrir ses empreintes partout dans la chambre. Comment comptes-tu expliquer ça ?

— J'imagine que tu as raison, admit Julia après quelques instants de silence. Il va falloir dire la vérité, mon chéri. Il faut qu'ils découvrent qui a commis ce crime, leur mentir ne ferait que compliquer les choses.

— Ça vous dérange si je monte dans ma chambre ? demanda Justin en se levant. Je suis explosé.

— Bien sûr, mon chéri, répondit Julia. Repose-toi. Tu n'as pas dîné, tu te sens mal ?

— J'ai de quoi manger dans la chambre. Je peux y aller, maman ?

— Oui, vas-y.

Julia se leva, les bras écartés pour serrer contre elle Justin, qui ne laissa toutefois pas le câlin s'éterniser. Il se libéra de l'étreinte de sa mère et sortit rapidement de la cuisine. Quelques instants plus tard, nous l'entendîmes monter l'escalier d'un pas lourd.

Julia et moi restâmes assis à la table, à nous observer mutuellement. Je voyais bien qu'elle avait toujours un certain ressentiment à mon égard, mais moi non plus, je n'étais pas ravi de son comportement. Protéger son fils était une chose, mais prétendre agir comme s'il n'avait jamais mis les pieds à l'hôtel était complètement absurde.

— Et toi ? demandai-je. Tu as mangé ? Moi non.

Une manière comme une autre d'enterrer la hache de guerre.

— Non, j'étais encore à l'hôpital quand Justin m'a appelée. J'ai foncé jusqu'à l'hôtel pour l'amener ici et le mettre en sécurité.

Julia se détendit assez pour se radosser à son siège.

— Ezra est toujours à l'hôpital ? demandai-je.

Je n'avais plus repensé à lui jusqu'à cet instant.

— Oui, répondit mon amie sans me regarder.

— Il est sérieusement blessé ?

Je fronçai les sourcils. Quelque chose clochait dans cette histoire.

— Godfrey n'a pas pu lui faire mal à ce point, si ?

— Non, répondit Julia d'un ton monocorde. Mais se battre n'a rien arrangé.

— Arrangé quoi ? Qu'est-ce qu'il a ?

— Il est mourant.

Elle éclata en sanglots.

10

— Je suis vraiment navré. Je ne savais pas, dis-je tout en sachant à quel point mes propos étaient nuls.

Je me levai pour attraper une boîte de mouchoirs que je lui tendis. Elle en prit deux et se tamponna les yeux tandis que je me rasseyais.

— Personne n'est au courant sauf Ezra, les médecins et moi, souffla-t-elle d'une voix rendue rauque par les larmes.

— Vous ne l'avez pas encore annoncé à Justin ?

— Non, mais il faut que je le fasse. Je voulais attendre qu'il ait rencontré Godfrey. Maintenant…

Sa voix s'éteignit sans qu'elle termine sa phrase.

— C'est un cancer ? demandai-je.

J'avais remarqué ce matin qu'Ezra semblait plus frêle et plus âgé que dans mon souvenir.

— Oui, du pancréas, confirma Julia avec un hochement de tête.

— Je suis vraiment désolé. C'est aussi ce qu'a eu ma femme.

— Je sais, répondit-elle à mi-voix.

— Où est-il suivi pour son traitement ?

— À Memphis. Ils voulaient l'envoyer à Houston, dans ce grand hôpital spécialisé en oncologie, mais Ezra refuse d'y aller.

L'établissement en question, nommé M.D. Anderson, avait fait de son mieux pour Jackie. Mais la maladie avait gagné.

— Le pourcentage de survie est tellement faible, dis-je.

— Oui, c'est vrai.

Julia se massa les tempes comme si elle avait mal à la tête.

— Alors il n'y a pas grand-chose à faire, dis-je.

Elle me gratifia d'un sourire si triste que j'aurais voulu pouvoir la réconforter.

— Non, comme tu dis. Et les miracles ne courent pas les rues en ce moment.

Avant que je puisse répondre, quelqu'un sonna à la porte. Julia sursauta, puis croisa mon regard.

— C'est sans doute Kanesha, dis-je en me levant.

Elle pâlit.

— J'aurais préféré ne pas avoir à lui parler ce soir.

— Mieux vaut en finir rapidement. Je pourrai peut-être rester auprès de toi pendant qu'elle te posera des questions.

Je lui souris avant de quitter la pièce, puis jetai un coup d'œil au judas. Kanesha Berry se tenait bien sous le porche, accompagnée de l'agent Bates. Impossible de retarder plus longtemps l'échéance. J'ouvris la porte.

— Re-bonjour, monsieur Harris, annonça Kanesha avec un petit hochement de tête. J'ai d'autres questions à vous poser. Comme pourquoi vous avez oublié de mentionner que vous n'étiez pas seul à l'hôtel.

— Je me ferai un plaisir de vous l'expliquer. Je vous en prie, entrez, dis-je en m'écartant.

Kanesha demeura sur le seuil.

— Je souhaite aussi parler à Justin Wardlaw. Il est là ?

— Oui, de même que sa mère. Je pense qu'elle aimerait vous parler en premier.

Je lui fis signe d'entrer et, cette fois, elle obtempéra. Après que j'eus refermé la porte, elle se tourna vers moi.

— Mme Wardlaw est ici depuis combien de temps ?

Je réfléchis.

— Environ une demi-heure.

Kanesha fit la grimace ; ma réponse ne lui plaisait pas. Elle estimait sans doute que Julia et moi avions mis au point des alibis.

— Par ici, je vous prie. Mme Wardlaw est dans la cuisine, si ça ne vous dérange pas de lui parler là-bas.

— Où vous voudrez.

Kanesha et Bates me suivirent. À notre arrivée, Julia était debout près de la table. Diesel avait disparu, sans doute était-il monté tenir compagnie à Justin. Julia avait l'air calme mais je savais à quel point elle était nerveuse.

— Bonsoir, madame Wardlaw, dit Kanesha en se postant en face d'elle, de l'autre côté de la table. Voici l'agent Bates.

— Madame, dit Bates en retirant son chapeau pour le placer sous son bras.

Mon amie les salua d'un mouvement de tête.

— Bonsoir. Ça ne vous dérange pas si M. Harris reste avec moi ?

— Ça ne fera pas de différence. Je ne doute pas qu'il ait déjà entendu tout ce que vous avez à dire, répondit Kanesha sur un ton particulièrement tranchant.

Julia fronça les sourcils, et je haussai les épaules. Le mal était fait. Aucun enquêteur doté d'un tant soit peu d'intelligence n'aurait pris nos propos pour argent comptant, de toute façon.

— Et si on s'asseyait ? proposai-je en leur indiquant les sièges libres. Je vous offre quelque chose à boire ?

Les deux agents déclinèrent mon offre. Une fois Julia et moi assis, ils s'installèrent. Bates sortit son calepin et un crayon, prêt à prendre des notes.

— Charlie m'a dit que vous étiez chargée de l'enquête, commença Julia.

Toute son attention semblait se porter sur Kanesha.

— C'est exact. Je suis certaine que vous êtes déjà informée que Godfrey Priest a été retrouvé sans vie. Nous enquêtons sur sa mort et j'ai des questions à vous poser, ainsi qu'à votre fils. De même qu'à M. Harris, ajouta-t-elle avec un geste du menton dans ma direction.

— Je suis toute disposée à vous répondre, assura Julia.

Kanesha la dévisagea, impassible.

— Madame Wardlaw, quelle était la nature de votre relation avec la victime ?

— On se connaissait depuis l'adolescence. Nous n'étions pas particulièrement proches, en tout cas pas ces dernières années.

Une légère rougeur lui monta aux joues.

— Mais j'imagine qu'on peut dire qu'on était amis...

— Je vois, dit Kanesha. Et votre fils ? Quels étaient ses liens avec M. Priest ?

Était-elle déjà au courant ? Sans doute, étant donné la vitesse à laquelle couraient les rumeurs à Athena.

Mais pourquoi ne pas lui poser directement la question ?

— Godfrey était le père biologique de Justin, répondit une Julia toujours rougissante. Ils se sont rencontrés aujourd'hui pour la première fois.

— Votre mari en est informé ?

Kanesha devait vraiment être redoutable au poker.

— Oui, dit Julia.

— Et qu'en pense-t-il ?

— Ça ne lui plaît pas, répondit Julia sur un ton qui laissait entendre que la question était idiote. Il a toujours considéré Justin comme son propre fils.

— Il savait ne pas en être le géniteur ?

Kanesha appuyait partout où ça pouvait faire mal… et sans ménagement.

— Oui, il était au courant. Il l'a toujours su.

Julia avait les joues cramoisies.

— Où est M. Wardlaw ? s'enquit Kanesha.

— À l'hôpital. Depuis 13 heures cet après-midi. J'étais avec lui jusqu'à il y a environ une demi-heure.

Julia venait d'énoncer clairement son alibi et celui d'Ezra, mais cela ne parut pas intéresser Kanesha.

— Une altercation a eu lieu entre votre mari et M. Priest aujourd'hui.

Kanesha semblait décidément bien informée sur les événements de la journée.

Julia fronça les sourcils et croisa les bras sur sa poitrine.

— Ils ont eu des mots. Mon mari a frappé Godfrey, qui a riposté. Un coup au visage. Mon mari saignait, il avait mal, donc je l'ai emmené aux urgences.

— Avez-vous vu M. Priest après cela ?

Julia hésita.

— Non, je ne l'ai pas revu.

C'était la première question à laquelle elle ne répondait pas immédiatement. Était-elle en train de mentir ?

— Vous êtes sûre ?

Kanesha aussi avait remarqué son hésitation. Elle semblait prête à fondre sur sa proie.

Cette fois, Julia ne flancha pas.

— Certaine.

— Vous n'avez donc pas connaissance de ce qu'a fait M. Priest après votre déjeuner ?

Kanesha se radossa à son siège et, pour la première fois depuis le début de l'entretien, assouplit un peu sa posture rigide.

— Je sais seulement ce que Justin et Charlie m'en ont raconté. Mais j'imagine que vous préférerez que ce soit eux qui vous le disent, répondit Julia avec un bref sourire.

— En effet. Je compte également m'entretenir avec votre mari. Combien de temps doit-il être hospitalisé ?

— Il pourrait sortir demain.

Julia laissa ses mains retomber sur ses cuisses.

— Mais il est malade. Je vous demanderai de ne pas le brusquer.

Kanesha sortit une carte de visite d'une poche de son uniforme.

— Merci de m'appeler à ce numéro demain et de me faire savoir quand je pourrai lui parler.

Julia prit la carte et la posa devant elle sur la table.

— C'est d'accord.

— Merci. J'aurai peut-être d'autres questions à vous poser par la suite. Mais pour le moment, j'aimerais m'entretenir avec votre fils.

— Je vais le chercher si tu veux, proposai-je à Julia.

— Si ça ne te dérange pas, oui. Merci, Charlie.

— Je reviens dans un instant, dis-je en quittant mon siège.

La conversation reprit alors que je sortais de la cuisine. Kanesha allait-elle continuer à interroger Julia en mon absence ? Je m'inquiétais pour mon amie concernant cette hésitation qu'elle avait eue. Je n'imaginais pas Kanesha laisser passer ce genre de chose.

Trop tard pour y faire quoi que ce soit, songeai-je en montant jusqu'au deuxième étage.

Je toquai chez Justin et attendis qu'il réponde. Comme je n'entendais rien, j'entrouvris la porte et regardai dans la chambre. Le jeune homme, toujours chaussé et habillé, paraissait profondément endormi sur son lit. Diesel, qui s'était allongé de tout son long à côté de lui, releva la tête et me regarda en clignant des yeux.

J'entrai sans faire de bruit et faillis marcher sur des emballages de barres chocolatées abandonnés près du lit. Tu parles d'un dîner... Pauvre gamin. Sa journée avait été affreuse et elle n'était pas encore terminée.

Je posai une main sur son épaule et le secouai en douceur tout en prononçant son nom. Justin ouvrit les yeux et me dévisagea, le regard teinté de confusion.

— Monsieur Charlie ? Que...

Le souvenir des événements défila visiblement dans son esprit, et il se redressa sur son séant en se frottant le visage.

— Désolé de te réveiller, mais les agents du bureau du shérif sont là. Il faut que tu descendes leur parler.

— Oui, d'accord, dit Justin d'une voix lasse.

Diesel sauta à terre et vint se frotter contre mes jambes alors que je m'apprêtais à repartir.

— Attendez ! Il faut que je vous demande un truc...

Je me tournai vers Justin, qui se leva. Diesel se mit à gazouiller. Je me penchai pour lui caresser la tête, mais voyant comme il poussait ma paume, j'y mis plus de vigueur ; il adorait qu'on lui masse le crâne.

— Qu'est-ce qui te tracasse, Justin ?

— Je sais pas ce que je dois faire, répondit-il en se passant une main dans les cheveux.

— À quel sujet ?

Diesel se dirigea vers Justin pour aller et venir contre ses jambes.

— Et si j'avais trouvé quelque chose dans la chambre ? demanda Justin. Quelque chose qui pourrait causer des ennuis à quelqu'un ?

11

— Dans la chambre d'hôtel, tu veux dire ?

Je scrutai Justin. Il était clairement inquiet.

Il hocha alors la tête.

— Tu devrais le dire aux agents, comme on l'a évoqué un peu plus tôt, affirmai-je d'un ton ferme. Le mieux est d'être honnête. Ce que tu as trouvé pourrait les aider à résoudre l'affaire.

— Mais j'ai peur de ce qui se passera, admit Justin, l'air malheureux. Et vous êtes le seul à qui je peux en parler.

— Qu'est-ce que tu as trouvé ?

Qui avait-il peur d'incriminer ? J'avais la désagréable impression de le savoir.

Justin sortit quelque chose de sa poche puis me le tendit. Un stylo en plaqué or.

— C'est à mon père.

— À ton père ? Tu veux dire à Ezra ?

J'étais trop surpris pour savoir comment répondre.

— Oui, répondit Justin. Je le lui ai offert pour son anniversaire l'année dernière. Avec ses initiales gravées dessus.

Il leva sa trouvaille au niveau de mes yeux en pointant du doigt les lettres inscrites sur le cylindre.

Je me rappelai soudain la question qu'il m'avait posée au restaurant de l'hôtel. Il m'avait demandé si je pensais qu'Ezra avait tué Godfrey. Je savais désormais pourquoi : il tenait la pièce à conviction au creux de sa main.

Mais comment Ezra aurait-il pu sortir de l'hôpital et se rendre à l'hôtel sans que personne s'en rende compte ? Julia affirmait avoir passé la journée avec lui, et l'équipe hospitalière aurait forcément remarqué une aussi longue absence.

— Qu'est-ce que je dois faire ? demanda Justin alors que nous contemplions tous les deux le stylo.

— Le montrer aux agents.

— Je ne peux pas. Même après ce qu'il m'a fait.

Je regardai fixement l'objet, tiraillé quant à la marche à suivre. Il devait être couvert des empreintes digitales de Justin, lesquelles avaient sans doute effacé toutes les autres. L'agente Berry savait déjà qu'il se trouvait dans la chambre.

Je pris une décision spontanée, avec le cœur plutôt qu'avec la tête. Je ne tenais pas à faire de la rétention de preuve mais, tant que j'ignorais comment ce stylo avait fini dans la chambre de Godfrey, je préférais continuer à protéger Justin… et ses parents.

— Range-le et ne leur dis rien à ce sujet pour le moment. Voyons déjà quelles questions ils vont te poser.

Justin opina du chef, visiblement soulagé. Il remit le stylo dans sa poche.

— Bon, j'imagine que je ferais mieux de descendre.

— Oui.

Je poussai la porte et la maintins ouverte.

— Allez, les gars !

Diesel fila comme une flèche, Justin et moi lui emboîtâmes le pas. Le temps d'arriver à l'escalier, le félin avait déjà disparu.

À notre arrivée dans la cuisine, l'agent Bates observait Diesel avec admiration.

— C'est vraiment un chat ?

— Oui, confirmai-je. Un maine coon. Ils peuvent peser jusqu'à quinze kilos.

— Bon sang, il est plus gros que mon chien ! s'étonna Bates en secouant la tête.

Kanesha fronça les sourcils en direction de son subordonné. J'échangeai quant à moi un regard amusé avec Julia. La réaction de Bates face à Diesel avait au moins eu le mérite de faire retomber un peu la tension.

— Agente Berry, voici mon fils, Justin Wardlaw.

Mon amie s'avança pour passer un bras autour de la taille du garçon et l'attirer contre elle.

Kanesha et Bates se présentèrent à Justin avant de lui faire signe de s'asseoir.

— J'aimerais parler à Justin seule à seul, dit-elle.

Julia secoua la tête.

— Non. Non, je dois rester avec lui.

Kanesha se renfrogna.

— Quel âge avez-vous, Justin ?

— Dix-huit ans.

Kanesha opina du menton.

— Dans ce cas, madame Wardlaw, j'insiste pour parler à Justin sans vous. Votre fils est un adulte.

Dans son indignation, Julia me fit penser à une lionne prête à attaquer.

— C'est ridicule ! Si vous refusez que je reste auprès de lui, alors je ne crois pas qu'il doive s'entretenir avec vous.

Je devançai Kanesha, qui s'apprêtait à répondre :

— L'agente Berry a raison, Julia. Justin est majeur. Et à mon avis, le mieux est de les laisser parler maintenant. Sans quoi j'imagine qu'il sera obligé de se rendre jusqu'au bureau du shérif. Autant lui éviter ça, non ?

Kanesha me gratifia d'un regard sévère. Elle se serait volontiers dispensée de mon intervention, mais j'avais jugé préférable de m'en mêler avant que Julia s'échauffe trop.

— D'accord. Tu as raison, autant éviter ça.

Julia lâcha son fils.

— Je serai juste à côté si tu as besoin de moi, lui dit-elle avec un sourire.

Justin hocha la tête. Il avait beau être un adulte au regard de la loi, je ne voyais en lui qu'un garçon épuisé et apeuré. J'espérais que Kanesha ferait preuve de tact, il avait eu une journée très difficile.

J'offris mon bras à mon amie et lui fis traverser le hall jusqu'au séjour. Elle se laissa tomber sur un fauteuil et se couvrit le visage de ses mains.

Ne sachant trop comment la réconforter, je ne pus que lui tapoter gentiment l'épaule. Puis je tirai un siège près du sien et m'assis.

— Ça va aller, Julia, affirmai-je sur un ton que j'espérais convaincant.

Elle laissa retomber ses bras sur ses cuisses. Son visage était humide de larmes.

— Oh, Seigneur, qu'est-ce qu'on va faire ?

— Ils ne vont pas arrêter Justin.

En tout cas pas ce soir, j'espère.

— Mon Dieu, non, souffla-t-elle à mi-voix.

Elle se laissa aller contre le dossier de son fauteuil, semblant soudain avoir bien plus de cinquante ans.

— Ezra sera dans tous ses états quand il apprendra ce qu'il s'est passé.

— Il faudra forcément l'informer. Et puisqu'on parle d'Ezra, repris-je en voyant Julia acquiescer, j'ai une question.

Elle me regarda, circonspecte.

— Tu as passé la journée à l'hôpital avec lui jusqu'au moment où tu es allée chercher Justin à l'hôtel ?

Je l'observai attentivement. Elle baissa les yeux pendant quelques instants.

— C'est ça, dit-elle.

— Donc impossible qu'Ezra soit sorti de l'établissement ?

Elle se redressa brusquement, surprise.

— Bien sûr que non. Pourquoi tu me demandes un truc pareil ?

Elle fronça les sourcils.

— Ezra n'a pas tué Godfrey. Tu peux tout de suite chasser cette idée de ton esprit.

Elle s'emportait de nouveau, mais je n'avais pas l'intention de lâcher prise.

— D'accord, dis-je. J'oublie cette idée pour l'instant. Mais laisse-moi te poser une autre question.

Je détestais agir ainsi, mais Julia avait de toute évidence – à mes yeux, en tout cas – menti à propos du temps qu'elle avait passé au côté de son mari.

— Oui, vas-y, répondit-elle avec un regard noir.

— Que me répondrait Ezra si je lui demandais si tu as passé toute la journée avec lui là-bas ?

Elle étrécit les yeux.

— Qu'est-ce que tu insinues ? Bien sûr qu'Ezra dirait que nous étions ensemble.

— Alors l'un d'entre vous mentirait, répondis-je d'une voix aussi posée que possible. Or c'est inutile, car je sais que l'un d'entre vous est passé dans la suite de Godfrey aujourd'hui.

Je me tus pour la laisser prendre la mesure de ce que je venais de dire. En la voyant pâlir, je sus que j'avais vu juste. Sans en tirer la moindre satisfaction.

— Comment le sais-tu ?

— Justin a retrouvé quelque chose appartenant à Ezra dans la chambre. Quand il y est retourné et a trouvé le corps.

— Oh non…

Toute combativité semblait l'avoir quittée.

— Et Justin va remettre ce qu'il a trouvé aux enquêteurs ?

— Non, je lui ai dit de ne pas le faire, pas pour l'instant. Ça l'inquiète beaucoup et je voulais d'abord découvrir qui a laissé cet objet à l'hôtel. Tu ne lui as pas encore dit que tu t'étais rendue sur place, n'est-ce pas ?

Julia secoua la tête.

— Non. Je m'aperçois que j'aurais dû.

— Tu devrais aussi me dire la vérité si tu veux que je puisse aider Justin.

— Je le ferai, assura-t-elle d'une voix ferme.

— La question est... Non, j'ai deux questions, en fait. Lequel de vous deux s'est rendu à l'hôtel ? Et quand ?

Elle se radossa de nouveau à son siège.

— C'était moi, comme tu l'as compris. Ezra n'a pas bougé de l'hôpital. Qu'est-ce que j'ai laissé sur place ?

— Le stylo en plaqué or d'Ezra, celui que Justin lui a offert.

— Bien sûr. Quelle idiote je fais ! s'agaça-t-elle. Godfrey a voulu me faire un chèque mais n'avait pas de quoi écrire. J'avais les affaires d'Ezra dans mon sac à main, donc j'ai dû lui donner ce stylo et l'oublier sur place ensuite.

— Godfrey était vivant quand tu es repartie ?

La question était terrible, mais je me devais de la poser.

Une lueur de colère passa dans les yeux de Julia.

— Oui. Vivant et hors de lui.

— Pourquoi ?

— Parce que je venais de lui passer un savon. Je suis arrivée en m'attendant à trouver Justin avec lui, or il n'était pas là. Quand j'ai demandé à Godfrey où se trouvait mon fils, il m'a expliqué qu'ils s'étaient disputés et pourquoi.

— Et tu lui es tombée dessus ?

Je ravalai un sourire au souvenir de l'impétuosité bien connue de Julia depuis l'adolescence.

— Plutôt deux fois qu'une, répondit-elle avec une pointe de satisfaction dans la voix. Je lui ai dit qu'il devrait penser un peu plus à ce qui est bon pour Justin et moins à ce dont lui avait envie. Il a reçu le message.

— Je n'en doute pas. Tu es restée combien de temps ?

Julia réfléchit quelques instants.

— Pas plus de quinze minutes, peut-être même dix. Il fallait que je retourne à l'hôpital.

— Quelle heure était-il ?

— Je suis revenue peu après 15 heures. Ils étaient en train de changer d'équipe.

— Donc Godfrey était toujours vivant peu avant 15 heures ?

J'essayai d'établir une chronologie claire dans mon esprit.

— Oui.

— Tu n'as pas essayé de retrouver Justin avant de repartir pour l'hôpital ?

— Non. Je m'inquiétais pour lui mais je devais veiller sur Ezra et il fallait que je passe à la banque pour déposer le chèque de Godfrey. Justin m'aurait appelée en cas de besoin.

Elle détourna la tête quelques secondes.

— C'est du moins ce que je croyais.

— Tu devrais raconter tout ça aux enquêteurs.

— Je sais. Ils vont croire que Justin ou moi l'avons tué. Voire qu'on a fait le coup ensemble.

Elle se passa une main sur le visage en se tournant de nouveau vers moi.

— Mon Dieu comme j'aimerais entendre ce qui se dit dans ta cuisine à cet instant !

— Je sais. Moi aussi. Mais pour l'heure, la seule chose à faire est d'attendre.

Elle acquiesça.

— Il est possible qu'ils pensent que Justin ou toi êtes coupables, admis-je. Ça dépendra du mobile qui leur paraîtra crédible. La vengeance, peut-être.

— Pourquoi est-ce que j'aurais envie de me venger de lui ? rétorqua-t-elle avec un reniflement de dérision. Si j'avais voulu tuer Godfrey pour m'avoir mise enceinte puis abandonnée, je l'aurais fait il y a des années.

— Possible. Mais voilà que ton mari est très gravement malade et que Godfrey réapparaît avec l'idée d'emmener ton fils jusqu'en Californie. On peut imaginer que, anxieuse comme tu es, tu aies pu perdre le contrôle et le trucider.

Julia blêmit.

— Je n'avais pas pensé à ça. Ça paraît plausible présenté ainsi. Dieu sait que je suis stressée comme jamais.

— Et ça n'a rien d'étonnant, assurai-je, compatissant. Ce serait la même chose pour n'importe qui face à ce qui arrive à Ezra.

Elle me remercia d'un sourire.

— Mais je n'ai pas tué Godfrey. Et ni mon mari ni mon fils ne sont coupables.

— Alors il va falloir chercher ailleurs.

Je marquai une pause.

— À quelle fréquence Godfrey est-il revenu à Athena ces dernières années ?

Julia réfléchit un instant.

— Tous les deux ou trois ans. Dont plusieurs visites lors de tournées promotionnelles et aussi pour faire des recherches.

— En dehors de l'université, après le départ de ses parents d'Athena, il avait encore des liens avec les gens du coin ?

Julia ne semblait pas m'avoir entendu.

— Qu'est-ce qu'il y a ? demandai-je. Tu te rappelles quelque chose ?

Je me penchai un peu plus vers elle.

— Je repensais à ces séances de dédicace, finit par répondre Julia en reportant son attention vers moi. En quittant l'hôtel, tout à l'heure, j'ai aperçu une personne à la réception avec un carton de livres.

Elle haussa les épaules.

— En tout cas j'ai cru que c'était ça parce que le titre du dernier roman de Godfrey était inscrit dessus.

— Qui était-ce ?

Un nouveau suspect potentiel, espérai-je. Une bonne nouvelle pour Justin et Julia.

— Jordan Thompson, la propriétaire de la librairie sur la place. Et je sais de source sûre qu'elle détestait Godfrey.

12

— Je n'imaginais pas que les femmes de pasteur puissent écouter les ragots, dis-je en plaisantant.

Mais Julia ne le prit pas à la légère.

— Je ne suis pas du genre à colporter des rumeurs ! répliqua-t-elle d'un ton glacial qui me refroidit aussitôt. Mais les gens me confient des choses, même quand je ne leur ai rien demandé. Et puis la nièce de Melba Gilley, Patty, travaille là-bas depuis cinq ans, après avoir eu son bac. Elle gardait Justin quand il était petit, donc chaque fois qu'on se croise, on discute.

Je hochai la tête. Je connaissais Patty Simpson. Et je connaissais aussi Melba. Si la jeune fille ressemblait un tant soit peu à sa tante, elle savait tout ce qui se passait dans un rayon de quinze kilomètres à la ronde.

— D'accord. Admettons qu'il se soit passé quelque chose entre Godfrey et Jordan, dis-je en coulant un regard circonspect vers Julia. Quelque chose qui aurait plongé Jordan dans une colère telle qu'elle aurait voulu la mort de Godfrey. Comment peut-on espérer découvrir de quoi il retournait ? À part en appelant Patty pour lui poser la question, vu qu'elle semble au courant de tout.

— Ce n'est pas ce que je suggère, s'agaça Julia. Même si je ne doute pas qu'elle se ferait un plaisir de dire tout ce qu'elle sait là-dessus, parmi une dizaine d'autres potins passionnants.

Elle marqua une pause.

— Je sais que tu vas dans cette librairie. Je t'y ai même vu plusieurs fois.

— Oui, c'est vrai. J'y passe au moins tous les quinze jours.

J'avais toujours adoré ces endroits. J'ai beau avoir accès à d'innombrables ouvrages dans les deux bibliothèques où je travaille, je ne résiste pas à l'appel des livres neufs.

— Alors vas-y demain et discute avec Jordan, proposa Julia. Elle a un faible pour les hommes mûrs, d'après ce que j'ai pu voir. Tu devrais pouvoir la faire parler.

— Franchement, Julia, je n'arrive pas à croire que tu suggères une telle chose !

Je faisais semblant d'être choqué mais j'étais surtout amusé. Je me voyais mal dans le rôle de l'homme fatal persuadant de jeunes et jolies femmes de révéler leurs secrets.

Elle ne répondit pas mais pivota sur son siège pour regarder vers la cuisine.

— Pourquoi ça dure aussi longtemps ? Ça devrait déjà être terminé, non ?

Elle fit mine de se lever.

— Attends, j'y vais, dis-je.

Je lui fis signe de rester où elle était, et elle se rassit.

— Kanesha n'appréciera pas d'être interrompue, mais comme elle a déjà une sacrée dent contre moi, ça ne changera pas grand-chose.

Arrivé à quelques pas de la cuisine, j'entendis l'écho de plusieurs voix. Puis l'une d'elle s'éleva au-dessus des autres : celle de Justin.

— Oui, j'y suis retourné ! Mais il était mort. Je n'arrête pas de vous le dire. Pourquoi vous continuez à me poser la question ?

Les accents presque hystériques dans la voix du garçon m'inquiétèrent. En entrant dans la cuisine, je vis Diesel qui, perché sur les genoux de Justin, dardait sur Kanesha un regard plein de colère. Il semblait prêt à lui bondir dessus.

— Diesel, non !

Entendant ma voix, il laissa échapper un ronron qui exprimait toute sa contrariété. Il se détendit toutefois en partie et se rassit contre Justin. L'épuisement qui se lisait sur les traits de celui-ci m'enhardit.

Kanesha se leva pour me faire face.

— J'apprécierais que vous emmeniez ce chat ailleurs.

La façon dont elle avait prononcé ces mots n'était pas à mon goût.

— Il est ici chez lui et s'il veut venir dans la cuisine, c'est son droit. Qu'avez-vous fait pour le mettre dans cet état ?

Je pris plaisir à voir la surprise se peindre sur son visage. Elle ne s'était de toute évidence pas attendue à ce que je lui réponde. Puis j'en rajoutais une couche sans lui laisser le temps de rétorquer :

— Il me semble que vous avez eu largement le temps d'interroger Justin. Il a eu une longue et difficile journée. À moins que vous n'ayez l'intention de l'inculper, je crois que cet entretien est arrivé à son terme.

Par-dessus l'épaule de Kanesha, je vis Bates esquisser un sourire moqueur. Pas bon pour nous. Kanesha pourrait décider d'enfoncer Justin parce qu'elle savait devoir faire ses preuves devant son subordonné à l'esprit un peu trop étroit.

— Je mène une enquête sur ce qui semble être un homicide, monsieur Harris.

Elle énonçait chaque mot avec un soin qui laissait deviner sa fureur.

— Une enquête que j'entends conduire de la manière qui me semblera appropriée, c'est-à-dire en interrogeant toute personne ayant un lien avec la victime.

Son regard était si intense que je faillis reculer.

— Vous comprenez ? demanda-t-elle.

— Absolument.

Un homme plus avisé aurait battu en retraite, la queue entre les jambes face à une représentante des forces de l'ordre aussi furax. Mais il me suffit d'un nouveau coup d'œil au visage de Justin pour décider de ne rien céder.

— Je constate simplement que vous avez questionné Justin et sa mère. Vous avez poussé le bouchon suffisamment loin comme ça, d'autant que Justin n'a pas eu l'occasion de consulter un avocat. Ils sont tous les deux très affectés par ce qui s'est passé, et si vous avez ne serait-ce qu'une once d'humanité, vous leur laisserez le temps de se remettre. Ils n'ont même pas encore dîné, et moi non plus. Vous pourrez reprendre cet entretien demain.

Bates se leva et se rapprocha de Kanesha. Il semblait prêt à s'interposer entre elle et moi.

Je devais avoir l'air plus menaçant que je ne l'étais vraiment car les deux agents me fusillaient à présent du regard. Je reculai d'un pas, les mains levées pour montrer que je n'étais pas agressif.

Sur un mouvement sec de la tête de Kanesha, Bates s'écarta.

— J'ai d'autres questions vous concernant, monsieur Harris, dit-elle en croisant les bras. Mais elles peuvent attendre demain. J'aurai certainement aussi des choses à demander à Justin et Mme Wardlaw. Passez une bonne soirée.

Elle passa devant moi à grandes enjambées, Bates dans son sillage, qui me gratifia d'un sourire suffisant.

Quelques instants plus tard, j'entendis la porte d'entrée s'ouvrir et se refermer. Julia réapparut juste après dans la cuisine. Apercevant la mine de son fils, elle se précipita vers lui. Diesel quitta les genoux du garçon pour venir se frotter contre mes jambes.

— Ça va, mon chéri ? Ils t'ont maltraité ?

Julia examina Justin et lui caressa le visage de ses doigts tremblants.

— Non, maman. Ça va.

Justin se laissa aller contre elle, la tête appuyée sur la hanche de sa mère. Julia lui caressa les cheveux.

— C'était plutôt stressant, admit-il. Elle n'arrêtait pas de reposer les mêmes questions.

J'allai chercher une canette de Coca dans le réfrigérateur et la tendis à Justin.

— Merci. Tu aurais dû entendre M. Charlie, maman ! Il est arrivé en disant à l'agente qu'elle devrait s'arrêter là. Et c'est ce qu'elle a fait. Par contre elle enrageait.

Il ouvrit sa canette et prit une longue gorgée de soda.

— Merci, me dit Julia avec un regard plein de gratitude.

— Ce n'est rien, assurai-je. Vous avez faim ? Ça vous dit que je nous commande une pizza ?

Ils secouèrent tous les deux la tête.

— Pas pour moi, merci, dit Justin.

Pour qu'un ado dise non à une pizza, c'est qu'il devait être sacrément éreinté.

— D'accord. Tu n'as qu'à monter te coucher. Et si tu as faim durant la nuit, tu trouveras de quoi te faire un casse-croûte dans le frigo.

— Oui, merci.

Quand Justin se leva, ses épaules se crispèrent.

— Maman, tu veux bien monter avec moi deux minutes ? Je dois te parler d'un truc.

Il coula un coup d'œil dans ma direction, et je hochai la tête. Il se détendit alors. Je me doutais qu'il voulait parler à sa mère du fameux stylo. Julia pourrait lui expliquer la situation et ils décideraient ensemble ce qu'il convenait de faire.

— Appelez-moi si vous avez besoin de quoi que ce soit, dis-je.

Je les regardai quitter la pièce, le bras de Julia passé autour de la taille de son fils.

Diesel fit mine de les suivre mais je le rappelai.

— Pas maintenant, mon brave. Justin et sa mère ont besoin d'être seuls. Tu restes avec moi.

Il me dévisagea quelques instants avant de s'asseoir pour se lécher soigneusement la patte avant gauche. Jamais je n'avais rencontré un animal qui semblait à ce point comprendre ce que je lui disais. Ça me faisait même un peu peur, parfois.

Je continuai à observer le félin jusqu'à ce que des crampes d'estomac réclament mon attention. Je décidai d'oublier la pizza et optai pour des œufs brouillés avec du cheddar et des toasts. Une fois mon repas prêt, je me servis un verre d'eau et portai mon assiette jusqu'à la table.

Diesel, qui avait capté les effluves émanant de mon plat, s'approcha de mon siège en gazouillant. Il adorait les œufs brouillés, aussi lui en donnais-je souvent de petits morceaux. Et si j'oubliais, il n'hésitait pas à abattre lourdement sa patte sur ma jambe en guise de relance.

Je pris mon temps pour manger puis, une fois mon assiette terminée, nettoyai la cuisine. Azalea serait de retour dans la matinée ; autant éviter qu'elle trouve les lieux en désordre. Elle aurait déjà suffisamment à faire entre la poussière, l'aspirateur et le linge sale.

Ma tâche accomplie, je constatai que Julia n'était toujours pas redescendue. J'étais fatigué et prêt à aller me coucher avec un bon livre mais je ne voulais pas monter avant de l'avoir raccompagnée jusqu'à sa voiture. Ma tante Dottie viendrait hanter mon sommeil si je négligeais mes devoirs en tant qu'hôte.

Je montai chercher mon roman du moment avec l'idée de redescendre ensuite pour bouquiner en attendant Julia. Diesel trottait à mes côtés. Je récupérai l'ouvrage sur ma table de nuit, puis repartis vers l'escalier, mon chat sur les talons.

J'entendis Julia qui, à l'étage du dessus, souhaitait bonne nuit à Justin. Elle descendit les marches quelques instants plus tard, et je m'approchai pour la rejoindre sur le palier du premier étage.

Elle s'arrêta, la paume sur la rampe.

— Tu dois avoir hâte d'aller dormir, dit-elle. Quelle journée…

— Comme tu dis.

J'avais l'impression que trois jours s'étaient écoulés mais l'arrivée de Godfrey Priest aux archives ne remontait qu'à ce matin.

— J'attendais pour te raccompagner. Et savoir si je peux faire autre chose pour Justin et toi.

Elle descendit avec moi, une main posée sur mon bras. Diesel avait dévalé les marches et disparu avant que nous soyons à mi-chemin.

— Tu es un ami, un vrai. Et je suis vraiment désolée si je me suis montrée grossière avec toi. La vérité, c'est que j'ai très peur de ce qui pourrait arriver. Je dois protéger Justin, ajouta-t-elle en resserrant son étreinte.

— Comment va-t-il ?

— Il est très fatigué et un peu perdu, le pauvre.

Elle soupira.

— Un peu comme nous, je suppose. On a discuté et je lui ai expliqué pour le stylo.

— Bon.

J'avais envie de lui demander s'ils avaient décidé d'en parler à Kanesha, mais Julia paraissait exténuée.

Une fois au bas des marches, elle lâcha mon bras et je me tournai vers elle.

— Je garderai l'œil sur lui, assurai-je, et les oreilles grandes ouvertes. Quelqu'un avait un mobile sérieux de s'en prendre à Godfrey. On finira par apprendre la vérité, j'en suis sûr. Il va simplement falloir creuser un peu.

— Tu es un type bien, Charlie Harris.

Julia me surprit avec un baiser sur la joue, et je me sentis rougir un peu.

— Je vais chercher mon sac, je reviens.

Je l'attendis en espérant que toute rougeur aurait disparu de mon visage à son retour.

Elle revint avec son sac, je m'avançai donc pour lui ouvrir la porte et m'apprêtai à descendre l'allée avec elle quand elle m'assura que ce n'était pas nécessaire.

— La voiture n'est pas loin, il ne m'arrivera rien. Je vais passer à l'hôpital voir comment va Ezra puis rentrer à la maison.

Elle sourit avant de se détourner et de descendre vers la rue.

— Bonne nuit, alors ! lançai-je.

J'attendis de voir son véhicule démarrer et repartir avant de refermer. J'éteignis les lumières du rez-de-chaussée et guettai Diesel du regard, mais il n'y avait aucun signe de sa présence. En retournant à l'étage, je le trouvai étalé de tout son long en travers de mon lit.

Je reposai mon livre sur la table de nuit, me déshabillai et me préparai à aller me coucher. J'étais fatigué mais un tourbillon de pensées s'agitait sous mon crâne.

Je lus pendant un moment en faisant de mon mieux pour me concentrer mais finis par mettre de côté mon bouquin et éteindre la lumière. Diesel vint se blottir contre mes jambes.

Priant pour ne pas passer la nuit à rêver de cadavres, je fis de mon mieux pour m'endormir.

13

Si j'avais effectivement cauchemardé, il n'en restait aucun souvenir le lendemain matin. J'émergeai d'un profond sommeil en sentant une patte me tapoter gentiment le nez, suivie d'un petit coup de tête contre mon menton.

Pas besoin d'horloge avec Diesel dans les parages. Il venait me réveiller presque chaque jour autour de 6 h 30, et celui-là ne faisait pas exception.

Après un passage aux toilettes, j'enfilai une robe de chambre par-dessus mon pyjama et descendis à la cuisine, où je savais qu'il m'attendait. Je remplis son bol d'eau claire et lui servis de quoi manger. Un petit déjeuner auquel il s'attaqua avec enthousiasme.

J'avais oublié de préparer la cafetière la veille au soir afin d'avoir du café chaud en me levant. Ce qui n'était guère étonnant compte tenu des événements récents. Je me sentis pris de vertige en me les remémorant.

Le temps que le café soit prêt, j'allai chercher le journal devant la porte. Debout sur le seuil à respirer l'air frais, je commençai à me sentir plus alerte. Je parcourus la une sans y trouver de mention de la mort de Godfrey. Le bulletin du lendemain la relaterait, je n'en doutais pas. Et des reporters venus de tout le pays ne tarderaient pas à affluer.

Le mystérieux décès d'un auteur de best-sellers attiserait forcément les curiosités.

J'étais en train de siroter ma tasse tout en remplissant des mots croisés quand la porte de derrière s'ouvrit. Je relevai la tête pour saluer Azalea Berry. Le mercredi était l'un des trois jours de la semaine où elle passait chez moi, car elle avait d'autres clients le mardi et le jeudi.

Avec son mètre presque quatre-vingts, Azalea était impressionnante. Dotée d'un port de reine, elle ne souriait que rarement. Elle n'en était pas moins d'une grande gentillesse, capable de se montrer très chaleureuse au-delà de son apparente réserve. Si elle n'avait que trois ou quatre ans de plus que moi, elle avait cependant des airs de grande dame octogénaire.

— Bonjour.

— Bonjour, monsieur Charlie.

Elle referma la porte derrière elle, déposa son sac et ses clés sur le plan de travail.

— C'est une très belle matinée, annonça-t-elle.

— Comme vous dites.

Je me demandai si elle avait entendu parler du meurtre. Kanesha avait forcément dû le mentionner à sa mère.

— C'est terrible ce qui est arrivé à ce pauvre homme.

Elle décrocha son tablier suspendu près de la porte et l'enfila.

— C'est sûr. Ça me fait plus l'impression d'un cauchemar que d'un fait réel.

— Et vous qui l'avez trouvé dans cet état..., poursuivit-elle en secouant la tête. Un miracle que ça ne vous ait pas tenu éveillé toute la nuit.

— C'était franchement horrible.

Je repris une gorgée de café.

— Comment va Justin ce matin ? Le pauvre gamin, souffla-t-elle en secouant de nouveau la tête.

— Je ne l'ai pas encore vu. Il était complètement éreinté hier soir.

— Alors il va avoir besoin d'un bon petit déjeuner. De quoi reprendre des forces. Et vous aussi.

Elle alla jusqu'au réfrigérateur chercher des œufs, des saucisses et du lait. En la voyant s'emparer du bocal de farine, je compris qu'elle allait faire des crêpes. J'en eus immédiatement l'eau à la bouche ; les crêpes d'Azalea étaient un vrai délice.

Diesel fit son entrée et vint s'asseoir à quelques pas d'Azalea. Elle lui lança un regard incisif qu'il lui rendit sans sourciller.

— Je n'ai pas besoin de ton aide, l'avertit-elle.

Le félin répondit par un ronron. Azalea lui tourna le dos et se concentra sur sa préparation culinaire.

Je mis ma tasse de côté et me levai.

— Viens, Diesel, allons voir si Justin est levé.

Mon chat s'élança comme une flèche. Je le suivis pour ma part à un rythme bien plus tranquille.

Arrivé devant la chambre de l'étudiant, je trouvai la porte ouverte et ce dernier assis devant son ordinateur, Diesel sur ses genoux. Je toquai discrètement et Justin tourna la tête vers moi.

Je fus heureux de constater que la fatigue et la peur qui marquaient ses traits la veille avaient disparu. Il avait retrouvé sa bonne mine habituelle.

— Bonjour, dis-je en souriant. Azalea est en bas et nous prépare des crêpes.

Le visage de Justin s'éclaira.

— Je suis affamé, j'avoue.

Puis il baissa la tête.

— Euh… À propos d'hier…

— Oui ?

— Merci, dit-il en relevant les yeux vers moi. Heureusement que vous étiez là.

— De rien.

Il semblait si jeune, bien loin de ses dix-huit ans réels. Il avait connu plusieurs chocs violents la veille et Dieu savait à quel point il en serait affecté à l'avenir.

— Descends quand tu seras prêt. Le petit déjeuner sera servi sous peu.

— Compris. J'arrive, dit Justin en caressant le crâne de Diesel, qui gazouilla de plaisir.

Je revins à temps dans la cuisine pour répondre au téléphone qui sonnait. Les effluves qui émanaient du four firent gargouiller mon estomac ; Justin n'était pas le seul à avoir faim.

— Allô ?

— Bonjour, monsieur Harris. Ici Ray Appleby de la *Gazette d'Athena*. J'aimerais évoquer avec vous le meurtre de Godfrey Priest.

Je jetai un coup d'œil à l'horloge. Il n'était que 7 h 15.

— Vous appelez bien tôt, monsieur Appleby. Je n'ai encore rien avalé.

Mon ton était peut-être sec mais je m'en moquais.

— Toutes mes excuses si je vous ai réveillé, répondit Appleby d'une voix qui disait tout le contraire. Mais j'aurais vraiment besoin de vous parler au plus vite. D'après mes sources, c'est vous qui avez trouvé le corps.

— Si vous voulez me rappeler à un horaire plus décent, j'accepterai peut-être de vous répondre. En attendant, je n'ai rien à ajouter.

Je raccrochai, puis me tournai pour découvrir Azalea qui m'observait, l'air inquisiteur.

— Quelqu'un du journal qui voulait me parler des événements d'hier, expliquai-je en m'attablant.

— Très impoli d'appeler quelqu'un à cette heure, commenta-t-elle avant de reporter son attention sur la cuisinière. Les gens sont de plus en plus mal élevés de nos jours.

— Et ce n'est que le début, dis-je.

Je saisis ma tasse et, constatant qu'elle était vide, me levai pour me resservir.

— J'imagine que c'était quelqu'un d'important.

Azalea retourna deux crêpes d'une main experte tandis que je versai le café.

— Oui, et il faut s'attendre à voir débarquer des journalistes venus des quatre coins du pays, dis-je en touillant l'édulcorant que je venais d'ajouter à ma boisson. Votre fille pourrait se retrouver sur le devant de la scène, puisqu'elle est chargée de l'enquête.

Azalea laissa échapper un soupir sonore.

— C'est une vraie opportunité pour elle, ajoutai-je.

Je me rassis pour boire.

— Si elle voulait passer à la télé, elle n'avait qu'à devenir actrice, dit Azalea.

Elle déposa devant moi une assiette avec trois crêpes épaisses et trois saucisses.

— Merci, dis-je.

Je me saisis de la bouteille de sirop qu'elle avait posée sur la table en même temps qu'une serviette et des couverts.

Justin fit son apparition quelques minutes plus tard, alors que Diesel suppliait pour un autre morceau de crêpe. La scène l'amusa visiblement. Azalea le gratifia d'un de ses rares sourires.

— Bonjour, mon garçon. Assieds-toi et régale-toi. Tu dois reprendre des forces.

Justin contempla son petit déjeuner avec envie.

— Oui. Merci, madame Azalea. Je meurs de faim.

Cette dernière resta debout quelque temps, les bras croisés, à regarder le jeune homme manger. Puis elle porta son attention sur mon assiette.

— Je vous ressers ?

Je repoussai mon couvert avec un grognement satisfait.

— Non, merci. C'était délicieux, mais si j'en reprends, je serai obligé d'aller courir pendant deux heures pour compenser.

La gouvernante haussa un sourcil sceptique. Elle savait bien que je ne faisais pas de jogging.

— Faites quelques allers-retours dans l'escalier, ça suffira.

Soudain la sonnette retentit. Je m'apprêtai à me lever de table mais Azalea me fit signe de me rasseoir.

— J'ignore quel est le malotru qui sonne ici aux aurores mais je m'en occupe.

Je n'étais pas assez bête pour tenter de la contredire.

— Merci.

Tout en observant Justin dévorer son repas sous l'œil plein d'espoir de Diesel assis près de lui, j'entendis des voix en provenance de l'entrée. Je reconnus l'une d'entre elles et soupirai. Puis elles se rapprochèrent.

— Je te l'ai dit : hors de question que tu ailles dans cette cuisine ! Va t'installer dans le séjour. M. Charlie viendra dès qu'il aura terminé son petit déjeuner.

— Maman, c'est ridicule, répondit Kanesha d'une voix chargée de colère.

— Fais ce que je te dis, vas-y. Tu peux bien attendre cinq minutes.

— Oh, tu vas me rendre dingue !

Justin me regarda, les yeux ronds, et je fis de mon mieux pour ne pas éclater de rire. La représentante des forces de l'ordre sévère et autoritaire de la veille au soir faisait désormais penser à une adolescente irascible.

Azalea réapparut dans la pièce, seule. Je me hâtai de boire une gorgée pour dissimuler mon sourire. Justin, la tête baissée, enfourna une grosse bouchée de crêpe et de saucisse.

— Mme l'enquêtrice de choc attend pour vous parler, monsieur Charlie. Quand vous aurez fini de manger.

Azalea reprit sa place aux fourneaux comme si ni Justin ni moi n'avions entendu sa dispute avec sa fille.

— Merci, Azalea. Je ne peux pas dire que ma tenue soit idéale pour un entretien de ce genre, mais je doute que l'agente Berry veuille attendre que je me sois douché et habillé.

Une sorte de grognement me parvint depuis la cuisinière. Je haussai les épaules à l'intention de Justin.

— Tu vas en cours ce matin ?

Il se perdit dans la contemplation de son assiette.

— Je suppose… Vous pensez que je devrais ? Ou est-ce qu'il vaut mieux que je passe à l'hôpital ?

— Et si tu appelais ta mère pour en parler avec elle ? À mon avis, elle te recommandera d'aller à la fac pour t'occuper l'esprit.

— Oui, d'accord.

Il paraissait soulagé. Le pire pour lui aurait été de passer la journée à la maison sans rien faire. J'espérais que les médias ignoraient encore qui il était et qu'ils le laisseraient tranquille. L'idée m'inspira néanmoins une recommandation.

— Mais si, sur place, des gens commencent à t'assaillir de questions, laisse tomber l'école et reviens ici, d'accord ?

— Des journalistes, vous voulez dire ?

J'opinai du chef. Justin fit la grimace.

— Je ne leur dirai rien du tout. Aucune envie de passer aux infos.

— Dans ce cas, rien ne t'oblige à leur parler. Garde ça en tête.

— OK.

Je me levai.

— Bon, je ferais mieux d'aller parler à l'agente Berry.

En quittant la pièce, je jetai un coup d'œil en arrière, juste à temps pour voir Azalea servir crêpes et saucisses supplémentaires à Justin. Diesel resta à côté de lui, toujours plein d'espoir.

Si seulement j'avais un métabolisme comme le sien.

Je resserrai la ceinture de mon peignoir avant de franchir le seuil du séjour. Je réalisai, trop tard, que j'aurais dû me laver les mains. Bon, tant pis.

— Bonjour, agente Berry. Vous voulez me voir ?

Occupée à examiner la bibliothèque installée contre le mur du fond, Kanesha se tourna vers moi. Des rides de fatigue marquaient ses traits. Je me demandai si elle avait un tant soit peu dormi.

Elle fronça les sourcils. Était-elle encore sous le coup de l'énervement après la dispute avec sa mère ? Je n'aurais pas su le dire.

— Bonjour, monsieur Harris. Effectivement, je voulais vous parler.

— Et si on s'asseyait ? proposai-je en désignant sofa et fauteuils.

Kanesha s'assit sur un fauteuil et je m'installai dans l'autre, prêt à subir une avalanche de questions.

— Je suis venue vous dire de ne pas répondre aux journalistes, annonça-t-elle en me clouant du regard. Je ne veux pas que l'enquête soit compromise par la divulgation de détails.

— Je ne tiens pas plus que ça à échanger avec la presse, répondis-je, un peu agacé par son ton cassant. Un reporter a déjà appelé ce matin mais je lui ai raccroché au nez.

— Qui était-ce ?

— Ray Appleby, du journal local.

Kanesha plissa les yeux.

— Je lui ai déjà fait une déclaration officielle. Prévenez-moi s'il vous importune. Même chose pour tout autre journaliste.

— Je n'y manquerai pas, merci. Je n'ai aucune envie de voir ma tête – ou celle de qui que ce soit dans cette maison – passer à la télé.

Je croisai les bras et lui rendis son regard, impassible.

— Jusqu'ici, aucun d'eux ne sait que Justin Wardlaw était avec vous hier soir, précisa Kanesha en se rencognant dans son siège. J'aimerais que cela reste le cas le plus longtemps possible. Ils finiront bien par l'apprendre, cela dit.

— Pas par moi, assurai-je. Il souhaite aller en cours aujourd'hui. Vous pensez que c'est une bonne idée ?

Kanesha réfléchit.

— Je ne vois rien qui l'en empêche. Je devrai l'interroger de nouveau mais j'ai d'autres choses à régler ce matin.

Elle se leva.

— C'est tout ? m'étonnai-je avec un haussement d'épaules. J'étais persuadé que vous aviez plein d'autres questions à me poser.

— C'est le cas, mais ça peut attendre. Je vous recontacterai.

Je me levai et m'apprêtai à la raccompagner jusqu'à la porte.

— Je connais le chemin.

Je la saluai de la tête tandis qu'elle repartait vers l'entrée. Quelques instants plus tard, j'entendis la porte s'ouvrir puis se refermer derrière elle.

Je retournai dans la cuisine. Justin était parti, Diesel avec lui. Azalea débarrassait la table et remplissait le lave-vaisselle.

Elle se refuserait sans doute à me demander ce que m'avait dit sa fille, donc je lui racontai de moi-même.

— Si la presse s'aventure un peu trop près de la maison, je sortirai le tuyau d'arrosage, assura-t-elle.

J'éclatai de rire. Je n'avais aucun mal à l'imaginer.

— N'hésitez pas !

Alors que je m'apprêtai à me resservir du café, je constatai qu'Azalea me regardait avec les sourcils froncés.

— Quelque chose ne va pas ? demandai-je.

— Elle va avoir besoin d'aide.

C'était la première fois, depuis que je la connaissais, que je lisais de l'inquiétude sur son visage.

— Kanesha ?

Elle opina.

— Elle m'a l'air de très bien se débrouiller, dis-je. De savoir ce qu'elle fait.

— Je sais à quel point elle est intelligente. Et ambitieuse. Elle a toujours travaillé très dur.

Azalea lissa le tissu de son tablier, puis poursuivit :

— Mais les gens refuseront de lui parler. Vous savez comment ils sont…

Elle me regarda comme si elle guettait une réaction de ma part.

— Parce qu'elle est noire, vous voulez dire.

Je savais où Azalea voulait en venir et ne voyais pas d'autre façon de l'exprimer. Les vieilles représentations avaient la vie dure et beaucoup d'habitants d'Athena n'étaient pas forcément prêts à imaginer une jeune femme de couleur dans un rôle d'autorité comme celui du shérif. Ce qui risquait de lui compliquer les choses.

— C'est exactement ça, répondit la gouvernante.
Elle planta son regard dans le mien.
— Et c'est pour cette raison que vous devrez l'aider. Sauf qu'il ne faudra pas que ça se sache…

14

Douché, rasé et habillé, je réfléchissais à la journée qui m'attendait. Le mercredi était le jour des commissions. Je travaillais à la bibliothèque de l'université les lundis, mardis et jeudis, le vendredi étant réservé au bénévolat à la bibliothèque municipale.

Justin était parti en cours, et Azalea passerait le plus gros de la journée à entretenir et à garder un œil sur la propriété. Elle avait déjà intercepté un deuxième coup de fil de Ray Appleby, et je doutais qu'il rappelle de sitôt.

Avant que je monte dans ma chambre, Azalea m'avait arraché la promesse d'aider sa fille aussi discrètement que possible. Je savais qu'il y avait du vrai dans ses propos et j'étais, malgré moi, curieux de savoir qui avait tué Godfrey et pourquoi. Toute la ville allait en parler, il n'y avait pas de raison pour que je ne fasse pas de même – en glissant une ou deux questions ici et là.

Était-ce ainsi que les Frères Hardy avaient commencé ? Je ris face à mon reflet dans le miroir. Mon père n'était pas un célèbre détective mais j'avais lu des centaines de romans policiers. J'irais à la pêche aux infos mais je n'avais pas prévu d'enquêter dans des maisons isolées, d'anciennes fabriques ou je ne sais quelles grottes secrètes.

Diesel me suivit dans la chambre attenante à la mienne, pièce dont ma tante Dottie avait fait son boudoir personnel. Quelques menus changements avaient permis de le transformer en bureau, principalement par l'ajout de mon ordinateur et d'une imprimante.

Mon chat se hissa sur le bureau à côté de l'ordinateur – son emplacement habituel – et me regarda allumer la machine puis m'installer confortablement dans mon fauteuil.

J'avais un peu de temps à tuer – une tournure de phrase pas forcément heureuse – avant que les magasins ouvrent, donc autant vérifier mes e-mails.

Le premier message que j'ouvris provenait de ma fille Laura, qui était partie deux ans plus tôt à Los Angeles pour y débuter une carrière d'actrice.

La nouvelle était visiblement parvenue jusqu'aux médias californiens la veille au soir car Laura me posait plein de questions. Elle n'avait évidemment pas connaissance de mon implication dans l'affaire mais elle partageait mon goût pour les énigmes policières. À dix ans, elle écrivait ses propres pièces basées sur les romans de la série *Nancy Drew*, dans lesquelles elle incarnait évidemment Nancy. Si je ne faisais pas attention, elle sauterait dans le premier avion pour me rejoindre, bien décidée à m'aider.

Puis je me souvins qu'elle se représentait en ce moment au théâtre ; je n'aurais donc pas à craindre de la voir débarquer pour m'épauler avec enthousiasme. Je cliquai sur le bouton « Envoyer », le sourire aux lèvres.

Aucun message de la part de mon fils Sean, mais cela n'avait rien d'inhabituel. Bien plus taciturne que sa benjamine, Sean m'écrivait environ une fois par semaine et appelait à peu près à la même fréquence. Sa mère et lui avaient été très proches, comme Laura et moi l'étions, et je savais qu'il avait encore du mal à digérer son décès.

La question des e-mails réglée, j'éteignis l'ordinateur. Diesel bâilla en me regardant, et je tendis la main pour lui gratter la tête.

— Tu es prêt à sortir, mon brave ? Il est presque 10 heures.

Il descendit du bureau pour venir se frotter contre mes jambes. Il connaissait le mot « sortir ».

Au rez-de-chaussée, j'entendis Azalea passer l'aspirateur dans le séjour. Une fois Diesel équipé de son harnais, nous montâmes dans la voiture et nous mîmes en route. J'avais décidé de ne pas marcher ce matin-là, malgré le beau temps, au cas où j'aurais à me déplacer rapidement par la suite.

Première destination : la librairie indépendante *L'Athenaeum*. Le nom laissait certains locaux et visiteurs dubitatifs mais je le trouvais malin. Elle était aujourd'hui située sur la grand-place, en face du *Farrington House*, mais avait été fondée une vingtaine d'années plus tôt dans une maison anonyme proche du centre-ville. L'actuelle propriétaire, Jordan Thompson, en avait hérité de son père. Et j'avais eu le plaisir, en revenant habiter Athena, de découvrir que la librairie était florissante.

À 10 heures passées, je garai mon véhicule juste devant la boutique. Le panneau OUVERT en néon était allumé. Diesel sauta hors de l'habitacle, impatient d'entrer dans la librairie. Jordan l'accueillait toujours à bras ouverts et ne manquait jamais de lui offrir une ou deux friandises. Voire plus. Diesel la gratifiait parfois de sa meilleure imitation de félin affamé, et je faisais celui qui n'avait rien vu.

Je m'arrêtai devant la vitrine. Le dernier roman de Godfrey, un grand format cartonné à la couverture criarde, s'y trouvait bien en vue, au sommet d'une haute pile. Il allait sans doute se vendre plus que jamais maintenant que l'écrivain était mort.

C'est avec cette idée morbide en tête que j'entrai, prestement précédé de Diesel. La clochette de la porte tinta et, comme chaque fois, il donna des coups de patte dessus jusqu'à ce que je l'éloigne de force.

— Bonjour ! lançai-je à haute voix car aucun employé n'était visible.

La tête de l'un des assistants de Jordan émergea de derrière le comptoir.

— Faites-moi signe si vous avez besoin de quoi que ce soit.

La tête disparut.

— Merci.

J'avais reconnu Jack, le jeune frère de Jordan, qui avait à peu près l'âge de Justin. Il semblait en permanence courir après le temps, et je m'étais habitué à ses manières abruptes.

L'Athenaeum occupait un peu moins de quatre cents mètres carrés, et les livres s'alignaient par dizaines de milliers sur les étagères. J'aurais aisément pu passer deux heures à y chiner – ce qui m'arrivait d'ailleurs régulièrement – tant le choix en matière d'ouvrages était riche. Je me dirigeai vers le rayon des romans policiers, par lequel je commençais en général mon exploration. J'étais déjà passé le samedi précédent et ne m'attendais pas forcément à trouver des nouveautés, mais quel mal y avait-il à jeter un petit coup d'œil ?

Je scrutai la section des H pour trois de mes romanciers favoris – Haines, Harris et Hart – quand j'entendis une voix derrière moi.

— Bonjour, Diesel. Tu es toujours aussi beau !

Mon chat tira sur sa laisse, et je le laissai partir tout en me retournant pour saluer Jordan.

— Bonjour, Charlie, dit-elle tout en se penchant pour caresser affectueusement mon chat.

Avec ses longs cheveux roux rassemblés en queue de cheval, Jordan faisait moins que ses trente et un ans. Grande et élancée, c'était une superbe femme à la peau parfaite et aux yeux verts brillants d'intelligence.

— Bonjour. Comment allez-vous ?

— Très bien, répondit-elle en se levant. Diesel a droit à une ou deux petites friandises ?

— D'accord. Mais vous le gâtez trop.

Elle se mit à rire.

— C'est un grand costaud. Il a besoin de manger pour rester fort.

Je remis la laisse à Jordan, qui s'éloigna avec un Diesel ravi.

J'espérais avoir mis au point une méthode d'approche d'ici leur retour. Je balayai du regard les rayonnages, comme si je pouvais y trouver l'inspiration.

J'entendis de nouveau tinter la cloche avant qu'une voix s'écrie :

— Salut, tout le monde ! J'ai apporté des donuts.

Je souris en reconnaissant la voix de Patty Simpson. Avec Patty sur place, il ne devait pas être trop difficile d'orienter la conversation vers le sujet qui m'occupait.

Je quittai les rayonnages pour rejoindre le comptoir à l'entrée. Patty, qui me tournait le dos, y avait posé sa boîte de donuts en même temps que son sac à main et un sac plein de livres.

Jack Thompson avait déguerpi.

— Je suis allée au bout de ce nouveau thriller que tu m'as passé, lança Patty sans tourner la tête. C'était franchement nul. Si tu veux mon avis, faut pas en commander d'autres exemplaires.

Elle finit par faire volte-face et me découvrir.

— Oh, pardon, je croyais parler à Jordan. Comment allez-vous, monsieur Harris ? Vous voulez un donut ?

Ils me faisaient très envie, mais après le petit déjeuner que je venais d'avaler, mieux valait m'abstenir.

— Non, merci, répondis-je à ma propre surprise.

— Il y en a largement assez.

— Vraiment, ça ira. Mais c'est gentil de m'en proposer.

— Je reviens tout de suite.

Patty récupéra son sac à main et se dirigea vers l'arrière-boutique.

Je décidai de tourner le dos aux sucreries en l'attendant, pour éviter toute tentation. Je concentrai plutôt mon attention sur un présentoir contenant des livres de cuisine allégée. J'aurais dû m'en acheter un mais j'avais bien conscience que je ne ferais pas l'effort d'en tester les recettes.

À son retour, Patty se pencha sur la boîte de donuts. Elle en choisit un dans lequel elle mordit à belles dents. À en juger par sa silhouette potelée, la diététique ne l'intéressait pas plus que moi.

— Vous avez appris la nouvelle ? demanda-t-elle avant d'engloutir le reste de sa pâtisserie en attendant ma réponse.

Inutile de jouer les évasifs ; tout le monde finirait par savoir que c'était moi qui avais trouvé le corps.

— Oui, dis-je. Pauvre Godfrey.

Patty déglutit. Son expression se fit amère, et ça n'avait rien à voir avec ce qu'elle venait d'avaler.

— Faut dire la vérité : c'était franchement un sale type.

Elle tendit la main vers un deuxième donut puis se ravisa.

— J'étais en classe avec lui, répondis-je. Il n'était pas toujours très sympa. Vous le connaissiez ?

— Seulement via la librairie. Et par certaines choses que ma tante Melba m'a racontées à son sujet.

Elle me lança un regard malicieux.

— Je sais que vous connaissez ma tante. Vous ne trouvez pas qu'elle a de l'allure pour quelqu'un de son âge ?

Je réprimai un petit rire. Patty était tout sauf subtile.

— Absolument, dis-je.

Un grand sourire se dessina sur les lèvres de la jeune femme. Je sus qu'à la minute où je ressortirais elle serait au téléphone avec ma collègue pour lui rapporter mon commentaire.

— Alors Godfrey venait ici faire des dédicaces ?

Si je ne réorientais pas la conversation vers la victime, qui sait ce que Patty allait trouver à me dire sur Melba dans l'espoir d'obtenir une réaction de ma part ?

— Pas aussi souvent qu'il aurait dû, répondit Patty dans un froncement de sourcils. On pourrait croire que môssieu l'écrivain à succès aurait eu la décence d'aider la librairie de sa ville natale. Mais pas lui, non. Il était trop bien pour nous !

— Vous voulez dire qu'il ne dédicaçait pas ici ?

Si tel était le cas, c'était vraiment moche de la part de Godfrey.

— Bon, il est venu deux ou trois fois, admit Patty. Mais lors de sa dernière visite, il a annulé la séance juste avant pour aller faire le show dans la librairie franchisée près de l'autoroute. Un sale type, je vous dis.

— De quoi tu parles ?

Jordan et Diesel nous avaient rejoints. Je notai le mécontentement de Jordan quand elle me rendit la laisse. Le regard de mon chat passait d'un humain à un autre. Il avait perçu la tension soudaine dans la pièce.

— De Godfrey Priest, répondit Patty, pas le moins du monde perturbée par l'expression hostile de Jordan. Et du mauvais coup qu'il nous a fait la dernière fois qu'il était censé signer ici.

— On a tous mieux à faire que parler de cet abruti, estima Jordan. Il te reste encore à vérifier la liste des commandes d'anciens ouvrages.

Puis elle fit demi-tour et s'éloigna aussi sec.

Patty attendit que Jordan soit hors de portée de voix pour se rapprocher un peu plus de Diesel et de moi.

— Elle a été amoureuse de lui, vous savez.

— Vraiment ?

Je me sentais mal à l'aise. C'était le genre d'information que j'étais venu glaner mais tout cela me paraissait soudain un peu embarrassant. Patty, elle, n'était pas gênée le moins du monde.

— Oh oui, elle allait à tous les salons de romans policiers, à l'époque où Godfrey s'y rendait encore. Et je crois qu'ils ont eu une petite liaison. Mais il a dû finir par la larguer.

— C'est triste, mais il avait très mauvaise réputation concernant les femmes, cela dit.

Je gardai un œil sur l'arrière-boutique. Jordan pouvait réapparaître d'un instant à l'autre et je ne voulais pas qu'elle nous surprenne.

— Et c'est à partir de là qu'il a arrêté de venir à *L'Athenaeum*, s'exclama Patty sur un ton triomphant, comme si elle venait de résoudre une énigme.

L'info était intéressante. « L'enfer n'est rien face au courroux d'une femme bafouée », disait-on. Sans parler d'une libraire dont l'entreprise avait pu souffrir de la défection d'un auteur reconnu.

Jordan passa la tête hors de l'arrière-boutique.

— Patty, tu t'occupes de la liste de commandes ?

— Je m'y mets à l'instant, répondit la jeune femme d'une voix enjouée. Si vous avez besoin d'autre chose, n'hésitez pas, me dit-elle avec un clin d'œil.

Elle se tourna pour se pencher derrière le comptoir et y piocher un tirage papier qu'elle me brandit sous le nez.

— Je fais le tour de notre rayon romance pour décider des commandes à repasser. C'est moi l'experte de ce genre littéraire.

En se retournant, elle trébucha et chancela. Diesel s'esquiva d'un bond et je tendis une main pour lui éviter de tomber.

— Merci, souffla-t-elle. Qu'est-ce que ça fiche là, ça ?

Elle s'accroupit pour soulever un carton de livres posé par terre derrière la caisse. Quand elle le plaça à côté des donuts, je repérai le nom de Godfrey et le titre de son dernier roman inscrits sur le flanc.

Les paroles de Julia la veille au soir me revinrent à l'esprit.

— Je pourrais y jeter un coup d'œil ? demandai-je. Je ne l'ai pas encore lu.

Avec un haussement d'épaules, Patty sortit un exemplaire et me le tendit.

— C'est franchement mauvais, déclara-t-elle. J'ai abandonné au bout de cinquante pages.

Je ne l'écoutais plus que d'une oreille. J'avais ouvert le livre sur la page de garde, et sous le titre imprimé se trouvait la signature de Godfrey.

Ainsi que la date de la veille.

15

— Voilà qui est intéressant, dis-je en tendant le livre à Patty.

Elle me le prit des mains et regarda à son tour.

— Waouh. Ça, ça va valoir des sous, croyez-moi.

Puis elle referma le livre d'un claquement sec et le remit dans la boîte.

— J'imagine, dis-je.

J'étais contrarié qu'elle ne me l'ait pas rendu mais elle était peut-être trop surprise pour avoir conscience de sa grossièreté.

— Voilà donc où elle était passée, marmonna Patty.

Elle avait parlé à voix basse, mais j'étais suffisamment proche pour l'entendre.

— Mais qu'est-ce que vous faites ?

Ni elle ni moi n'avions entendu Jordan approcher. Patty dévisagea sa patronne avec l'air d'un renard surpris en plein milieu du poulailler tandis que j'affichais mon sourire le plus innocent.

— Je regardai simplement ce carton, expliquai-je. J'envisageai d'acheter un exemplaire de l'ouvrage car je ne l'ai pas encore lu.

Jordan plissa les yeux d'un air suspicieux et nous dévisagea tour à tour.

— Ceux-là ne sont pas à vendre.

— Qu'est-ce que vous allez en faire, dans ce cas ?

La question me paraissait raisonnable. Elle pourrait certainement les vendre bien plus cher que le prix classique. Des livres signés par un célèbre auteur de romans policiers le jour même de son assassinat, c'était sacrément collector.

— Je voulais dire qu'ils sont déjà réservés, répondit Jordan sur un ton plus conciliant. Des commandes ont été passées exprès.

Elle se tourna pour récupérer la boîte.

— Vous savez, j'ai vu Godfrey hier matin, dis-je. Je sais qu'il déjeunait en ville ensuite. Il est venu signer ses livres à ce moment-là ?

Jordan s'écarta du carton et me fusilla des yeux. Patty observait la scène avec gourmandise, son regard oscillant entre sa patronne et moi.

— Pas du tout, répondit la libraire, le rouge aux joues. Il les a dédicacés hier après-midi, si vous voulez tout savoir. Je suis passée le voir dans sa chambre d'hôtel.

— Ah bon ? Mais alors tu es peut-être la dernière personne à l'avoir vue en vie ? s'exclama Patty, qui avait bien du mal à dissimuler son enthousiasme. Je parie que la police va venir t'interroger !

Jordan tendit de nouveau la main vers le carton avant de vaciller et de se rattraper au comptoir. Quand elle tourna la tête vers moi, je vis qu'elle était blanche comme un linge. Je crus un instant qu'elle allait s'évanouir mais elle se reprit, tira à elle un tabouret surélevé et s'y assit.

— Qu'est-ce qui s'est passé ? hoqueta-t-elle.

— Vous n'avez pas entendu la nouvelle ? m'étonnai-je.

C'était sans doute la seule habitante d'Athena à ne pas être au courant.

— Godfrey a été retrouvé inerte dans sa chambre d'hôtel hier soir. Le bureau du shérif considère qu'il s'agit d'une mort suspecte.

— Oh, mon Dieu..., répéta plusieurs fois Jordan.

— Tu veux que je t'apporte un café ou quelque chose ?

Patty paraissait soudain contrite et même inquiète. Jordan la chassa d'un geste.

— Non, contente-toi d'aller faire ton travail, pour une fois.

L'expression renfrognée de Patty ne présageait rien de bon quant au zèle qu'elle allait déployer, mais elle s'éloigna sans rien dire.

— Ça va aller ? demandai-je, inquiet de voir à quel point Jordan paraissait secouée.

Diesel, qui avait perçu sa détresse, se redressa sur ses pattes arrière et lui toucha doucement la cuisse de sa patte avant droite. La libraire le gratifia d'un sourire hésitant et d'une caresse sur la tête.

— Si Patty doit un jour faire pénitence pour quelque chose, ce serait pour cette langue qu'elle ne sait pas tenir...

Elle se tut et prit le temps de respirer à fond.

— Oui. Ça va aller. Ça fait un choc d'apprendre une telle chose. C'est tellement inattendu.

Elle continua à caresser le crâne du félin.

— Vous n'étiez vraiment pas au courant ? demandai-je.

Était-elle une très bonne comédienne, qui feignait la stupeur ?

Jordan secoua la tête.

— Non, comment l'aurais-je su ? Je ne regarde jamais les infos de deuxième partie de soirée. Je suis trop fatiguée pour ça. Et personne ne m'a appelée pour me prévenir. Même si ça m'étonne que Patty ne l'ait pas fait, ajouta-t-elle avec un reniflement de dérision.

— Vous étiez une amie proche de Godfrey ?

Je n'étais pas certain de la manière dont elle allait réagir. Si je ne faisais pas attention, ce serait peut-être – à mon grand dam – ma dernière visite à *L'Athenaeum*.

— Désolé si je suis indiscret mais vous semblez vraiment secouée.

— Plus qu'une libraire ne devrait l'être au sujet d'un écrivain qui n'a pas daigné franchir le seuil de sa porte en cinq ans ?

Jordan laissa échapper un rire amer. Diesel reposa son arrière-train au sol, le regard levé vers elle.

— Oui, d'une certaine façon. Si c'est comme ça que vous voulez le décrire.

J'aurais peut-être dû prendre congé et quitter rapidement les lieux mais ma curiosité l'emporta.

— Je vais vous avouer une chose : je ne risque pas de pleurer la mort de ce salaud.

Comme Jordan se levait, Diesel revint se poster près de moi.

— Il m'a mise dans la mouise deux fois en me posant un lapin pour des séances de dédicace. Sans parler de l'argent que j'ai perdu en renvoyant des centaines d'exemplaires de ses livres. Des romans que j'aurais facilement pu vendre. Mais il n'a pas eu assez de tripes pour se montrer.

— C'était très incorrect de sa part et ce n'est pas étonnant que vous lui en vouliez autant.

Je ne savais pas quoi dire d'autre. L'intensité avec laquelle elle s'exprimait m'avait pris par surprise. À cet instant, elle semblait suffisamment en colère pour l'avoir tué.

Mais une telle émotion n'était-elle motivée que par des déconvenues professionnelles ? Y avait-il quelque chose de plus personnel derrière, comme le prétendait Patty ?

Je ne pouvais pas lui poser directement la question, sans quoi je me ferais jeter dehors et bannir des lieux. Je ne voyais toutefois aucune méthode subtile pour lui soutirer l'information.

— Bon, est-ce que je peux faire quelque chose pour vous ? demanda Jordan, soudain redevenue on ne peut plus professionnelle.

— Je voudrais un exemplaire du dernier roman de Godfrey. Si ceux-ci ne sont pas disponibles, dis-je avec un geste du menton en direction du carton, une version non signée fera l'affaire.

Elle contempla le carton pendant quelques secondes avant de finalement y prélever un livre.

— C'est bon. Vous pouvez en acheter un.

— Merci.

Je retournai de mon côté du comptoir, Diesel sur les talons. Pendant que Jordan enregistrait l'achat sur sa caisse et le glissait dans un sac, je sortis ma carte de crédit. La transaction effectuée, Jordan me rendit ma carte et me tendit le sac.

— Merci beaucoup.

Elle ne sourit pas comme elle le faisait habituellement mais ne donna pas non plus l'impression de ne plus jamais vouloir me revoir dans sa boutique. Un vrai soulagement.

— Viens, Diesel. On a encore des courses à faire.

Je me retournai sur le chemin de la sortie pour sourire à Jordan, mais la libraire vaquait déjà à ses occupations.

Une fois dehors, je marquai un temps d'arrêt. Diesel s'assit et leva les yeux vers moi. Je lui rendis son regard, perdu dans mes pensées.

Pourquoi Jordan avait-elle changé d'avis et décidé de me laisser acheter l'un des exemplaires signés ? Devais-je y voir une sorte de pot-de-vin ? Car le livre vaudrait sans doute beaucoup plus que les vingt-six dollars quatre-vingt-quinze – hors taxe – que je venais de dépenser.

Était-ce une manière de me dire qu'elle n'avait rien à voir avec la mort de Godfrey ?

À moins de l'interroger les yeux dans les yeux, je n'avais pour l'instant aucune idée de la manière d'obtenir une réponse à ces questions.

Diesel poussa un petit gémissement pour me sortir de mes rêveries.

— Tu as raison, dis-je. Il est temps d'y aller.

Je rangeai le livre dans la voiture puis mon chat et moi descendîmes la rue jusqu'à la boulangerie un peu plus bas.

Helen Louise – une autre de mes condisciples du lycée – avait ouvert, quelques années avant mon retour, une pâtisserie qui faisait aussi café. Fréquenté par une majorité d'étudiants et de membres de la faculté, ainsi que de nombreux habitants de la ville, l'établissement avait rapidement prospéré. Il faut dire que les préparations d'Helen Louise étaient à se damner. Je ne résistais jamais au plaisir d'acheter un petit quelque chose à rapporter chez moi.

Autre point positif : Helen Louise acceptait volontiers que Diesel entre dans la boutique avec moi. Les premières fois où je l'avais emmené, certains des habitués avaient haussé le sourcil. Mais Helen Louise était connue pour bannir les clients qui l'agaçaient. Si elle décrétait que la présence du félin était acceptable, personne n'irait contre sa volonté.

Maigre comme un clou et haute de près d'un mètre quatre-vingts, avec une chevelure d'un noir de jais, Helen Louise rayonna de bonheur en apercevant Diesel.

— Ah, *mon chat très beau**[1] !

Helen ponctuait souvent son discours de phrases françaises plus ou moins justes. Elle avait vécu à

1. Toutes les mentions en italique suivies d'un astérisque sont en français dans le texte. *(N.d.T.)*

Paris pendant presque dix ans avant de revenir à Athena et d'ouvrir sa pâtisserie.

— Laisse-moi te trouver une petite gâterie, lui dit-elle.

Je m'émerveillais parfois que Diesel ne fasse pas le double de son poids à force de croiser tous ces gens qui tenaient à le nourrir. Je gardais néanmoins un œil sur les quantités de friandises qu'il avalait et je m'adonnais à des séances de jeu avec lui pour l'aider à brûler toutes ces calories supplémentaires.

Helen Louise sortit de derrière la caisse avec, au bout des doigts, un glaçage crémeux qu'elle tendit sous le museau de Diesel. Il le lécha en ronronnant, ce qui la fit sourire de plus belle.

— Merci, dis-je en lui souriant à mon tour. Je sais que Diesel t'en est reconnaissant. Il va devoir faire quelques allers-retours supplémentaires dans l'escalier à la maison, mais je suis sûr que ça en vaut la peine.

— J'espère ! s'exclama Helen Louise en riant.

Elle retourna derrière le comptoir pour se laver les mains. Tout en s'essuyant avec un torchon, elle me demanda :

— Qu'est-ce qui te ferait plaisir aujourd'hui, Charlie ?

Elle faisait un incroyable gâteau au chocolat. Je lui désignai une part dans la vitrine.

— Ceci m'a l'air fameux. Même si ça m'obligera à monter et à descendre les marches en même temps que Diesel, dis-je en souriant.

— *Quel dommage**. Chaque bouchée est comme un brin de paradis sur la langue.

Helen Louise emballa mon gâteau d'une main experte avant d'encaisser le paiement.

— *C'est exactement ça**, répondis-je.

J'avais aussi étudié un peu le français. Helen Louise se mit à rire.

— Reviens me voir bientôt ! Et toi aussi, Charlie.

Je guidai Diesel vers la porte, le sourire aux lèvres. Helen Louise était délicieuse et sa personnalité comptait parmi les ingrédients de son succès.

Je déposai précautionneusement le gâteau sur la banquette arrière de la voiture pendant que Diesel montait à l'avant. Mes deux plus importantes courses de la matinée étant faites, je songeai que mon chat et moi pourrions passer quelques minutes à la bibliothèque publique. Elle n'était qu'à quelques rues de là en plus d'être sur le trajet du retour.

J'étais sur le point de démarrer quand mon téléphone sonna. Je remis le frein à main puis sortis le portable. Le numéro affiché à l'écran me fit froncer les sourcils. Quelqu'un m'appelait depuis l'université mais j'ignorais qui.

— Allô, ici Charlie Harris.

— Bonjour, Charlie, c'est Rick. Comment ça va ?

Rick Tackett, le responsable logistique de la bibliothèque Hawksworth.

— Bien, et vous ?

— Très occupé, répondit Rick. J'ai reçu une livraison encombrante pour vous et je me demandais si vous vouliez qu'elle soit montée dans votre bureau ou ailleurs.

— Encombrante comment ? demandai-je, intrigué.

Je n'attendais aucun colis.

— Cinquante-quatre cartons, répondit Rick. Plutôt lourds. Les archives d'un auteur, peut-être, un truc du genre.

Des archives ?

Pendant quelques instants, je fus incapable de me rappeler avoir donné mon accord pour accueillir de tels documents dans le service. Puis le souvenir me revint brusquement en mémoire.

Pouvait-il s'agir des écrits de Godfrey Priest ?

16

À qui d'autre les textes en question auraient-ils pu appartenir ? Godfrey avait estimé avoir justement environ cinquante-quatre cartons à offrir aux archives de l'université.

Mais quand les avait-il expédiés ?

— Charlie, allô ?

La voix de Rick me ramena à notre conversation.

— Oui, oui, je suis là. Juste un peu surpris, c'est tout.

Rick laissa échapper un petit rire.

— Ouais, c'est un énorme envoi. Et très lourd aussi. Ça a bien dû coûter deux mille dollars, je dirais.

— Si l'expéditeur est celui auquel je pense, il avait largement de quoi payer.

Oui, ces documents étaient ceux de Godfrey. Il avait sans doute appelé quelqu'un pour les faire envoyer juste après notre conversation de la veille.

— Il a bien de la chance, répondit Rick avec un nouveau rire. Bref, les boîtes sont sur la zone de chargement. Oh, et il y a aussi une lettre...

Il y eut quelques instants de silence. Quand Rick reprit la parole, son ton était sombre :

— L'expéditeur est Godfrey Priest. J'ai entendu dire qu'il était mort hier soir.

— C'est vrai.

Que devais-je faire des cartons du défunt ? Le bureau du shérif les ferait sans doute saisir s'il apprenait leur existence, même si je ne voyais pas quelle utilité Kanesha Berry pourrait en avoir. Techniquement parlant, ils étaient désormais la propriété de l'université d'Athena. Je doutais néanmoins que Godfrey ait signé un quelconque document officiel. Sa missive exprimait peut-être ses intentions en ce sens.

— Je ferais mieux de venir voir. Je vous retrouve à la zone de chargement dans quelques minutes.

— D'accord, répondit Rick. Je vous attends.

Je raccrochai et remis le téléphone dans ma poche. Diesel donna un petit coup de tête contre mon coude.

— Non, je ne t'ai pas oublié, lui assurai-je. Mais on va devoir faire un détour. Assis.

Diesel s'installait sur le siège passager. J'avais prévu d'acquérir l'un de ces fauteuils pour animaux mais comme je conduisais essentiellement en ville, et qui plus est à faible allure, je remettais sans cesse l'achat à plus tard.

Cinq ou six minutes plus tard, je m'engageai dans la zone de chargement de la bibliothèque Hawksworth. Érigée dans les années 1920 et agrandie à plusieurs reprises durant les huit décennies suivantes, elle portait le nom d'un célèbre président d'université qui avait servi dans l'armée juste après la guerre de Sécession. L'ensemble occupait la moitié d'un pâté de maisons situé dans la rue au nord du manoir d'avant-guerre, qui accueillait les archives et une partie de l'administration.

Rick Tackett, amical et trapu, avec une dizaine d'années de plus que moi, se tenait sur le quai à côté d'une palette de cartons.

Je baissai légèrement les vitres avant de verrouiller le véhicule.

— Tu restes dans la voiture, mon brave. Je n'en ai pas pour longtemps.

Diesel me gratifia d'un bâillement avant de se rouler en boule. Parfois, comme à ce moment précis, il était remarquablement obéissant. Mais il pouvait également se montrer aussi têtu qu'une mule. Je ne savais jamais comment il allait réagir face à un ordre. Ou plutôt une suggestion, du point de vue félin.

Je rejoignis Rick et serrai la main qu'il me tendit.

— Bonjour, Charlie.

Il inclina la tête en direction des boîtes soigneusement empilées et enveloppées de cellophane.

— Voilà la lettre, dit-il en sortant le courrier de sa poche arrière.

L'enveloppe était faite d'un papier de qualité qui semblait clamer « j'ai les moyens », de même que l'adresse de retour en lettres dorées et gaufrées au nom de Godfrey Priest. Ou, plus exactement, « Godfrey Priest Enterprises Inc. ».

Le travail d'un auteur de best-sellers finissait sans doute par ressembler à celui d'un chef d'entreprise.

— Merci, dis-je. Si ça ne vous dérange pas, je vais l'ouvrir et jeter un coup d'œil tout de suite.

— Bien sûr, répondit Rick.

Il me tendit un canif.

— Tenez.

Je pris le couteau et découpai le sommet de l'enveloppe avant de le lui rendre. Elle contenait deux pages d'un épais papier bond.

La première feuille, datée du mercredi précédent, était une lettre d'une certaine Gail Enderby, visiblement l'assistante administrative de Godfrey. Elle y expliquait avoir préparé les cartons pour expédition, d'après les instructions de son patron. Chacune d'elles, disait-elle, incluait l'inventaire de son contenu. Et la boîte numéro un – un regard vers la palette me permit de distinguer les chiffres inscrits sur les cartons – contenait l'inventaire complet de l'ensemble.

Étant donné le temps que tout cela avait dû prendre, Godfrey planifiait de toute évidence ce don depuis plusieurs mois.

La deuxième feuille était de Godfrey en personne, datée de la veille de celle de son assistante administrative. Il y déclarait son souhait de faire don de ses textes aux archives de l'université d'Athena. Il ne mentionnait pas de donation financière pour couvrir le coût de traitement et de stockage de la collection, mais sa missive suffirait au moins à prouver que l'école était propriétaire des documents.

— De bonnes nouvelles ? s'enquit Rick en me voyant relever la tête.

— Oui. Maintenant je pense pouvoir répondre à votre question quant à ce qu'il faut faire de ces cartons.

— Super. Où est-ce qu'on les transporte ? Jusqu'à votre bâtiment ?

Je contemplai la palette en tâchant d'estimer l'espace dont je disposais.

— Vous pourriez monter les boîtes numérotées de un à dix dans le bureau ? Je pense que les autres tiendront dans la salle de stockage des archives.

— Pas de souci.

Rick jeta un coup d'œil à sa montre.

— Mes gars vont pas tarder à aller déjeuner. Ça vous ira s'ils vous les montent d'ici 14 heures ?

J'avais très envie de me pencher sur le carton numéro un pour feuilleter l'inventaire détaillé qu'évoquait Gail Enderby, mais ça pouvait attendre.

— Ce sera très bien, dis-je. Merci.

Rick sourit et je redescendis du quai pour rejoindre Diesel dans la voiture.

J'y restais assis un petit moment, le regard rivé sur les colis. Quelle situation étrange et en même temps si typique de Godfrey !

Poussé par son irrépressible ego, il était tellement convaincu que l'université voudrait ses textes qu'il s'était assuré qu'ils soient emballés et prêts à partir. Qu'aurait-il fait la veille si quelqu'un lui avait déclaré que l'école n'était pas intéressée ? Il aurait trouvé un autre endroit pour accueillir ses manuscrits. Mais en réalité, l'université d'Athena, comme la plupart des établissements privés actuels, ne pouvait pas se permettre de refuser le don d'un ancien élève aussi prestigieux que Godfrey. La ville accepterait n'importe quoi dans l'espoir que ce soit suivi de dons financiers supplémentaires.

Diesel rompit le fil de mes pensées en se frottant contre mon bras avec un gazouillement sonore.

— Rentrons à la maison pour déjeuner, dis-je en lui grattant le crâne. On reviendra cet après-midi pour jeter un coup d'œil à ces cartons.

Je nous ramenai chez nous. Une fois dans la cuisine et libéré de son harnais, mon chat fila droit vers son bac à litière dans la buanderie. Je me dirigeai pour ma part vers le réfrigérateur ; j'avais un petit creux. Après le copieux petit déjeuner de ce matin, je prévoyais de manger léger.

Azalea s'en était douté, car je découvris sur la clayette du haut une grande salade de légumes verts garnie de tranches de fromage et d'œufs. Ne restait plus qu'à ajouter un peu de sa vinaigrette maison et ce serait parfait.

Je me préparai une assiette, me servis un verre de thé contenu dans la carafe posée sur le plan de travail et portai le tout jusqu'à la table. Diesel revint et se posta près de ma chaise. La maison était silencieuse. Je supposai qu'Azalea était sortie faire des courses, l'une de ses activités habituelles du mercredi.

Un quart d'heure plus tard, mon repas terminé, je déposai ma vaisselle sale dans l'évier. Je montai me brosser les dents à l'étage pendant que Diesel se prélassait sur mon lit impeccablement fait.

Les premiers temps, je m'en étais chargé moi-même les jours où Azalea passait, vaguement embarrassé de la voir faire le lit à ma place. Elle n'avait pas tardé à m'informer que le jour où elle souhaiterait que je fasse son travail, elle me le ferait savoir. Après quoi je l'avais laissée s'occuper du lit. Elle le faisait de toute façon mieux que moi.

Je coulai un regard vers la pendule : bientôt midi et demi. Inutile de me précipiter jusqu'aux archives puisque les cartons ne seraient pas livrés au moins une heure plus tard. Avisant le dernier roman de Godfrey sur la table de chevet, je décidai d'en lire quelques pages pour passer le temps.

Muni du bouquin et de mes lunettes de repos, je m'installai sur un fauteuil confortable près de la fenêtre. Diesel semblait dormir profondément, ce dont je lui étais reconnaissant. Il insistait parfois pour s'installer sur mes genoux quand je lisais, ce qui s'avérait vite inconfortable du fait de son poids.

Le polar de Godfrey s'intitulait *La Lune du chasseur*. J'évitai de lire la quatrième de couverture qui révélait parfois trop d'éléments de l'intrigue. Je passai la page de garde pour voir ce qu'il avait écrit dans les remerciements ; je les trouvais toujours intéressants. Un auteur s'épanchait parfois en remerciant tous les gens qu'il connaissait. Un autre faisait des remarques touchantes concernant ses proches. Parfois le texte était simplement drôle.

Godfrey, lui, était pompeux. Il remerciait ses divers agents – à New York, Hollywood et Londres – ainsi que ses employés en Californie –, dont Gail

Enderby –, pour leur capacité à lui faciliter la vie. Il mentionnait également deux experts qu'il avait consultés sur des points techniques, et c'était tout.

La dernière fois que j'avais lu l'un de ses romans remontait sans doute à six ou sept ans. En attaquant la première page, je me rappelai pourquoi je n'étais pas allé au bout. La violence très visuelle des paragraphes d'ouverture était choquante par son intensité mais aussi étrangement captivante. Je m'en voulais de me laisser entraîner et d'avoir envie de découvrir la suite. Mais je passai outre ce ressenti et continuai à progresser. Godfrey savait rythmer un récit.

Cent pages plus loin, je pensais soudain à consulter ma montre. Il était presque 13 h 45. Le temps d'arriver aux archives, les cartons de manuscrits et de documents de Godfrey devraient m'y attendre. Je plaçai un marque-page dans le livre et le reposai, presque à contrecœur. *La Lune du chasseur* était l'histoire d'un tueur en série, qui attirait des jeunes femmes jusqu'à son chalet isolé dans les montagnes à l'est du Tennessee, et de la sœur d'une de ses victimes bien décidée à le retrouver pour se venger.

J'aurais facilement pu rester dans mon fauteuil et aller au bout du livre en deux ou trois heures, mais ma curiosité quant à l'imposante livraison l'emporta. Je me levai, m'étirai et m'approchai du lit.

— Viens, mon brave, on y va.

Diesel bâilla et roula sur le dos. J'en profitai pour lui gratouiller le ventre, ce dont il me remercia par un ronronnement sonore.

— Ne compte pas sur moi pour rester là à te faire des papouilles pendant les deux prochaines heures, l'avertis-je avant de retirer ma main. Allez, en route !

J'arrivai peu avant 14 heures pour ouvrir la porte verrouillée de la salle de stockage. Les assistants de Rick avaient bien déposé les cartons, lesquels occupaient presque tout l'espace disponible. Je fis un rapide décompte pendant que Diesel reniflait les boîtes. Il y en avait quarante-quatre, toutes numérotées. Les cartons un à dix devaient se trouver dans le bureau.

Je poussai la truffe curieuse de Diesel à l'écart des documents et repartis dans le couloir. Une fois dans le bureau et la lumière allumée, je lâchai la laisse de Diesel. Il se lança immédiatement dans l'examen des colis répartis sur trois piles face à ma table. Quand il bondit au sommet de la première, je constatai qu'il y avait en fait onze cartons et non dix. Les deux autres piles en comportaient quatre chacune.

Je remarquai ensuite que si dix des cartons étaient numérotés, le onzième n'affichait rien. Intéressant. Il devait pourtant bien faire partie de l'envoi, car Rick n'avait pas mentionné d'autre livraison destinée aux archives aujourd'hui.

Alors que je m'apprêtais à tirer la onzième boîte de sous la pile du milieu, mon portable sonna. Je le sortis de ma poche et jetai un coup d'œil à l'écran. Le bureau du shérif. Je décrochai et m'annonçai.

— Bonjour, monsieur Harris, me dit Kanesha sur un ton distant et professionnel. J'aimerais vous parler immédiatement. Pourriez-vous venir au poste, je vous prie ?

Bon sang ! J'avais hâte de me pencher sur le contenu de ces cartons, surtout celui dénué de numéro. Mais faire attendre l'agente Berry n'était pas une bonne idée. Autant en finir rapidement.

— D'accord. Je serai sur place dans quelques minutes.

Je raccrochai et rangeai mon téléphone. Puis je fis descendre Diesel.

— Viens, mon brave. Direction la prison.

17

Je me garai à quelques places de parking de l'entrée du bureau du shérif d'Athena. Je ne me souvenais pas avoir jamais visité l'intérieur. L'immeuble datait d'avant la Seconde Guerre mondiale mais une prison moderne avait été bâtie contre la façade arrière il y avait environ cinq ans.

— Ce sera une nouvelle expérience pour nous deux, dis-je à Diesel en arrivant devant la porte.

Je vis sa truffe renifler d'enthousiasme. Il était toujours curieux de découvrir des lieux inconnus.

À l'intérieur, l'air conditionné et l'éclairage fluorescent me rappelèrent un hôpital. Diesel tirait sur sa laisse, à plusieurs enjambées devant moi. Il avait repéré l'homme en uniforme assis à l'accueil et voulait le saluer.

— Bonjour, dis-je en m'approchant. Je suis Charles Harris et je viens voir l'agente Berry. Nous avons rendez-vous.

L'employé derrière son bureau était trop occupé à contempler le félin pour porter son attention sur moi. Je me raclai la gorge à deux reprises et il finit par daigner me regarder.

— Pardon, monsieur, vous disiez ?

Avant que je puisse répondre, il reprit :

— C'est quel genre de chat ?

— Un maine coon. Ils peuvent devenir très imposants.

Sa réaction face à Diesel me faisait sourire. Je lui redonnai mon nom et la raison de ma visite.

— Je vois, dit l'employé. Elle est actuellement avec quelqu'un. Si vous voulez bien aller vous asseoir, je vous emmènerai à son bureau dès qu'elle aura terminé.

— D'accord, dis-je, un peu déconcerté.

Je conduisis Diesel vers les sièges que l'agente avait indiqués et m'assis. Mon compagnon monta sur la chaise voisine pour observer les alentours.

Si Kanesha voulait me voir immédiatement, pourquoi me faire attendre ? S'agissait-il d'une petite démonstration de pouvoir de sa part ? Quelqu'un s'était-il présenté pour lui parler juste avant que j'arrive ?

Je consultai régulièrement ma montre. Cinq minutes s'écoulèrent. Dix. Quinze.

Enfin, vingt et une minutes exactement après m'être assis, je relevai les yeux pour voir Julia Wardlaw émerger de la porte derrière l'accueil.

Une fois passé le portique de sécurité sous la direction de l'employé, elle se dirigea droit vers moi. Je me levai pour la saluer.

— Bonjour, Charlie.

Les cernes sous ses yeux me firent comprendre qu'elle n'avait pas beaucoup dormi depuis la veille. Elle se pencha pour caresser la tête de Diesel.

— Ça va ? demandai-je. Tu as l'air épuisée.

Pas très galant, mais c'était la vérité.

— Je le suis, dit-elle. J'ai pratiquement passé une nuit blanche à l'hôpital avec Ezra. Ils l'ont installé dans une chambre hier et il n'est vraiment pas en forme pour l'instant.

— Je suis vraiment désolé.

Des paroles terriblement bateau.

— Merci, répondit Julia avec un sourire vacillant. Je vais rentrer chez moi pour me reposer un peu.

— Bien sûr. Kanesha t'avait demandé de venir ? Elle m'a convoqué.

Julia hocha la tête.

— Elle avait d'autres questions à me poser. Et je lui ai raconté que j'étais passé voir Godfrey à l'hôtel hier. Ça ne l'a pas ravie, mais au moins, c'est fait.

— Tu lui as dit que tu avais vu Jordan sur place ?

— Oui.

— Désolé, répétai-je, je ne devrais pas te retarder. Tu as besoin de sommeil.

Julia me gratifia d'une bise sur la joue et d'un nouveau sourire las.

— On se reparle plus tard. Je voudrais passer voir Justin.

— Évidemment. Quand tu voudras.

Alors qu'elle se tournait pour s'en aller, l'agent à l'accueil m'appela. Je le rejoignis, suivi de Diesel.

— C'est à vous, dit-il. Je vous accompagne.

Il nous fit passer sous le portique de sécurité puis nous guida à mi-chemin d'un corridor.

— C'est la dernière porte à gauche, monsieur.

Je le remerciai, puis mon chat et moi suivîmes ses indications.

Arrivé sur le seuil, je m'arrêtai et toquai contre le battant. Kanesha releva la tête par-dessus son ordinateur et fronça les sourcils en découvrant Diesel. Elle se leva.

— Entrez, monsieur Harris. Asseyez-vous.

Elle m'indiqua un fauteuil face à son bureau.

La pièce, qui faisait à peu près trois mètres sur trois, accueillait deux tables, des rayonnages, quelques sièges et des piles de papiers. Le plan de travail de Kanesha était impeccablement rangé, ce qui contrastait avec les documents empilés n'importe comment sur celui de son collègue.

Je tirai une autre chaise à côté de la mienne pour Diesel, qui s'assit en même temps que moi. Sur le trajet depuis la bibliothèque, je m'étais demandé pourquoi Kanesha avait attendu si longtemps pour me questionner bien qu'elle en avait déjà eu plusieurs fois l'occasion. Je mettais de côté le matin même, où sa mère l'avait mise en déroute alors qu'elle n'était sans doute pas venue chez moi uniquement pour me demander d'éviter de parler aux journalistes.

— Que puis-je faire pour vous, agente Berry ?

Je me dandinai discrètement sur mon siège inconfortable, sans doute choisi exprès pour cela. À côté de moi, Diesel observait calmement Kanesha, ses oreilles presque au niveau de mon visage.

Kanesha parut avoir du mal à détourner les yeux de mon chat, puis elle secoua la tête et reporta toute son attention sur moi.

— Quand nous vous avons interrogé à l'hôtel, pourquoi ne pas nous avoir dit que Justin Wardlaw était avec vous ?

J'allais devoir choisir mes mots avec soin ; je ne voulais pas lui donner l'impression de soupçonner l'étudiant d'avoir tué Godfrey.

— Justin était très secoué hier. Je ne sais pas ce qu'il a pu vous raconter de ce qui s'est passé durant la journée mais je m'inquiétais pour lui. J'ai pensé qu'il avait besoin d'un peu de temps pour recouvrer ses esprits avant de parler à qui que ce soit.

— Très prévenant de votre part, répondit-elle, les mâchoires serrées. Vous faisiez entrave à une enquête officielle. Vous en avez conscience ?

Elle était clairement énervée.

— Oui, je suppose. Mais je n'ai agi que dans l'intérêt du garçon. Si ça vous oblige à m'inculper de quelque chose, alors allez-y.

— Je suis tentée de le faire, croyez-moi.

Elle marqua un temps d'arrêt.

— Ça ne me ravit pas mais je vais faire avec. Justin, Mme Wardlaw et vous avez eu largement le temps de vous mettre d'accord sur vos histoires respectives avant que Bates et moi nous présentions à votre domicile hier soir. Ce qui ne me plaît guère. Si je découvre que l'un d'entre vous a menti à propos de quoi que ce soit, je ne vous épargnerai pas.

— Compris.

Puisqu'elle était déjà en colère, autant poser la question qui me turlupinait depuis la veille.

— Pourquoi n'avons-nous pas eu cette discussion hier soir ?

— Parce que j'ai choisi de ne pas le faire.

En d'autres termes, tu as fait une erreur et tu ne veux pas l'admettre.

Les meurtres étaient très rares dans la région d'Athena, et l'expérience de Kanesha en matière d'enquête criminelle sans doute très limitée. Le dernier crime dont j'avais connaissance s'était produit sept ou huit ans plus tôt quand un mari outragé avait abattu l'homme qui couchait avec sa femme. Et puisqu'il avait agi devant plusieurs témoins, il n'y avait pas vraiment eu d'enquête à mener.

Kanesha se munit d'un stylo et d'un bloc-notes. Elle griffonna quelque chose.

— Racontez-moi le détail de votre journée d'hier, en commençant par la visite de Godfrey Priest à votre bureau.

Je ravalai un soupir et m'exécutai. Diesel se roula en boule et s'endormit. Quant à moi, je parlai pendant ce qui me parut durer une demi-heure.

Kanesha ne m'interrompit que deux fois avant que j'arrive au moment où j'avais décidé de me rendre à l'hôtel pour voir où en étaient Godfrey et Justin.

— Pourquoi étiez-vous si inquiet à propos d'un homme perdu de vue depuis longtemps ? Un homme que, selon vos dires, vous n'appréciiez pas vraiment. Et que, si j'en crois votre déposition, vous n'aviez pas fréquenté depuis près de trente ans. Je ne suis pas certaine de bien comprendre.

Je pris le temps de réfléchir.

— Je crois que je m'inquiétais principalement pour Justin et du fait qu'il ne soit pas rentré. Il était déjà très stressé hier, avant même de retrouver le corps de Godfrey. Sans oublier que celui-ci ne manquait jamais une occasion d'être au centre de toutes les attentions. Qu'il annule le dîner en son honneur m'a paru bizarre.

— Et pourquoi cet intérêt envers Justin ? Ce n'est pas votre fils.

Kanesha se radossa à son siège en posant sur moi un regard clinique, comme si elle observait je ne sais quel étrange spécimen.

— Non, c'est sûr. Mais il est sous ma responsabilité, d'une certaine manière. Je l'héberge et me sens concerné par le bien-être de mes pensionnaires. C'est aussi le fils d'une vieille amie.

— Je vois, se contenta-t-elle de répondre.

Je décidai de tenter une question de mon cru :

— Vous mesurez à quel point Godfrey s'attirait l'antipathie de tous ceux qui le connaissaient ?

Un léger sourire se dessina sur les lèvres de l'agente.

— Je crois avoir saisi, en effet.

— Dans ce cas vous avez sans doute compris que nombreux sont ceux qui avaient des motivations plus fortes pour le tuer que Julia ou Justin. Ou moi-même.

Je n'avais pas oublié la requête d'Azalea ; le moment était sans doute bien choisi pour partager les ouï-dire que j'avais pu glaner. Je n'aimais pas l'idée d'impliquer une personne potentiellement innocente mais je n'avais pas vraiment le choix si je voulais aider Justin.

— Qui, par exemple ?

Elle reposa son stylo et se cala contre le dossier de son fauteuil.

— Jordan Thompson, pour commencer. Je viens de parler à Julia. Elle vous a raconté qu'elle avait vu la libraire à l'hôtel hier en partant.

— En effet, confirma Kanesha. Mais je n'ai à ce stade rien qui prouve que Mme Thompson ait vu la victime avant son décès.

— Moi si, rétorquai-je en essayant de ne pas paraître triomphant. Un exemplaire signé du nouveau livre de Godfrey Priest. Signé et daté d'hier.

Kanesha cligna des paupières. J'avais capté son attention. Elle reprit son stylo et écrivit quelques mots.

— Comment vous êtes-vous procuré cet exemplaire dédicacé ?

Je lui racontai ma visite matinale à *L'Athenaeum*, y compris les ragots de Patty Simpson sur la liaison de Jordan avec Godfrey. Kanesha prit des notes tandis que je parlais.

— Étant donné que Jordan a vu Godfrey après Julia, il me semble qu'elle fait une suspecte plus crédible. Et mue par un mobile potentiellement solide.

— Possible, répondit Kanesha, qui avait cessé de prendre des notes. Je vérifierai vos propos, bien entendu, mais cela n'innocente pas qui que ce soit pour autant.

— Bien entendu, répondis-je en décidant d'ignorer son ton dédaigneux.

— D'autres potins à partager ? Puisque vous semblez tellement au fait des ragots, commenta-t-elle avec une petite moue.

Elle ne me rendait pas les choses faciles.

Après de rapides excuses mentales à l'intention de mon patron, je lui révélai ce que je savais de la haine que Peter vouait à Godfrey, ainsi que sa cause supposée.

Elle prit de nouveau des notes, sans que cela semble plus l'impressionner que mes informations sur Jordan.

— Je crois que ce sera tout, monsieur Harris. Je vous recontacterai si j'ai d'autres questions.

Cela me parut un peu abrupt.

— Dans ce cas, bonne journée.

Je me levai, et Diesel sauta au bas de sa chaise. Kanesha se tourna vers son ordinateur et se mit à pianoter sur le clavier.

Azalea aurait été consternée par les mauvaises manières de sa fille. Kanesha aurait au moins pu me remercier d'être venu à la suite de sa convocation péremptoire.

Je sortis du bureau et retournai avec Diesel dans le hall d'entrée. Nous nous arrêtâmes le temps que l'employé nous ouvre le portique. Je vis bien que mon chat aurait aimé explorer les alentours et recevoir une caresse de l'agent, mais j'étais trop pressé de partir.

— Viens, mon brave, dis-je en tirant gentiment sur sa laisse. Il est temps de se remettre au travail.

— Salut, le matou ! lança l'employé.

Diesel le récompensa par quelques ronrons.

Une fois au-dehors, je clignai plusieurs fois des yeux, le temps de m'habituer à la lumière de l'après-midi. L'impolitesse de Kanesha me restait en travers de la gorge mais j'aurais sans doute dû m'y attendre. Au moins lui avais-je fourni deux nouveaux suspects potentiels sur lesquels se renseigner.

De retour à la voiture, je repartis jusqu'à la bibliothèque Hawksworth et me garai sur le parking à l'arrière du bâtiment. Je guidai Diesel jusqu'à la porte de derrière, à côté de la salle de repos des employés. J'avais soif et Diesel aussi, sans doute. À cette heure, la pièce était déserte. Je pris un grand mug dans le placard et le remplis à la fontaine à eau. Je le vidai prestement puis le remplis de nouveau et le posai à terre. Diesel se mit à laper le liquide. Dès qu'il aurait fini, je ferais ma vaisselle.

— Salut, les garçons. Qu'est-ce que vous faites ici en ce bel après-midi ?

Melba se tenait dans l'embrasure de la porte. Elle s'avança en souriant, sa propre tasse à la main.

— J'ai un truc à examiner à l'étage.

Après quelques caresses pour saluer Diesel comme il se doit, Melba se servit un café. La première gorgée lui fit faire la grimace.

— Il doit être là depuis un moment. Mais je dois m'en contenter.

Elle but de nouveau.

— Tu parles de tous ces cartons ? C'est quoi, exactement ?

— Ils contiennent les archives de Godfrey. Qu'il a fait expédier la semaine dernière.

— Sans même attendre de savoir si on les accepterait, comprit Melba en riant. Typique du personnage !

Elle secoua la tête.

— Jamais je n'aurais pu imaginer, en t'appelant hier soir, qu'il puisse être mort. C'est tellement bizarre.

— Comme tu dis.

Diesel avait étanché sa soif. Je portai le mug jusqu'à l'évier et ouvris le robinet. Haussant la voix pour couvrir le bruit de l'eau, je repris :

— C'est toute l'affaire qui est louche. Godfrey tapait sur les nerfs de beaucoup de gens, mais qui le haïssait au point de le tuer ?

— Dieu seul le sait, répondit Melba en se rapprochant. Peut-être qu'une de ses ex-femmes s'est discrètement pointée en ville pour l'éliminer.

Je versai un peu de liquide vaisselle dans le mug et le frottai à l'aide d'une brosse avant de le rincer et de le poser à l'envers sur l'égouttoir.

— C'est une possibilité, admis-je en m'essuyant les mains avec un torchon. Mais pourquoi auraient-elles attendu ce moment pour frapper ? Je pense que c'est plutôt quelqu'un d'ici, quelqu'un d'Athena.

— Tu as sûrement raison.

Melba vida le reste de son café et posa sa tasse dans l'évier.

— Tu penses trouver quelque chose d'intéressant dans les archives de Godfrey ?

— Ça se pourrait. Elles contiennent forcément des textes dignes d'intérêt, répondis-je.

— Voire des indices à propos de sa mort.

Avant que je puisse ajouter un mot, nous entendîmes le grincement d'une latte dans le couloir.

Nos regards se croisèrent.

J'attendis quelques secondes pour voir si quelqu'un allait entrer.

Personne.

Je fis un pas vers la porte.

— Qui est là ?

Pas de réponse.

18

Le plancher grinça de nouveau, puis des bruits de pas s'éloignèrent précipitamment.

Je franchis les deux mètres qui me séparaient de la porte, mais l'individu qui épiait notre conversation avait disparu. Je traversai le couloir et fis le tour par l'escalier. Je ne vis personne et n'entendis rien d'autre que le murmure étouffé de la circulation.

Melba et Diesel se tenaient sur le seuil de la salle de repos.

— Encore un événement bizarre, commenta ma collègue, les sourcils froncés. Et un peu flippant.

— Étrange, effectivement.

— Je retourne dans mon bureau, je garderai l'œil sur la porte.

Melba passa devant, avec un sourire teinté de malaise.

— Surveille tes arrières, conseilla-t-elle.

Je repris la laisse de Diesel.

— Je ferai attention, ne t'inquiète pas.

J'attendis qu'elle soit retournée dans les quartiers du directeur avant de me remettre en route.

— Viens, mon brave. On remonte.

Avant d'ouvrir le bureau des archives, je décidai de vérifier le contenu de la salle de stockage ; rien ne semblait avoir été dérangé. Je refermai la porte et examinai la serrure : elle était du genre solide, comme celle de la porte des archives.

Les onze cartons rangés dans le bureau paraissaient intacts, eux aussi. Diesel se mit à les renifler et je dus l'écarter gentiment pour accéder au carton sans chiffre. Je le sortis de sous les trois autres, que je rempilais ensuite, puis le soulevai et le déposai sur ma table.

Diesel se hissa au sommet de la pile centrale pour me regarder l'ouvrir. Après en avoir sorti les liasses de papier recyclé utilisées pour protéger le contenu, je découvris plusieurs coffrets, des bacs de disquettes informatiques et même deux clés USB. Les disquettes contenaient sans doute les textes des romans de Godfrey, ainsi peut-être qu'une partie de sa correspondance.

Je me demandai pourquoi ce carton n'avait pas été numéroté. Il n'était peut-être pas censé faire partie des archives de Godfrey.

L'inventaire complet dans la boîte numéro un devrait répondre à cette question. Je fis le tour du bureau pour aller voir. La caisse qui m'intéressait était celle sur laquelle Diesel s'était assis. Je le forçai à s'écarter, ce qui me valut quelques ronrons agacés.

Je récupérai ledit carton et le posai par terre avant de l'ouvrir à l'aide de ma paire de ciseaux. Sur le dessus, sous une nouvelle couche de rembourrage protecteur, se trouvait un dossier à couverture souple titré :

Inventaire

Je retournai m'asseoir, ma trouvaille à la main, et en feuilletai le contenu pendant que Diesel jouait avec le garnissage abandonné sur le sol.

Qualifier ces quelques feuillets d'« inventaire » était une sacrée exagération. Toutes les boîtes apparaissaient sur la liste, mais avec très peu de détails quant à leur contenu. L'assistante administrative de Godfrey s'était contentée de noter les différentes catégories, telles que : lettres de fans, courriers professionnels, critiques, récompenses, articles de journaux, contrats, exemplaires de relecture, livres en version originale, traductions, programmes de conventions et discours. Nulle part n'étaient mentionnés les mots « disque » ou « disquette ».

Il semblait clair que le coffret de disquettes avait été envoyé par erreur. Sans quoi il aurait été affublé d'un numéro et intégré à l'inventaire. Le nombre de cartons mentionné dans l'inventaire correspondait à la quantité reçue.

Que devais-je en faire ? Le renvoyer à Gail Enderby en Californie ?

Les deux lettres étaient sur mon bureau. Je relus rapidement celle de l'assistante administrative, qui comprenait un numéro de téléphone. Autant l'appeler et lui poser directement la question.

Je sortis mon portable plutôt que d'utiliser le poste fixe. Je n'avais jamais réussi à mémoriser le code d'autorisation à composer pour passer un appel longue distance.

Après cinq sonneries, je tombai sur le répondeur. Une voix jeune et pleine d'entrain m'informa que Gail Enderby était en congé pour encore une quinzaine de jours. Dans son courrier, elle ne fournissait aucun autre moyen de la joindre. Je me demandai si elle avait vu passer la nouvelle de la mort de son employeur. Je laissai un message en lui demandant de me rappeler.

Bon. Les disquettes étaient désormais sous ma garde. Je replaçai les matériaux de calage et remis du ruban adhésif. Plutôt que de ranger la caisse avec les autres, je la plaçai derrière des étagères à portée de main – ou presque – de mon bureau. Je me laissais peut-être trop impressionner par l'idée d'un mystérieux individu qui écoutait aux portes, mais les disquettes avaient potentiellement de la valeur. Puisque j'étais le seul à savoir qu'elles étaient là, autant préserver le secret.

Je récupérai ensuite le carton numéro un et le posai sur la table. D'après l'inventaire, il contenait le courrier envoyé par les fans. Mû par la curiosité, je sortis l'un des dossiers, daté de plus de vingt ans en arrière, et le feuilletai.

Les deux ou trois premières lettres dégoulinaient de compliments envers Godfrey.

Une admiratrice écrivait :

« Piégée » m'a maintenue éveillée jusqu'à 3 heures du matin.

Un autre témoignait :

Je me suis senti obligé de me lever et d'aller vérifier toutes les serrures de la maison après avoir fini « Le Tueur de minuit ».

La plupart des missives que j'examinais comportaient des notes dans les marges indiquant que Godfrey avait donné suite, même si le dossier ne contenait pas les copies de ses envois.

La correspondance la plus intéressante de celles que je parcourus prenait Godfrey à parti sur son choix d'abandonner les énigmes policières plus tranquilles et traditionnelles de ses débuts au profit de « mauvais récits sanglants et inutilement violents ». L'unique annotation de Godfrey était on ne peut plus concise : « ne pas répondre ».

Je mis le dossier de côté et m'apprêtai à en sortir un autre quand le téléphone fixe sonna.

— Ah, c'est bon, tu es encore là ! lança Melba quand je décrochai. Peter veut te voir tout de suite. Je lui ai parlé des cartons.

— J'arrive.

Je raccrochai en soupirant. Je n'étais pas d'humeur à discuter avec mon directeur. D'un autre côté, c'était aussi une bonne occasion d'enquêter...

Je me munis des lettres de Godfrey et de Gail Enderby, puis appelai Diesel.

— Viens, mon brave. On descend.

Je pris le temps de fermer la porte à clé derrière moi avant de suivre le félin qui avait dévalé l'escalier. Je le retrouvai dans le bureau de Melba, perché sur son plan de travail.

— C'est bon, assura-t-elle avec un regard coupable. C'est moi qui l'ai laissé monter.

— Ce qui est fait est fait, j'imagine. Tu gardes un œil sur lui pendant que je parle à Peter ?

— Bien sûr, répondit ma collègue en caressant la tête du maine coon. Vas-y, il t'attend.

Je toquai à la porte de Peter puis l'ouvris.

— Ah, Charles, dit-il en se levant. Entrez.

Je pris un siège et il se rassit sur le sien.

— Melba m'a fait savoir que les documents d'archives de feu M. Priest vous avaient été livrés.

Peter joignit les extrémités de ses dix doigts devant lui et m'observa avec des grands yeux de hibou.

— Oui, les cartons sont arrivés aujourd'hui.

Je lui tendis les deux feuillets.

— Le tout est très bien organisé, ce qui veut dire qu'il devait planifier cela depuis un moment.

Peter parcourut rapidement les courriers puis les posa sur son bureau.

— Sans aucun doute. Avec son ego hypertrophié, il devait être convaincu que l'université accepterait ses textes sans la moindre objection, commenta-t-il avec un reniflement de mépris.

— Je suis d'accord, répondis-je. Mais il ne se doutait certainement pas qu'il allait mourir si vite et d'une manière si brutale.

— On ne saurait prétendre ressentir du chagrin pour un salopard de la pire espèce, aussi répugnante soit la manière dont il a succombé. Ses lamentables romans vont encore mieux se vendre à présent, même s'il ne sera plus en mesure d'en bénéficier, commenta-t-il avec un sourire de sombre satisfaction.

Jamais je n'aurais imaginé notre directeur habité par une aussi profonde envie de vengeance. Il avait vraiment haï Godfrey.

— Ses ventes vont augmenter pour quelque temps, dis-je. Vous avez sans doute raison sur ce point. Mais je me demande qui en récoltera effectivement les fruits.

C'était, assez étrangement, la première fois que je prenais le temps de me poser la question. Qui allait hériter de la fortune de Godfrey ? Justin ?

— Il ne reste qu'à espérer qu'il ait prévu dans son testament une allocation permettant à l'université d'accueillir et de classer toutes ses archives. Sans quoi elles resteront dans leur état actuel.

Peter releva le menton d'un air déterminé et planta son regard dans le mien.

— Je veux croire que nous sommes d'accord sur ce point, dit-il.

— Absolument.

J'avais déjà largement de quoi faire en tant qu'employé à temps partiel. En dépit de ma curiosité, je préférais largement cataloguer des ouvrages rares plutôt que de trier les textes de Godfrey.

— Excellent, dit Peter avec un grand sourire.

— Au-delà d'une éventuelle clause dans le testament de Godfrey, pensez-vous que cette lettre suffise à faire de l'université la propriétaire officielle de cette collection ?

— Il me semble, oui, acquiesça mon directeur.

Il reprit la missive pour la relire.

— Il exprime ses intentions de manière très claire, même s'il est vraiment regrettable qu'il ne mentionne aucune dotation financière pour accompagner ce don.

— Tout ceci va générer beaucoup de publicité pour l'université et pour la ville, commentai-je.

— J'en ai bien peur, répondit Peter dans un froncement de sourcils qui trahissait sa répugnance. Pourquoi a-t-il fallu qu'il vienne jusqu'ici pour se faire assassiner ? C'est tout bonnement incompréhensible.

Peter rougit légèrement, peut-être en prenant conscience de la bêtise de sa remarque. Je fis comme si de rien n'était.

— Toute cette histoire est bizarre, dis-je. Beaucoup de détails titillent ma curiosité. À commencer par l'appel que Godfrey a passé pour dire qu'il se sentait trop mal pour participer au dîner de gala hier soir. Ça ressemble à une excuse toute faite.

Peter ne répondit pas, se contentant de me dévisager.

— Je me demande si c'est vraiment Godfrey qui a téléphoné, dis-je.

— Pourquoi en serait-il autrement ? répliqua-t-il en tapotant du bout des doigts sur la table.

Je haussai les épaules.

— Je disais ça comme ça. Quand Melba m'a téléphoné, elle m'a dit que Godfrey avait contacté le bureau du président de l'université pour l'informer. Je suppose qu'un membre de son équipe vous a ensuite prévenu.

Les doigts de Peter s'immobilisèrent.

— À vrai dire, ce n'est pas tout à fait exact.

— C'est-à-dire ?

— Je crains que Melba n'ait pas bien compris ce qu'il s'est passé.

Mon directeur marqua une courte pause.

— Cela lui arrive souvent lorsqu'elle ne parvient pas à écouter attentivement ce qu'on lui dit. Je lui en ai déjà fait plusieurs fois la remarque...

Je patientai sans rien dire et, après quelques secondes, il reprit :

— Voyez-vous, c'est moi qui ai eu Godfrey au téléphone. J'ai ensuite informé le bureau du président, à sa demande.

19

Encore un fait indéniablement étrange. Pourquoi Godfrey aurait-il appelé le directeur de la bibliothèque plutôt que le président de l'université ?

— Durant notre conversation, poursuivit Peter, il s'est plaint d'un virus intestinal plutôt sévère. Il m'a dit qu'il regrettait cet imprévu malvenu – il l'a peut-être dit autrement – et m'a demandé de faire remonter l'information. Ce que j'ai fait.

Il se remit à pianoter du bout des doigts sur la table.

— Par curiosité, demandai-je d'une voix timide, vous rappelez-vous de l'horaire de l'appel ?

— Aux alentours de 17 h 30, me semble-t-il, répondit Peter après un court instant de réflexion.

— Quelqu'un du bureau du shérif est venu vous parler ?

Je le vis blêmir légèrement.

— Pourquoi feraient-ils cela ? On ne voudrait pas se retrouver mêlé à une affaire aussi sordide qu'une enquête criminelle.

— Non, on ne voudrait pas, répondis-je avec un soupçon d'ironie. Mais c'est d'ores et déjà le cas.

Je commençai à perdre patience. Il se montrait exagérément sourcilleux à mes yeux.

— Vous êtes peut-être la dernière personne à avoir parlé à Godfrey. En dehors du tueur, je veux dire. C'est une information importante pour l'agente chargée de l'enquête.

— Je vois.

Peter prit un verre d'eau posé sur la crédence derrière son fauteuil et but une longue gorgée. Lorsqu'il le reposa, sa main tremblait.

— Dans ce cas, on fera ce qu'il convient de faire, dit-il.

Il était toujours pâle, visiblement troublé, mais apparemment prêt à faire le nécessaire. Je lui dictai le numéro du bureau du shérif et lui indiquai de demander l'agente Berry. Il reposa son stylo et m'assura qu'il l'appellerait.

— Très bien. Je vous confie ces lettres ? demandai-je en les pointant du doigt.

— Pour le moment, oui. Je demanderai à Melba de vous en faire des copies. On peut supposer que le cabinet juridique de l'université voudra conserver les originaux.

— Bien sûr. Bon, si nous en avons terminé, je vais me remettre au travail.

Peter hocha la tête et je repartis vers la porte.

— Flûte, j'ai failli oublier...

Je me retournai vers lui.

— Oui, Peter ?

Il affecta une moue entre dédain et dégoût.

— J'ai reçu un appel du bureau du président peu de temps avant que vous arriviez. Pour m'informer qu'une cérémonie commémorative en l'honneur de Godfrey aurait lieu samedi après-midi à 14 heures dans la chapelle de l'université. J'imagine qu'il va falloir que je m'y rende, même s'il n'est pas difficile d'imaginer des choses bien plus agréables à faire le week-end.

Il soupira.

— C'est ce qu'il convient de faire, dis-je. Je m'y rendrai également.

Peter ne répondit pas. Il ne m'avait sans doute pas entendu, occupé qu'il était à regarder par la fenêtre derrière lui. Je quittai la pièce et refermai précautionneusement la porte. Peter était décidément un drôle de type.

Diesel était toujours installé sur le plan de travail de Melba et la regardait travailler sur son ordinateur. Les touches cliquetaient à toute vitesse et le chat semblait hypnotisé par le mouvement rapide des doigts.

— Désolé de vous interrompre. Viens, Diesel, on y retourne.

Melba cessa de pianoter sur son clavier et se tourna pour me sourire.

— À plus tard, les garçons.

Elle gratouilla affectueusement le crâne de Diesel, qui ronronna en guise de remerciement.

— Allez, en avant, dis-je.

Diesel sauta souplement au sol. Il me suivit jusqu'à l'escalier et le remonta comme une flèche quand j'avais à peine posé mon pied sur la première marche.

De retour dans le bureau, Diesel se mit à jouer avec le garnissage des colis tombé au sol, le projetant à gauche et à droite avant de bondir dessus comme sur une proie. Je le regardai faire pendant un moment. Malgré sa taille, il faisait encore beaucoup penser à un chaton.

En m'installant à mon bureau, je vis que l'indicateur d'appels clignotait sur mon fixe. J'écoutai le message vocal : la bibliothèque Hawksworth juste à côté m'informait qu'un livre que j'avais demandé était disponible.

Je consultai ma montre ; il était presque 17 heures. L'examen plus approfondi des textes de Godfrey attendrait jusqu'au lendemain. Je pris cependant le temps, avant de repartir, de tout remettre en place dans le carton ouvert sur mon bureau, privant Diesel de son jouet.

— Tu pourras t'amuser avec demain.

Mon chat me tourna le dos et demeura dans cette position jusqu'à ce que je m'apprête à sortir. J'attachai la laisse à son harnais, refermai à clé derrière nous et descendis l'escalier jusqu'à la porte de derrière. Je voulais récupérer le bouquin mais devais d'abord installer Diesel dans la voiture. Hawksworth comptait parmi les rares endroits où je ne pouvais pas l'emmener. Deux employés s'étaient plaints du fait que sa présence perturbait les étudiants, qui s'agglutinaient invariablement autour de lui pour le caresser – et qui faisaient trop de bruit, toujours selon les mêmes râleurs.

Direction le siège passager pour Diesel, donc. La journée était fraîche et j'entrouvris les vitres à l'avant, suffisamment pour permettre la circulation de l'air mais pas assez pour qu'un gros chat entreprenant puisse s'échapper.

— Je reviens dans cinq minutes, lui assurai-je.

Je vis bien qu'il était fâché de ne pas pouvoir m'accompagner. Comme chaque fois.

Arrivé à la bibliothèque, je me rendis directement au comptoir des réservations. Le temps que l'étudiant en poste trouve mon livre, un récent essai sur la fin de l'Antiquité et le début du Moyen Âge, j'écoutai d'une oreille distraite la conversation en cours au bureau voisin. Willie Clark y renseignait une étudiante avec tout le charme qui le caractérisait.

— Non, je n'ai pas encore reçu ce numéro ! Vous ne savez pas lire les indications ? Vous voyez la mention du numéro dix du volume vingt-trois, vous ?

Willie planta son doigt sur son écran d'ordinateur tandis que l'étudiante, cramoisie, marmonnait quelques mots.

— Dans ce cas, retournez-y et vérifiez la référence. Vous l'avez sûrement mal notée, lui lança-t-il avec un mépris manifeste.

La jeune fille détala, la tête baissée. C'était sans doute une première année. Les élèves plus âgées avaient appris à éviter de demander des informations quand Willie se trouvait là. Il pouvait aussi se montrer abrupt avec les garçons mais son ton se faisait particulièrement cinglant dès qu'il s'adressait à la gent féminine.

Pas étonnant, sachant cela, qu'il ne se soit jamais marié. Il n'était pas gay non plus, à ma connaissance. Trop grincheux, d'après moi, pour qu'un partenaire de quelque sexe que ce soit le tolère suffisamment pour nouer une relation.

Willie me surprit en train de l'observer. Mon opinion à son sujet devait se lire sur mon visage car il me lança un regard noir avant de détourner la tête.

Mon livre à la main, je ressortis de la bibliothèque et retournai à mon véhicule. Diesel passa tout le trajet du retour à se plaindre. Je lui grattai deux ou trois fois la tête dans un geste d'excuse pour l'avoir abandonné.

À la seconde où j'ouvris la porte de la cuisine, d'appétissantes odeurs vinrent me chatouiller les narines. Diesel aussi renifla d'un air appréciateur, même s'il risquait fort d'être déçu. J'évitais de le nourrir durant mes repas, même s'il s'asseyait souvent tout près, les yeux braqués sur moi comme s'il espérait faire triompher sa volonté.

Je jetai un coup d'œil à l'horloge après avoir débarrassé Diesel de son harnais. Il était un peu plus de 17 heures et Azalea était repartie. Une marmite garnie de haricots verts était posée sur la cuisinière, et l'examen du four encore chaud révéla un ragoût de poulet, champignons et riz brun. Je trouvai aussi une salade mélangée dans le réfrigérateur.

Comme d'habitude, la gouvernante avait préparé de quoi nourrir au moins quatre personnes.

J'inspectai les écuelles de Diesel ; Azalea s'en était déjà occupée. Elle avait beau se plaindre parfois de lui, pas question pour elle de laisser qui que ce soit avoir faim dans la maison. Mon chat évalua brièvement sa nourriture avant de filer vers la buanderie.

On sonna à la porte. Pourvu que ce ne soit pas Kanesha Berry avec de nouvelles questions !

Julia se tenait sur le seuil, l'air triste et épuisée.

— Je suis désolée de débarquer comme ça sans prévenir, dit-elle comme je m'écartai pour la laisser entrer. Mais je voulais voir Justin avant de rentrer chez moi.

— Tu es toujours la bienvenue ici, Julia, lui assurai-je. Sens-toi libre de nous rendre visite quand tu voudras.

— Merci.

Je refermai la porte et la dévisageai avec inquiétude.

— Comment vas-tu ? Et Ezra ?

— Je suis fatiguée mais Ezra va mieux, Dieu merci. Ils vont le garder une nuit de plus mais il devrait pouvoir rentrer à la maison demain.

— C'est bien. Si on allait s'installer dans la cuisine ? Le temps de te servir quelque chose à boire, puis d'aller chercher Justin, s'il est là. Je viens de rentrer et je ne l'ai pas encore vu.

— Je veux bien, merci, répondit Julia en m'emboîtant le pas. Je dois dire que là, tout de suite, je n'ai pas le courage de monter l'escalier.

Diesel vint saluer notre invitée. Julia lui fit des papouilles et la conversation pendant que je servais à mon amie du thé sucré concocté par Azalea.

Tout en gravissant les marches, j'envisageai – et pas pour la première fois – la possibilité de faire installer un système d'interphone. Mais je songeai également qu'un peu d'exercice physique n'était pas de trop.

Arrivé légèrement essoufflé devant la chambre du jeune homme, je frappai.

— Entrez.

J'ouvris la porte et franchis le seuil. Assis à son bureau, Justin travaillait sur son ordinateur. Il tapota quelques touches supplémentaires avant de se tourner pour m'accueillir.

— Bonjour, monsieur Charlie.

— Bonjour. Ta mère est en bas. Elle voudrait te parler.

— Merci. Je descends tout de suite. Je dois juste terminer un truc, dit-il en indiquant sa machine d'un geste du menton, mais ça ne prendra même pas deux minutes.

— D'accord. Je vais l'avertir.

Je ressortis et refermai. Justin paraissait un peu plus animé. Pendant toute la journée de la veille, il avait semblé déprimé, parfois même presque catatonique dans son absence de réaction. Une bonne nuit de sommeil avait dû lui faire du bien, de même qu'une prise de recul par rapport aux événements récents.

Le temps que je revienne dans la cuisine, Julia avait fini sa tasse. Je lui transmis le message de Justin et proposai de la resservir, ce qu'elle déclina.

— Tu peux bien sûr discuter avec Justin ici, dis-je, mais vous serez peut-être plus à votre aise dans le séjour.

— Ici, ce sera très bien, répondit Julia. Si ça ne te dérange pas. Cette cuisine est tellement chaleureuse et réconfortante…

Je balayai les lieux d'un regard affectueux. Oui, c'était un endroit apaisant. À l'époque où Dottie était toujours en vie, la pièce constituait le centre névralgique de la maison, là où elle passait le plus clair de son temps. J'aimais à penser que son caractère généreux et affectueux imprégnait encore les murs.

— C'est vrai. Et si tu restais pour dîner, on pourrait manger tous les trois, avec Justin ? Azalea a préparé plus qu'il n'en faut pour nous et je te garantis que ce sera délicieux. C'est une merveilleuse cuisinière.

Julia sourit.

— Je ne devrais pas m'imposer comme ça après tout ce que tu as déjà fait. Mais je n'imagine pas devoir faire la popote en rentrant. Donc oui, merci, je serais ravie de rester avec vous.

— Salut, maman ! lança Justin, qui venait d'entrer en trombe.

Oui, il était indéniablement plus animé. Il se pencha pour embrasser sa mère sur la joue et n'eut pas le moindre geste de recul quand elle lui caressa gentiment les cheveux.

— Si vous voulez bien m'excuser, je vais à l'étage pour quelques minutes, dis-je. Puis on dînera, quand vous serez prêts.

Julia me gratifia d'un sourire et, sur le chemin de l'escalier, je l'entendis relayer mon invitation à son fils.

Je m'attardais dans ma chambre, dans l'idée de laisser à Julia et Justin le temps de discuter. Je me demandais si elle allait lui parler des problèmes de santé d'Ezra. Elle avait intérêt à le faire rapidement. Retarder ce moment n'apporterait rien de bon à Justin.

Diesel ne m'avait pas rejoint. Il devait être resté en bas avec le garçon. Il l'aimait beaucoup et Justin semblait sincèrement attaché à Diesel. Celui-ci sentait que l'étudiant avait besoin de réconfort. Si Diesel pouvait l'aider à gérer les difficultés à venir, j'étais ravi et reconnaissant qu'un compagnon à quatre pattes aussi exceptionnel soit apparu dans ma vie.

Une petite demi-heure s'écoula avant que je redescende. À mon arrivée dans la cuisine, Julia et Justin étaient silencieux. Justin donnait l'impression d'avoir pleuré mais il semblait calme. Diesel descendit de ses genoux pour m'accueillir.

— J'ai raconté à Justin pour son père, dit simplement mon amie.

J'opinai du chef.

— Je ne peux pas vous dire à quel point je suis navré.

Je me penchai pour caresser la tête du félin.

— Merci, répondirent mère et fils à l'unisson.

Puis Julia se leva.

— Si ça ne vous dérange pas, je vais aller me rafraîchir un peu. Justin, tu veux bien aider Charlie à mettre la table ?

— Oui, maman.

Justin se leva à son tour et se dirigea vers le vaisselier, Diesel dans son sillage. Je voulus indiquer à Julia le chemin des toilettes du rez-de-chaussée mais elle m'interrompit en souriant.

— Je sais où c'est.

Le garçon sortit trois assiettes et les disposa sur la table. Diesel le suivait dans chacun de ses mouvements.

— Merci d'avoir invité ma mère à dîner.

— Avec plaisir. Si tu veux bien terminer de mettre le couvert, je m'occupe du reste.

Justin acquiesça et s'affaira en silence pendant quelques instants. Il reprit la parole alors que j'enfilais des maniques :

— Euh, monsieur Charlie, je pense qu'il faut que je vous dise un truc...

Il s'était immobilisé, les couverts à la main, la tête légèrement baissée. Il semblait embarrassé. Diesel se frotta contre ses jambes, mais Justin ne parut même pas le remarquer.

— Quoi donc ? demandai-je tout en me penchant vers le four pour saisir le plat.

Ce serait peut-être un peu plus facile pour lui de me parler si je ne le regardais pas.

— C'est à propos de ce que je vous ai raconté hier, reprit Justin. Le fait que mon père, Ezra, me frappait.

Je déposai le repas sur la cuisinière après m'être rendu compte qu'il fallait d'abord placer un dessous-de-plat sur la table.

— Je t'écoute, dis-je sur un ton neutre.

— J'ai un peu menti, admit Justin en s'empourprant. Il ne m'avait jamais giflé de cette manière auparavant.

— Pourquoi avoir menti à ce sujet, alors ?

Justin haussa les épaules.

— Il se comportait tellement bizarrement à cause de toute cette histoire, et du fait que Godfrey Priest soit mon père. Il a plus ou moins pété les plombs, je dirais, et j'ai eu comme une envie de me venger en disant du mal de lui.

— Je peux le comprendre. Ce qu'il a fait hier matin est inexcusable. Il n'aurait jamais dû te frapper de cette façon.

— Non, c'est vrai.

Justin entreprit de disposer les couverts pour chacun de nous.

— Je ne vais pas te blâmer d'être en colère contre lui. Personne ne te le reprocherait. Mais je suis heureux de savoir que c'était la seule fois où ça s'est passé.

— Oui, répondit Justin avec un début de sourire. Et à l'hôpital, il m'a promis qu'il ne porterait plus jamais la main sur moi, quoi qu'il arrive.

Ses traits s'affaissèrent brusquement.

— Et maintenant lui aussi va mourir…

Diesel revint se frotter contre ses mollets.

Julia, qui était revenue à temps pour entendre cette dernière phrase, prit son fils dans ses bras. Mon chat s'éloigna mais s'assit non loin, attentif. Justin pleura pendant quelques instants et Julia leva vers moi des yeux interrogatifs.

— Justin m'a avoué avoir menti sur le fait qu'Ezra le battait, expliquai-je d'une voix douce.

— Bien, dit-elle. Je lui ai dit qu'il devait le faire.

Justin s'écarta de sa mère.

— Je suis désolé, maman.

— Je sais, mon chéri, répondit-elle en lui tapotant la joue. Va te moucher et te passer un peu d'eau sur le visage.

Avec un hochement de tête, il se dirigea vers la salle d'eau. Diesel l'accompagna.

— C'est un très gentil garçon la plupart du temps, dit Julia une fois son fils hors de portée de voix.

— Je sais, répondis-je avec un sourire. Diesel ne serait pas aussi attaché à lui si ce n'était pas le cas.

Elle se mit à rire.

— Ce chat est un sacré personnage.

Je refusai poliment sa proposition de m'aider et, quand Justin revint, tout était prêt. Une fois tous installés, Julia à ma droite et Justin en face de moi, je demandai au jeune homme de dire le bénédicité. Il inclina la tête au-dessus de son assiette et s'exécuta.

Puis je tendis la main à Julia pour qu'elle me donne son assiette, que je garnis de ragoût et de haricots verts tandis qu'elle se servait un bol de salade.

Nous passâmes quelques minutes à nous échanger plats, sauces et condiments. Diesel s'était posté près de ma chaise et observait avec intérêt les moindres mouvements de mes mains. Voyant qu'aucune miette n'arrivait, il fila de l'autre côté de la table pour tenter sa chance auprès de Justin.

En vertu d'une sorte d'accord tacite, la conversation tourna autour de sujets n'ayant rien à voir avec les événements de la veille. Julia interrogea son fils sur ses études et il exprima son enthousiasme pour ses cours d'anglais et d'histoire. À l'inverse, semblait-il, des cours de sciences naturelles et de mathématiques.

J'évoquai pour ma part mon temps passé à cataloguer des livres rares et Julia nous écouta attentivement, chacun à notre tour. Elle posa quelques questions de-ci, de-là et paraissait contente de pouvoir nous laisser faire la conversation.

De mon côté, je fermai les yeux sur les petits morceaux de poulet ou de haricot que Justin faisait discrètement glisser hors de son assiette.

Une heure s'écoula ainsi agréablement, et je m'aperçus à quel point les repas en bonne compagnie me manquaient. J'aurais aimé que Sean et Laura, mes enfants, n'habitent pas si loin. Mais plus que tout, évidemment, j'aurais voulu que Jackie et ma tante Dottie puissent s'attabler avec nous, elles aussi.

Même le cheesecake au chocolat d'Azalea ne parvint pas à convaincre Julia de rester pour le dessert. Elle avait l'air plus en forme qu'à son arrivée mais n'en était pas moins fatiguée et décidée à rentrer chez elle se reposer.

Je refusai d'un geste leur proposition de m'aider à débarrasser et me mis au travail pendant que Justin raccompagnait sa mère jusqu'à sa voiture. Il repassa dans la cuisine pour me remercier de nouveau puis indiqua qu'il avait encore des devoirs. Diesel monta avec lui.

Je pris mon temps pour tout nettoyer, faisant de mon mieux pour ne pas penser à la mort de Godfrey et à la maladie en phase terminale d'Ezra. Tout cela finissait par faire surchauffer mon esprit, et j'avais besoin d'une pause.

Ma tâche enfin terminée, j'éteignis les lumières du rez-de-chaussée et rejoignis ma chambre.

Après m'être brossé les dents et avoir enfilé mon pyjama, je me mis au lit. Diesel n'était pas là mais sans doute encore auprès de Justin. Il réapparaîtrait en temps et en heure pour reprendre possession de sa moitié – au moins – du lit.

Je saisis le roman de Godfrey et m'installai confortablement. Je lus une vingtaine de pages avant de reposer le livre. L'héroïne, qui n'était pas particulièrement sympathique, me remettait en mémoire un autre des aspects qui m'avaient toujours gêné dans les œuvres de Godfrey ; toutes étaient empreintes d'un sous-texte misogyne qui me mettait mal à l'aise. Malgré le nombre de femmes que l'écrivain avait semblait-il séduites et même épousées, il ne paraissait pas beaucoup les aimer.

Pas encore prêt à éteindre pour dormir, je saisis le bouquin emprunté à la bibliothèque. La lecture d'un essai serait, estimai-je, un bon moyen de chasser l'arrière-goût du polar.

Je dus m'assoupir à un moment, le livre posé sur ma poitrine, car je me réveillai en sursaut quand Diesel sauta sur le lit. L'ouvrage glissa sur le côté et je bâillai. Pendant que mon chat s'installait confortablement, je reposai le livre sur la table de chevet avant d'éteindre la lumière et de laisser venir le sommeil.

20

Le lendemain matin, en ouvrant la porte du bureau des archives peu après 8 heures, je repensai à Godfrey Priest. Deux jours plus tôt, il avait débarqué ici, fidèle au Godfrey que j'avais connu dans ma jeunesse, égocentrique et plein de vie. Douze heures plus tard, il était mort. Nous n'avions jamais été amis mais il ne méritait pas d'être assassiné.

Diesel, lui, rêvait d'en savoir plus sur ces intrigants cartons qu'il alla renifler tandis que je m'installai confortablement sur mon fauteuil et allumai l'ordinateur.

Je redressai la tête en entendant un petit bruit, comme si quelque chose était tombé par terre. Diesel, installé au sommet d'une colonne de cartons, me lança un petit ronron avant d'entamer sa toilette. Qu'avait-il fait tomber ?

Au pied des boîtes, je retrouvai le dossier contenant l'inventaire des textes de Godfrey. Je me baissai pour le ramasser puis fronçai les sourcils. Que faisait-il posé là, à la base ? J'étais certain de l'avoir laissé sur mon bureau.

S'il s'y était trouvé, Diesel n'aurait pas pu le faire chuter au pied des cartons. Il avait beau être malin, même lui n'aurait pas pu l'attraper sur mon plan de travail pour le laisser choir ensuite.

Plus j'y pensais, plus j'étais convaincu que l'inventaire était bien sur la table au moment de mon départ la veille. Ce qui signifiait que quelqu'un y avait touché la nuit dernière ou plus tôt dans la matinée.

Je retournai à mon fauteuil et posai l'inventaire devant moi pour l'examiner. Il était intact, aucune page ne manquait.

Qui avait pu faire ça ?

L'intrus avait-il trafiqué le contenu des cartons ? Une idée inquiétante. Si ce dernier avait pris quelque chose, je ne le saurais jamais car le récapitulatif des œuvres n'était pas suffisamment précis.

Je me levai pour examiner les colis. Ils semblaient intacts. Je me rendis ensuite jusqu'à la salle de stockage. Là aussi, tout paraissait en ordre. J'examinai également les serrures des deux portes. D'après ce que je pus constater, personne ne les avait forcées.

De retour à mon bureau, je réfléchis au problème. À ma connaissance, il n'existait que trois trousseaux y donnant accès ainsi qu'à la salle de stockage. J'en possédais un, Melba un autre et l'équipe de Rick avait le dernier.

Je n'imaginais pas ma collègue ou un employé de la logistique venir fouiller dans mon bureau après mon départ. Je devrais néanmoins en parler à Melba et m'assurer qu'elle avait toujours ses clés avec elle.

Et qu'en était-il du carton en trop ?

Je fus soulagé de le retrouver là où je l'avais laissé. Rien n'indiquait qu'il avait été manipulé. J'avais eu une bonne idée en le mettant hors de vue. Je retournai à mon fauteuil.

Combien de personnes étaient même informées de l'arrivée des textes de Godfrey ? Rick ou des membres de son équipe avaient pu en parler à quelqu'un, mais ce n'était pas non plus un sujet de conversation particulièrement fascinant. Peter était au courant, bien sûr, ainsi que Melba.

Puis je me rappelai l'étrange incident de la veille, quand quelqu'un avait épié ma discussion avec Melba à propos des archives du défunt.

La même personne avait-elle pu s'introduire ensuite dans mon bureau ? Si oui, cela jetait un éclairage différent sur l'incident. Un voleur s'intéressait aux documents de Godfrey mais ne voulait pas que ça se sache. Pourquoi ?

Un fan un peu dérangé en quête de souvenirs de son idole décédée ?

Un cachottier un peu sournois prompt à mettre son nez dans les affaires des autres ?

Même s'il s'agissait d'un individu inoffensif, il n'était pas question que je laisse quiconque entrer dans les archives sans surveillance.

— Viens, Diesel. On va parler à Melba.

Il était temps de vérifier où était son jeu de clés.

Je verrouillai la porte derrière nous. Je ne le faisais généralement pas quand j'étais dans l'enceinte du bâtiment mais peut-être allais-je devoir changer mes habitudes.

À notre arrivée, ma collègue était au téléphone. Elle nous sourit et leva un doigt pour indiquer que l'appel était presque terminé.

— Compte sur moi, Gen. Je vais prévenir Peter.

Elle raccrocha.

— C'était Geneva Watterson, m'expliqua-t-elle. Elle est encore malade, la pauvre.

Geneva était l'une des bibliothécaires du service de documentation et elle semblait avoir beaucoup d'ennuis de santé. Je l'avais déjà remplacée au pied levé une ou deux fois quand le service s'était retrouvé en manque de personnel.

J'émis un petit « oh » de commisération mais j'avais d'autres sujets en tête.

— Qu'est-ce que je peux faire pour vous deux ? demanda Melba en voyant Diesel monter sur son plan de travail.

Je secouai la tête à l'intention de mon chat, qui fit comme s'il n'avait rien vu. Je me posai sur une chaise proche de Melba.

— J'ai l'impression que quelqu'un est venu fouiller dans les archives sans ma permission.

Elle ouvrit de grands yeux stupéfaits.

— Quoi ? C'est scandaleux ! Ils ont mis le bazar ?

Je lui rapportai ce que j'avais constaté et la vis opiner du chef.

— Je sais à quel point tu es ordonné, et si tu dis que tu avais laissé l'inventaire sur ton bureau, alors c'est qu'il y était.

— Merci, répondis-je avec un sourire. Qui que ce soit, cette personne est entrée avec une clé car il n'y avait aucun signe d'effraction. J'ai les miennes avec moi. Où sont les tiennes ?

— Ici, dans ce tiroir, répondit Melba en l'ouvrant sous mes yeux. Je les laisse dans cette corbeille...

Comme je me penchai pour regarder, elle laissa échapper un sifflement agacé.

— Alors ça ! Quelqu'un a ouvert mon tiroir et pris mon trousseau !

— Tu fermes à double tour le soir ?

— Évidemment ! répliqua-t-elle sur un ton qui ne donnait pas envie de la contredire.

— Et durant la journée, si tu t'absentes pendant quelques minutes ? Ou pour aller déjeuner ?

— Oui, quand je pars déjeuner, assura Melba. Mais c'est rare que je prenne le temps de le faire si je vais simplement aux toilettes ou prendre un café à la salle de repos.

— Sinon, est-ce que quelqu'un aurait pu utiliser des clés pour entrer ici hors de tes heures de présence ?

J'essayais d'envisager toutes les possibilités. Melba hocha la tête.

— Tous les responsables de service ont un double de ce bureau, en cas d'urgence. Donc j'imagine que l'un d'eux aurait pu entrer hier soir, oui.

— C'est une possibilité. Mais l'intrus a aussi pu voir que tu n'étais pas là, trouver le trousseau et le prendre. Il faudrait savoir qui savait que tu avais les clés et où elles se trouvaient.

Melba fut songeuse pendant quelques instants.

— Des gens passent régulièrement discuter un peu, dit-elle lentement. J'ouvre souvent ce tiroir parce que c'est là que je stocke de l'aspirine, des antiacides, ce genre de choses. On passe souvent pour m'en demander parce qu'on sait que j'en ai à disposition.

— Donc n'importe qui aurait pu voir le trousseau dans le tiroir, dis-je. Mais comment ont-ils pu savoir à quoi elles servaient ?

— Parce que j'ai mis un porte-clés qui indiquait « Archives », répondit Melba avec un soupir. Étiqueté des deux côtés, bien sûr.

— Tu fermes systématiquement à double tour en partant le soir ?

Je tenais à en être certain.

— Oui. Évidemment que oui.

— Et la serrure n'a pas été trafiquée ?

— Non, pas du tout, sans quoi je l'aurais remarqué ce matin.

Melba commençait à s'agacer face à ce qui ressemblait à un interrogatoire.

— Pardon, j'essaie simplement d'avoir les infos les plus exactes, dis-je avec un sourire qui la fit se détendre. Diverses personnes ont accès à ce bureau en dehors des heures d'ouverture mais ton meuble lui-même est fermé à clé. Ce qui écarte la possibilité d'un intrus après ton départ.

— Ça me paraît juste, dit Melba.

Diesel, visiblement irrité par notre manque d'attention, tendit la patte pour tapoter le bras de ma collègue. Elle lui caressa la tête en souriant.

— Donc le voleur a dû piquer le trousseau lorsque tu n'étais pas présente, hier en fin d'après-midi. Les cartons n'ont été livrés que vers 14 heures, et à ce moment-là, quasiment personne n'était au courant de leur arrivée.

Je réfléchis, les sourcils froncés.

— Soit la personne a vu les cartons arriver jusqu'ici depuis la zone de chargement à Hawksworth et s'est renseignée auprès de Rick et ses gars, soit c'est celle qui a épié notre conversation. Tu te souviens ?

— C'était trop bizarre, se rappela Melba en frissonnant.

— Il y a peut-être une autre explication mais c'est tout ce qui me vient dans l'immédiat.

— Il faut que tu en parles à Peter.

— Je sais. À mon avis, il va aussi falloir changer dès que possible les serrures. Tu penses qu'il se laissera convaincre ?

C'était difficile à dire avec Peter.

— Je ne vois pas pourquoi il refuserait, m'assura Melba. Il a un rendez-vous à 9 h 30 mais il devrait pouvoir te parler dès maintenant. Il est arrivé quelques minutes avant vous.

Elle appela le bureau du directeur. Quand il répondit, elle lui indiqua que j'avais à lui parler d'une affaire urgente, puis écouta la réponse qu'il lui faisait.

— Tu peux y aller, dit-elle en raccrochant. Je garde un œil sur Diesel.

— Merci.

Je me levai, un peu à contrecœur. Je n'avais pas spécialement envie de répéter tout ceci à Peter, qui pouvait se montrer incroyablement maniaque sur les plus infimes détails. Je risquais de faire face à une longue séance d'inquisition.

J'ouvris néanmoins la porte et m'avançai dans la pièce.

— Bonjour, Peter.

Il leva les yeux sur moi.

— Bonjour, Charles. Je suis ravi de vous voir. Il y a quelque chose dont j'aimerais m'entretenir avec vous. J'ai confiance en votre jugement et je sais que vous me prodiguerez des conseils avisés.

Il semblait avoir oublié que je souhaitais lui parler, mais je savais qu'il serait inutile d'essayer de le faire dévier de son idée. Je ravalai donc un soupir et m'assis.

— Dites-moi et je ferai de mon mieux.

Il me dévisagea comme s'il était soudain frappé de mutisme. Je l'observai et commençai à m'inquiéter en voyant son teint s'empourprer. Était-il en train de faire une attaque ?

— Qu'est-ce qui vous arrive, Peter ? Vous avez besoin d'un médecin ?

Je me relevai, prêt à appeler Melba.

Il agita la main pour m'indiquer de me rasseoir.

— Tout va bien, dit-il à mi-voix. Je me retrouve simplement embarrassé par ce que je vais devoir vous confier afin de solliciter votre avis.

— Vous n'avez aucune raison de l'être, affirmai-je. Et soyez assuré que je ne vous trahirai pas.

— Merci, dit Peter. Je sais que vous êtes un homme d'honneur.

Il soupira.

— Et c'est justement là le sujet. J'ai bien peur d'avoir agi de manière déshonorante.

— C'est-à-dire ?

Je fis de mon mieux pour rester patient, mais mon directeur pouvait se montrer horripilant quand il tournait autour du pot.

— Je fais référence à l'appel téléphonique dont nous avons parlé hier, répondit-il.

— L'appel de Godfrey, vous voulez dire ? Pour prévenir qu'il était souffrant et ne pouvait pas se rendre au dîner de gala ?

— Oui, c'est ça.

Peter prit une profonde inspiration.

— Je vous ai menti, Charles. Cela n'a jamais eu lieu.

21

Je dévisageai Peter, incrédule.

— Pas d'appel ? Vous vouliez faire une sorte de blague à Godfrey ?

— Si seulement ce n'était que cela, répondit-il avec une expression aussi pompeuse que son ton. Le message de Godfrey en lui-même était on ne peut plus réel. La méthode par laquelle il m'est parvenu, par contre, était fort différente, je suis au regret de l'admettre.

La façon dont mon directeur menait ses conversations me donnait la migraine. J'avais envie de l'agripper par le col et de le secouer, avec l'espoir de couper court à toutes ces circonvolutions pour aller droit au but.

— Alors dites-moi comment ce message est arrivé et quand vous avez parlé à Godfrey, répondis-je sur un ton bien plus calme que je ne l'aurais cru possible.

Peter fit la grimace.

— J'ai cédé à une pulsion primaire. Vous n'en avez pas forcément connaissance, mais j'ai de bonnes raisons de détester cet homme, croyez-moi.

Il se tut pendant quelques instants. Je ne voulais pas lui dire que j'étais au courant concernant sa femme, au cas où il me questionnerait sur la provenance de l'information. Melba m'en voudrait si je la dénonçais.

En l'absence de réponse de ma part, Peter poursuivit :

— Avant de rejoindre l'université d'Athena en tant que directeur de la bibliothèque, j'ai vécu de nombreuses années en Californie. À Los Angeles, pour être précis. J'étais également marié à l'époque, et mon ex-épouse avait l'ambition d'écrire un jour pour le cinéma.

Je décidai d'accélérer un peu les choses.

— Et j'imagine que d'une manière ou d'une autre elle a rencontré Godfrey et conçu l'espoir d'exploiter ses contacts dans le milieu pour se faire connaître en tant que scénariste.

— Oui, c'est plus ou moins ce qui s'est passé, répondit Peter, l'air peiné. Elle ne s'est cependant pas contentée d'approcher ce détestable individu pour obtenir son aide en s'en faisant un ami. Non, mon ex-femme a décidé que la seule manière d'atteindre son but était de l'épouser. Après m'avoir d'abord demandé le divorce, naturellement.

— Je vois. On ne peut pas vous en vouloir de ne pas apprécier Godfrey, dis-je, même si votre ex-femme porte une large part de la responsabilité.

— Oh, il est clair que la balance de l'opprobre penche de son côté, assura Peter. Mais nul ne saurait absoudre Priest. Il l'a encouragée et s'est bel et bien marié avec elle une fois notre divorce prononcé. Un mariage qui n'aura duré que deux petites années, si je me souviens bien, ajouta-t-il avec un petit rire narquois.

Il était temps de remettre la conversation sur les bons rails.

— La raison pour laquelle vous détestez Godfrey est clairement établie, dis-je. Mais qu'en est-il de votre échange avec lui et de ce message disant qu'il était trop mal en point pour se rendre au dîner ?

— Ah oui, dit Peter avec un froncement de sourcils. Comme je l'ai déjà mentionné, j'ai cédé à une pulsion irréfléchie et décidé de le mettre en face de ses responsabilités. Ne souhaitant pas me ridiculiser devant un tiers, j'ai estimé que le meilleur endroit pour une telle confrontation était son hôtel. Un lieu qui, peut-on supposer, préserve la vie privée de chacun.

— Vous êtes allé au *Farrington House* pour parler à Godfrey, dis-je en m'accrochant au peu de patience qui me restait. Quelle heure était-il ?

Peter réfléchit quelques instants, la tête penchée sur le côté.

— Environ 17 h 30. Oui, j'ai attendu d'avoir terminé ma journée de travail ici, autour de 17 heures ou 17 h 15. Puis je me suis rendu directement à l'hôtel.

— Comment saviez-vous où il logeait ?

— J'étais informé de sa réservation. Le bureau du président m'a consulté, sans doute parce qu'il s'agissait d'un écrivain. S'il avait été un ancien élève athlète, ils auraient sans doute consulté le responsable des sports.

— Et vous connaissiez le numéro de sa chambre ?

Accéder à Godfrey aurait difficilement pu être plus simple pour Peter, songeai-je. Et il devait bien avoir conscience que s'être rendu à l'hôtel le positionnait dans le peloton de tête des suspects.

Mais il était toujours difficile de savoir quels chemins tortueux emprunterait sa pensée.

— Effectivement, répondit-il. Une chance, d'ailleurs, car si je m'étais arrêté à la réception pour leur demander de lui annoncer ma visite, il aurait simplement pu refuser de me voir. J'ai donc décidé que la meilleure tactique consistait à frapper à sa porte et à entrer dans sa suite avant qu'il comprenne qui j'étais.

J'eus soudain une vision de Kanesha Berry interrogeant Peter. Comment gérerait-elle son incapacité à en venir aux faits ? Elle pourrait bien décider de l'arrêter pour irritation aggravée !

— Donc vous êtes monté à l'étage et avez toqué à sa porte ?

— C'est cela.

Peter fronça les sourcils.

— Mais à partir de ce moment, les choses ne se sont pas déroulées comme je l'avais prévu. Godfrey n'a pas ouvert. J'ai dû élever légèrement la voix et insister. Il a refusé de me laisser entrer.

— Il vous a donné une raison ?

Si Godfrey n'avait voulu parler à personne, pourquoi se serait-il donné la peine de répondre ?

Je savais au moins qu'il était toujours en vie à 17 h 30 s'il avait pu échanger avec Peter.

— Il m'a expliqué qu'il se sentait mal et qu'il craignait qu'il s'agisse d'une gastro. Il ne voulait pas risquer de contaminer qui que ce soit et prévoyait de rester dans sa suite jusqu'à ce qu'il aille mieux.

— Généreux de sa part, dis-je.

Mais étrange.

Le virus avait dû agir très rapidement car il avait semblé en pleine forme quand je l'avais vu chez moi.

— Peut-être. Je l'ai interrogé pour savoir s'il avait informé le bureau du président de son état de santé et il m'a répondu que non. Il m'a ensuite demandé si j'aurais l'amabilité de le faire pour lui. Après quoi il a pris congé en prétendant devoir retourner d'urgence aux toilettes. Ne voyant aucun intérêt à rester plus longtemps sur place, je suis retourné à ma voiture et j'ai appelé le bureau du président depuis mon portable. J'ai aussi téléphoné à Melba pour lui demander de prévenir les autres employés de la bibliothèque qui prévoyaient de participer au dîner. Ce qu'elle a fait auprès de vous, je présume.

— En effet. Il semble désormais encore plus urgent que vous vous entreteniez avec l'agente chargée de l'enquête. Cela aidera son équipe à préciser un peu plus l'heure du décès.

— Oui, je suppose, répondit Peter, que l'idée ne faisait visiblement pas sauter au plafond. On n'a guère envie de se retrouver mêlé à un événement aussi sordide.

— Je comprends bien. Cela dit, on doit faire son devoir.

Je me levai.

— Merci pour votre longanimité, Charles, dit Peter. J'apprécie que vous m'ayez écouté.

— Pas de problème, dis-je. À plus tard.

J'ouvris la porte, prêt à sortir, quand une pensée troublante s'imposa à moi. Pourquoi n'y avais-je pas pensé plus tôt ? Je repartis en arrière et me rassis.

— Qu'y a-t-il ? s'enquit mon directeur.

— Durant la période où votre ex-femme courait après Godfrey, vous aviez déjà rencontré ce dernier ?

— Oui, en de rares occasions, durant des soirées. Même si je dois dire que j'essayais le plus souvent de l'éviter. Je le trouvais affreusement vaniteux, avec un seul et unique sujet de conversation : lui-même.

— Cela remonte à combien de temps ?

— Sept ans. Pourquoi me demandez-vous cela ?

— Quand Godfrey vous a parlé à travers la porte, à l'hôtel, vous avez reconnu sa voix ?

— Quelle étrange question ! s'étonna Peter, visiblement surpris. La logique veut que ce soit lui puisqu'il s'agissait de sa suite.

Il marqua un temps d'arrêt.

— Je ne peux pas être absolument certain, étant donné les circonstances, d'avoir effectivement conversé avec Godfrey. Sans oublier le fait qu'il prétendait être malade et j'ai perçu une tension dans sa voix.

— Mais vous ne pourriez pas jurer qu'il s'agissait bien de Godfrey ?

Justin aurait forcément remarqué si l'écrivain n'avait pas été dans son assiette. Pourtant il n'en avait pas fait mention. Difficile pour Godfrey de dissimuler une gastro à son fils, surtout s'il était obligé de faire des allers-retours aux toilettes.

— Je ne peux pas le certifier, non. Mais si la personne à qui j'ai parlé n'était pas Godfrey, alors de qui s'agissait-il ?

— Potentiellement du meurtrier, répondis-je.

Peter devint si blême que je crus qu'il allait s'évanouir. Je fus sur le point de me lever pour l'aider mais il se reprit suffisamment pour répondre :

— Non, ça va aller, merci... Ça m'a fait un choc, vous comprenez.

— Oui, je comprends. C'en est aussi un pour moi. Mais plus j'y songe et plus je tends à penser que Godfrey était déjà mort au moment où vous êtes allé à l'hôtel.

Je l'observai attentivement. Si c'était lui le criminel, il faisait preuve d'un vrai talent pour me convaincre du contraire. Je ne l'imaginais pas dans le rôle de tueur, sauf à soûler quelqu'un de paroles jusqu'à le faire passer de vie à trépas.

Le problème était qu'à ce stade je n'imaginais personne dans ce rôle. Quelqu'un avait pourtant bien assassiné Godfrey.

— Je dois dire que l'idée est on ne peut plus perturbante, souffla mon directeur.

Son visage reprenait un peu de couleurs, même si le pauvre en avait déjà peu au départ.

— M'être trouvé si proche de l'individu coupable d'un acte aussi violent... Honnêtement, mon esprit en est tout retourné. Vous me comprendrez, je n'en doute pas.

— Absolument. Maintenant, il faut que vous racontiez cela au bureau du shérif. L'agente en arrivera sans doute aux mêmes conclusions.

En tout cas, Kanesha le devrait.

Elle pouvait parfois se montrer pénible mais elle était intelligente.

— Oui, je n'y manquerai pas.

— Bien. Dans ce cas, je vous laisse.

Je retournai de nouveau jusqu'à la porte. Mais le souvenir du motif d'origine de ma visite me revint et je fis une seconde fois volte-face.

— J'oubliais quelque chose, dis-je en revenant sur mes pas. Nous devons faire changer immédiatement les serrures du bureau et de la salle de stockage des archives.

— Quoi ? s'alarma Peter. Que s'est-il passé ?

Je lui expliquai brièvement la situation. Il hocha la tête.

— Je contacte immédiatement Rick Tackett. Il s'agit d'une grave infraction à notre sécurité. Pensez-vous que je devrais en parler au chef de la police du campus ?

— Je ne crois pas que ce soit nécessaire à ce stade, répondis-je. Mais le plus important est de changer les serrures dès aujourd'hui, dans la mesure du possible.

— Je m'en charge, assura Peter avant de soupirer. Tellement d'appels téléphoniques à passer…

Puis son visage s'éclaircit.

— Je vais demander à Melba de contacter Rick.

— C'est sans doute une bonne idée.

Elle obtiendrait certainement plus rapidement un résultat auprès de Rick que Peter lui-même.

— Bonne chance avec l'agente Berry, ajoutai-je en partant.

Un petit rappel ne pouvait pas faire de mal. Peter décrocha son téléphone au moment où je sortis.

Dans la pièce attenante, Diesel s'était allongé sur la crédence derrière Melba, tandis que celle-ci travaillait sur son ordinateur. Elle releva la tête en m'entendant refermer la porte de Peter.

— Tu es resté longtemps, commenta-t-elle. Ça n'a pas pu prendre autant de temps, même avec Peter, pour lui expliquer ce qui s'est passé.

— Non, dis-je. Peter voulait m'entretenir d'un autre sujet. Et avant que tu me poses la question, la prévins-je avec un geste de la main, je ne peux rien te dire. S'il choisit de t'en parler, très bien, mais ne me pose pas la question, s'il te plaît.

Melba afficha une moue boudeuse pendant quelques instants mais elle n'était pas du genre à rester longtemps agacée ou en colère.

— Comme tu voudras, espèce de rabat-joie... Je tirerai moi-même les vers du nez à notre directeur, assura-t-elle avec un grand sourire.

Je le lui rendis, convaincu qu'elle agirait de la sorte.

— Viens, Diesel. On y va.

L'interpellé se redressa en position assise et bâilla. Puis il s'étira longuement avant de sauter à terre. Il s'approcha de moi et se frotta contre mes jambes.

— À plus tard, dis-je.

Je saluai Melba d'un geste de la main avant de sortir derrière mon chat, en direction de l'escalier.

Je savais que j'aurais matière à réflexion dès que nous aurions repris nos places habituelles dans le bureau des archives.

Tandis que Diesel s'installait pour une sieste, je restai face à mon écran, les yeux dans le vague. J'aurais dû vérifier si j'avais de nouveaux e-mails mais mon esprit ne cessait de revenir à la liste de suspects potentiels :

✓ Julia Wardlaw
✓ Justin Wardlaw
✓ Jordan Thompson
✓ Peter Vanderkeller

Tous pouvaient avoir menti.

Par exemple, Julia aurait pu voir Jordan sortir tandis qu'elle-même arrivait plutôt que l'inverse. Peter pouvait mentir en prétendant avoir parlé à quelqu'un à travers la porte, ou l'un d'eux pouvait avoir été là quand il s'était présenté pour parler à Godfrey. Justin avait pu tuer Godfrey et s'enfuir de la chambre, terrifié par ce qu'il venait de faire, et rester prostré sur le banc à l'extérieur jusqu'à ce que je le retrouve.

Sans oublier la possibilité d'un facteur inconnu : M. ou Mme X.

Godfrey semblait s'être attiré les foudres de suffisamment de monde durant sa vie pour que d'autres personnes à Athena aient pu vouloir sa mort.

Mais comment savoir de qui il s'agissait ? Telle était la question.

Mon regard se posa sur l'inventaire des documents légués par le défunt. Je tenais un début de piste.

Avec un soupir, je me saisis du dossier et entrepris de noter les numéros des cartons contenant des courriers. La journée s'annonçait longue.

22

Je travaillai d'arrache-pied à l'étude de la correspondance de Godfrey, ne m'arrêtant que pour déjeuner et répondre aux quelques demandes d'attention insistantes de Diesel. Rick passa également changer les serrures de la porte du bureau et de la salle de stockage. Mais je n'eus vraiment conscience de sa présence qu'au moment où il vint me remettre les nouvelles clés et récupérer les anciennes.

Il resta devant moi quelques instants de plus, à observer les cartons empilés.

— Ça en fait des trucs. Qu'est-ce que vous comptez en faire ?

— Entreposer le tout jusqu'à ce que j'aie la possibilité d'examiner et de cataloguer le contenu. Mais ça ne sera pas pour tout de suite. J'ai plusieurs autres choses à gérer avant cela.

— Ça semble représenter beaucoup de boulot pour un tas de paperasses, commenta-t-il.

Je haussai les épaules.

— Quelqu'un pourrait s'y intéresser à l'avenir, dans le cadre d'une thèse par exemple. On ne sait jamais sur quel genre de trucs intéressants on va mettre la main dans une collection de ce type.

— Ça a de la valeur ?

— Possible, dis-je. Comme pour tout le reste, ça dépend du prix que quelqu'un serait prêt à y mettre.

Je doute que l'université souhaite vendre la collection, cela dit.

Rick hocha la tête et s'éloigna. Je le regardai partir, un peu surpris par la tournure de la conversation. C'était la première fois que je l'entendais exprimer la moindre curiosité à propos du contenu des archives. Par le passé, il avait toujours livré les colis sans poser une seule question.

C'est sans doute lié au meurtre de Godfrey.

Je me remis à la tâche.

Godfrey avait accumulé plusieurs boîtes remplies de courrier de fans, sans parler du reste de ses correspondances. Je parcourus chaque lettre aussi vite que possible à la recherche d'éventuelles menaces – ou au minimum d'un ressentiment – à l'égard de l'écrivain. Du ressentiment, oui, mais aucune trace de menaces. S'il avait un jour reçu des missives de cet ordre, Godfrey ne les avait apparemment pas conservées. Je consultai également les notes qu'il avait prises sur les courriers, mais sans rien y trouver d'utile.

Quand sonnèrent 17 heures, je n'avais rien obtenu en dehors d'un méchant mal de crâne et d'une belle fatigue oculaire. Il restait encore d'autres feuillets à inspecter, principalement d'ordre professionnel, mais ils attendraient. J'avais besoin de faire une pause et Diesel avait hâte de rentrer. Sans compter que, en général, je ne passais qu'une demi-journée aux archives le jeudi.

Le trajet à pied jusqu'à la maison soulagea mes maux de tête. L'air frais de la fin d'après-midi, associé à un peu d'exercice physique, faisait du bien. En franchissant le seuil de la maison avec Diesel, je me sentais déjà bien mieux.

Après avoir rempli les écuelles d'eau et de nourriture puis nettoyé la litière de mon chat – ce que j'avais négligé de faire le matin –, je réfléchis au dîner. Avisant du bœuf haché dans le réfrigérateur, je décidai que c'était exactement ce qu'il nous fallait. Un passage dans le garde-manger me permit de récupérer une conserve de haricots au lard. En y ajoutant une salade, j'aurais de quoi préparer un repas savoureux et copieux pour mon pensionnaire et moi-même.

Justin et Diesel apparurent sur le seuil de la cuisine alors que je finissais la préparation de la viande.

— Tu tombes à pic. Je te laisse gérer la cuisson de ton steak. Il y a de la salade et des haricots en sauce dans la casserole, ajoutai-je en pointant ma spatule vers la table.

— Merci, monsieur Charlie, répondit Justin avec un sourire timide. J'ai super faim.

— Sers-toi. Prends-en autant que tu voudras, l'encourageai-je en lui rendant son sourire.

Justin n'avait jamais été très porté sur la conversation pendant les repas, et ce soir-là ne fit pas exception. J'attendis qu'il ait suffisamment mangé avant de poser ma première question :

— Comment vas-tu ?

Pas encore rassasié, je saisis le saladier, convaincu qu'il valait mieux me resservir en verdure plutôt qu'en légumineuses.

Justin haussa les épaules.

— Ça va, je crois. J'ai un peu l'impression de vivre un mauvais rêve, si vous voyez ce que je veux dire.

— Tout à fait, oui. Je sais qu'il est difficile d'en parler mais je me demandais si tu serais d'accord pour me raconter deux ou trois choses.

J'avais repensé aux moments que Justin avait passés auprès de Godfrey et me demandais s'il avait vu ou entendu quelque chose susceptible de résoudre l'affaire.

— D'accord, répondit le garçon.

Il se leva pour aller se chercher un autre steak.

— J'imagine que l'agente Berry t'a posé à peu près les mêmes questions, ajoutai-je. Je tiens à préciser que la raison pour laquelle je fais tout ça est que je m'inquiète pour ta mère et toi.

— Oui, je sais. Et je sais aussi que ma mère vous en est reconnaissante. Moi aussi, d'ailleurs.

Sa viande cuite, il revint à la table. Il me sourit de nouveau, très franchement cette fois.

Tant mieux, il commence à retrouver son énergie habituelle.

— Tu as passé plusieurs heures avec Godfrey hier, repris-je. Est-ce qu'il s'est passé des choses inhabituelles ?

Justin mastiqua quelques instants et prit le temps d'avaler avant de répondre :

— On a surtout discuté. On s'est aussi disputés, comme je vous l'ai dit, mais il n'y a rien eu de bizarre.

— Vous êtes restés dans sa suite ?

— Oui, assura Justin. Il disait qu'il ne voulait pas qu'on soit dérangés et que c'était mieux d'être au calme. Ça n'a pas empêché des gens de lui téléphoner pourtant, dit-il avec un froncement de sourcils.

— Combien d'appels a-t-il reçus ?

Des pistes pas forcément prometteuses, mais c'était mieux que rien.

— Seulement deux, répondit Justin avant de reprendre des haricots. Le premier, c'était son agente, d'après ce qu'il m'a dit. Ça n'a duré que quelques minutes et il est allé prendre le coup de fil dans sa chambre.

— Et le deuxième ?

— C'était quelqu'un d'autre. Là aussi il est allé s'isoler, mais pas longtemps.

— Il t'a dit de qui il s'agissait ?

— Pas exactement, répondit Justin.

Il réfléchit un instant.

— Il est revenu en marmonnant dans sa barbe. Je lui ai demandé si tout allait bien. Il m'a dit que c'était juste une de ses connaissances qui insistait pour qu'il lise un bouquin.

Rien qui semblait en lien avec l'affaire.

— C'est tout ? demandai-je.

Justin fronça les sourcils.

— En y repensant, il n'a pas dit « bouquin », il a dit « manuscrit ». Pas la même chose, j'imagine.

Il marqua une pause.

— Je lui ai demandé s'il lisait les récits d'autres personnes et pourquoi. Il m'a répondu qu'il le faisait parfois quand celles-ci voulaient pouvoir citer son avis sur le livre au moment de le publier. Il a aussi dit que, souvent, les gens voulaient qu'il lise leurs textes en pensant qu'il les aiderait à les faire éditer. Mais d'après lui, le type qui l'appelait était un casse-pieds sans talent et il avait mieux à faire que de lire son torchon.

Le visage de Justin s'empourpra légèrement.

— En fait, il a dit ça de manière beaucoup plus grossière, mais je ne vais pas répéter ses mots exacts.

— Je pense pouvoir deviner, dis-je.

Justin était très différent de mon fils Sean au même âge. Sean avait adoré nous choquer, sa mère et moi, en employant des termes crus.

— Donc rien de plus ? Seulement ces deux coups de fil ?

— Oui, dit Justin. Ah, non, j'ai failli oublier : je lui ai posé une question sur le type en question. Comment pouvait-il savoir qu'il n'avait aucun talent s'il refusait de lire son manuscrit ?

— Qu'a-t-il répondu ?

Étant donné son statut d'auteur à succès, des aspirants écrivains devaient l'approcher en permanence dans l'espoir d'obtenir son aide. Connaissant Godfrey, il ne prenait certainement pas de gants avec eux.

— D'après lui, ils se connaissaient depuis longtemps, mais l'autre refusait de lâcher l'affaire.

Justin poussa quelques haricots du bout de sa fourchette.

— Vous ne pensez quand même pas que quelqu'un de ce genre ait pu se mettre en rage au point d'avoir tué mon père biologique, si ?

— Je ne sais pas, admis-je. Ça dépend de l'enjeu que ça représentait pour l'homme en question. Et de son état psychologique. Un individu déséquilibré peu réagir violemment quand on le contrarie.

— C'est plutôt flippant, dit Justin en reposant sa fourchette.

— Effectivement.

Il y avait quelque chose de particulier dans cette deuxième conversation.

— Quel téléphone utilisait Godfrey ? Celui de l'hôtel ou son portable ?

— Son portable, répondit Justin.

— Pour les deux appels ?

— Oui.

— Pourquoi Godfrey aurait-il donné son numéro à quelqu'un qu'il décrivait comme un casse-pieds ?

C'était ce qui me titillait le plus à propos de ce deuxième échange.

— Pas très logique, ajoutai-je.

— C'est sûr, renchérit Justin. Il m'a parlé de son métier, tout ça. Il m'a dit que quand ses livres ont commencé à vraiment bien se vendre, des gens ont débarqué d'un peu partout pour lui parler. Qu'il avait sa propre équipe de sécurité dans sa maison en Californie pour maintenir les dingos à l'écart.

Le rose était de nouveau monté aux joues de Justin. Je devinais que Godfrey avait utilisé un terme bien plus cru que « dingos ».

— Je ne suis pas étonné. J'ai déjà vu ça quand des écrivains très célèbres venaient faire des dédicaces à *L'Athenaeum*. Je me souviens d'une femme qui avait bloqué la queue pour raconter à l'auteur tous les détails du livre qu'elle avait écrit. D'après elle, ce serait forcément un best-seller, si seulement quelqu'un voulait bien le lire. L'auteur en signature a décliné poliment – et avec tact –, mais les employés de la librairie ont dû intervenir pour que la femme quitte la file d'attente. Et malgré tout, elle est restée sur place en attendant de pouvoir accoster de nouveau l'écrivain. L'équipe a fini par la mettre dehors. La scène était embarrassante pour tout le monde.

— C'est clair, dit Justin avec une moue. Mais comment retrouver la personne à qui mon père parlait ?

— Le bureau du shérif pourra sûrement obtenir la liste de ses conversations et identifier le numéro concerné, répondis-je. Évidemment, on n'a aucune idée d'où cette personne appelait. Rien n'indique qu'elle se trouvait ici, à Athena.

— C'est vrai.

— Tout ce que tu viens de me dire, tu l'as aussi raconté à l'agente Berry ?

Je voulais en être sûr.

— Absolument. Je lui ai tout dit mais elle n'a pas répondu grand-chose, elle a continué à me poser des questions.

— Tant qu'elle a bien eu l'information, c'est l'essentiel.

Je me levai, prêt à débarrasser la table. Justin m'arrêta :

— Je m'en occupe, monsieur Charlie. Vous n'avez qu'à vous détendre un peu, si vous voulez.

— Bonne idée, merci.

Je souris et baissai les yeux sur Diesel, qui avait passé le dîner allongé près de ma chaise.

— Et toi, mon brave ? Tu montes avec moi ou tu restes ici pour aider Justin ?

Le maine coon se redressa pour m'adresser un ronron. Il s'étira un moment avant de se diriger vers la chaise de Justin.

— J'ai ma réponse, dis-je. À tout à l'heure, alors.

Je les laissai ensemble et montai jusqu'à ma chambre. J'avais envie de me changer et de bouquiner un peu – l'essai historique plutôt que le roman de Godfrey. Ce n'était pas mon humeur du moment.

Une fois en pyjama, confortablement assis dans mon fauteuil avec le livre en main, je me retrouvai incapable de me concentrer. Mon esprit ne cessait de me ramener au meurtre de Godfrey.

Existait-il quelqu'un d'autre ayant une bonne raison de vouloir sa mort ? Les mystérieux M. ou Mme X ?

Il fallait que j'en sache plus sur le passé de l'écrivain. Les ragots le concernant, ses secrets honteux, s'il y en avait. Et je savais exactement qui appeler.

Je mis mon bouquin de côté, saisis mon portable et me préparai en vue d'une longue conversation.

23

La personne en question était Melba Gilley. Étant donné son intérêt pour les activités de ses concitoyens « athéniens » et son implication de longue date dans un large éventail d'actions communautaires, elle constituait une source d'information de premier choix.

Faire appel à elle, cependant, impliquerait que je lui dise pourquoi je m'investissais à ce point dans cette histoire de meurtre. Si elle avait entendu dire que j'avais, ou plus exactement que Justin et moi avions découvert le corps, elle n'en avait rien montré. Ce qui ne lui ressemblait pas du tout.

Je l'appelai depuis mon répertoire. Elle répondit après deux sonneries.

— Bonsoir. C'est Charlie. Comment ça va ?

— Salut, Charlie. Très bien, et toi ? répondit-elle avec plus d'entrain que jamais.

— Ça va. Je ne te dérange pas ?

— Non, je regardais une émission sans intérêt à la télé, dit-elle en riant. Parfois je me demande pourquoi je me donne même la peine de l'allumer, si ce n'est que ça fait de la compagnie. Tu voulais me parler de quelque chose ?

— De Godfrey. J'aurais besoin de certaines infos à son sujet et je me suis dit que tu étais la mieux placée pour me répondre.

Elle gloussa.

— Tu veux dire que tu as appelé la plus grande commère que tu connais.

Je ne pus m'empêcher de rire.

— Si c'est toi qui le dis...

— Je fourre mon nez partout, je l'admets, reconnut Melba. Alors, qu'est-ce que tu veux savoir ? Ou peut-être devrais-je te demander d'abord *pourquoi* ? Godfrey ne comptait pas vraiment parmi tes amis.

— Non, c'est vrai. Et si les circonstances étaient différentes, j'éviterais de fourrer mon nez dans cette affaire.

— C'est-à-dire ? Quelles circonstances ?

— Pour commencer, tu sais que j'héberge Justin Wardlaw en tant que pensionnaire. Et j'imagine que, à ce stade, tu as forcément entendu parler de son lien avec Godfrey.

— Effectivement, dit Melba. Je ne peux pas dire que ça me surprend. Je me souviens à quel point Godfrey courait après Julia à l'époque. Et je vais être franche, si je devais choisir entre Godfrey et Ezra, je choisirais Godfrey. Même en sachant qu'il se comportait la plupart du temps comme un sale goujat.

Je m'apprêtai à répondre mais Melba poursuivit :

— Et alors qu'elle était déjà fiancée à Ezra. C'est ça qui m'a le plus choquée. Je n'aurais pas cru que Julia soit ce genre de femme mais j'imagine qu'on ne peut pas forcément le deviner, n'est-ce pas ? Quand le bébé est né, les gens ont commencé à retracer la chronologie des faits, mais les dates étaient suffisamment proches pour qu'on ne puisse rien en déduire.

Pauvre Julia. Se retrouver au cœur de tous les ragots de la ville et faire l'objet de suppositions établies avec une joie malsaine.

— Pour ma part, c'était une surprise, dis-je. Je ressens une certaine responsabilité envers Justin étant donné que je l'accueille chez moi. Et je ne peux naturellement m'empêcher de m'inquiéter pour Julia et lui.

— Bien sûr. Ils ont besoin qu'on les soutienne, d'autant que le bureau du shérif doit s'intéresser de très près à eux en ce moment.

— Exactement. Mais l'autre raison pour laquelle je me soucie de ce crime est que... eh bien, en gros, c'est moi qui ai découvert le corps.

Je ne voyais pas l'intérêt de donner tous les détails à ma collègue. Cette simple déclaration suffirait à lui mettre des étoiles dans les yeux.

— Petit cachottier ! s'exclama-t-elle. Tu ne m'avais rien dit. Mais bon, je ne t'en veux pas, ajouta-t-elle avec un nouveau rire.

— Merci. Crois-moi, j'aurais préféré que ça ne tombe pas sur moi. Ce n'était pas du tout plaisant.

— Non, j'imagine bien, répondit Melba sur un ton plus sérieux. C'est une chose de le lire dans un roman comme ceux de Godfrey, c'en est une autre lorsque ça t'arrive bel et bien.

— Comme tu dis.

Je fis de mon mieux pour empêcher l'affreuse vision de s'imposer de nouveau à moi.

— Je pense que tu comprends mieux maintenant pourquoi je suis curieux.

— Absolument. Qu'est-ce que tu voulais me demander ?

— Je sais que Godfrey revenait régulièrement à Athena, expliquai-je. Il était connu pour ses liaisons, comme celle avec Julia ou la femme de Peter. Je me demande s'il y a d'autres maris, petits amis bafoués, voire des femmes éconduites à Athena...

Melba demeura silencieuse quelques instants.

— La première qui me vient à l'esprit est la propriétaire de la librairie sur la place... Je n'arrive pas à me rappeler son nom.

— Jordan Thompson, dis-je. J'ai entendu parler de son histoire. Tu vois quelqu'un d'autre ?

— Il y a bien un nom qui me vient... Frank Ledbetter, soupira Melba dans le téléphone.

— Frank Ledbetter ?

Pourquoi ce nom me semblait-il familier ?

— Mon ex-mari, précisa Melba.

— Oh..., soufflai-je, trop stupéfait pour dire quoi que ce soit d'intelligent.

— Je sais, reprit Melba, penaude. Ce n'est pas quelque chose dont je suis fière, crois-moi. Mais j'ai eu une brève aventure avec Godfrey il y a une dizaine d'années et ça m'a coûté mon mariage.

— Je suis vraiment désolé. Je n'étais pas au courant.

Pauvre Melba. Je savais qu'elle était divorcée mais c'était à peu près tout.

— Frank et moi traversions une période difficile, expliqua-t-elle. Une très vieille histoire qui nous pourrissait la vie. Et là-dessus Godfrey a débarqué pour une tournée de dédicaces. Je suis allée l'écouter parler, ça a fait des étincelles entre nous, puis j'ai accepté de dîner avec lui. Tu peux deviner la suite...

Sans mal. Mais un seul aspect me rendait curieux.

— J'ai une question à te poser, cela dit.

— Vas-y.

— Est-ce que Godfrey est resté en ville pendant que vous entreteniez cette, euh, relation ?

— Je n'ai pas été assez bête pour m'enfuir en Californie avec lui, Dieu merci, répondit Melba. Oui, Athena était la dernière étape de sa tournée et il avait prévu de demeurer sur place durant deux mois afin de faire des recherches pour un roman.

— Et une fois son travail terminé, il est retourné en Californie ?

— Et moi je suis restée ici, conclut Melba. À ce moment-là, j'avais compris à quel point je m'étais ridiculisée, et ce pauvre Frank avec moi. Il a immédiatement demandé le divorce.

— Une autre question, dis-je. Pardonne-moi de te demander ça mais c'est nécessaire. Est-ce que Frank ou toi en êtes arrivés à suffisamment détester Godfrey pour souhaiter sa mort ?

— Il y a dix ans, Frank était prêt à l'écorcher vif… et il était chasseur, répondit Melba. Mais quand Godfrey est revenu en ville deux ans après, Frank était remarié.

— Et toi ? demandai-je d'une voix douce.

— Je l'ai détesté. Mais c'est surtout à moi que j'en voulais, tu peux me croire. J'ai bien retenu la leçon.

Elle éclata d'un rire qui me parut un peu hystérique.

— Mais je me suis vengée de Godfrey à ma façon, ajouta-t-elle.

— C'est-à-dire ?

J'avais presque peur de poser la question, craignant d'entendre certaines choses.

— J'ai pris tous les livres que j'avais de lui et je me suis assise devant la cheminée. J'ai arraché chaque page, une par une, et je les ai brûlées. Ça m'a fait du bien, même si en principe je ne suis pas du tout pour les autodafés.

— Une bonne chose ! déclarai-je avec l'espoir d'apaiser un peu la tension grandissante. Surtout que tu travailles en bibliothèque !

Elle se mit à rire et je me sentis soulagé. Je ne pouvais pas tout à fait rayer son nom de la liste des suspects, mais elle donnait l'impression d'avoir su évacuer ses émotions.

Je me demandai si cette confession de sa part allait créer un malaise entre nous au travail. J'espérais que non, car j'aimais bien Melba. Son caractère joyeux et optimiste rendait sa compagnie agréable, et j'aurais été bien triste qu'elle se sente embarrassée en ma présence.

— Merci de m'avoir confié tout ça, dis-je.

— Ce n'était pas non plus un drame, répondit-elle sur un ton qui exprimait le contraire. Je me suis dit que quelqu'un finirait tôt ou tard par en parler et j'aimais autant que ça vienne de moi.

Il était temps de passer à la suite.

— Tu as une autre idée ? demandai-je.

Je ne tenais pas à l'énoncer ainsi mais j'étais convaincu que Godfrey se trouvait probablement une femme différente – et consentante – chaque fois qu'il repassait en ville.

— En dehors de Julia, de la libraire et moi ? répliqua Melba avec un reniflement ironique. Je ne veux pas imaginer le nombre de lignes sur son tableau de chasse... Bon, il y en a au moins une autre à ma connaissance. Janette Turnipseed[1].

— Drôle de nom. Je ne crois pas l'avoir jamais entendu mentionner.

— C'est normal, assura Melba. Elle était professeur à l'université, et plus exactement enseignante postdoctorale en anglais. C'était il y a environ six ans. Godfrey a passé trois mois en ville à l'automne pour le programme de résidence d'écriture de la fac, et ils ont apparemment eu une sacrée liaison.

— Elle est partie après son postdoctorat ?

— Avant d'avoir terminé, même, répondit Melba. La pauvre, elle a plié bagage dès la fin du semestre. Il me semble avoir entendu dire qu'elle avait rejoint une école dans le Nebraska ou l'Oklahoma.

1. « Graine de navet » en anglais. *(N.d.T.)*

— Pourquoi les femmes craquaient-elles encore pour lui ? Elles devaient bien être au courant de son passé, non ?

J'avais conscience que ces questions risquaient de paraître insultantes, mais Melba ne les prit pas comme telles.

— Il pouvait se montrer incroyablement charmant quand il le voulait. Braquer sur toi des yeux qui te donnaient l'impression d'être la personne la plus désirable au monde.

Elle se mit à rire.

— Oui, bon, j'ai l'impression de parler comme une ado. Mais c'est vraiment ce qu'il m'a fait ressentir.

— Je vais devoir te croire sur parole, répondis-je, pince-sans-rire. J'ai commencé à lire son dernier livre et je dois dire que ce qu'il écrit à propos de la gent féminine donne le sentiment qu'il était un sacré misogyne.

— C'est ça qui est bizarre, réfléchit Melba. Ses livres m'ont fait la même impression, mais en personne, il n'était pas comme ça. Je pense qu'il appréciait vraiment les femmes, et que c'était ça son problème. Il les aimait tellement qu'il ne pouvait pas se limiter à une seule, ou plutôt une seule à la fois.

— Dans ce cas, je me demande pourquoi il faisait preuve d'un tel dédain à leur égard dans ses textes.

— Ça, seul son psy le sait, dit Melba.

Diesel apparut sur le seuil et s'avança tranquillement jusqu'à mon fauteuil. Lorsqu'il sauta sur mes genoux, je fis de mon mieux pour ne pas grimacer. Je lâchai néanmoins un grognement dans l'appareil.

— Ça va ? demanda Melba.

— Oui, lui assurai-je. Juste le souffle un peu court après avoir servi de piste d'atterrissage à un gros chat.

Ma collègue se mit à rire.

— J'imagine bien la scène. Diesel n'est plus un chaton, il doit peser une tonne quand on l'a sur soi.

— Essaie donc de le lui expliquer ! répondis-je en me recalant dans le fauteuil pour répartir un peu mieux le poids du félin. C'est bon, je peux de nouveau respirer.

Diesel me lança un petit ronron et je lui caressai la tête de ma main libre. Il serait ravi de rester dans cette position pendant une ou deux heures... du moins jusqu'à ce que ma main soit prise de crampes ou que mes jambes s'engourdissent.

Mais quand il appuya sa tête contre ma poitrine, je lui pardonnai tout. Diesel était un compagnon si affectueux... J'ignorais comment je m'en serais sorti sans lui durant les deux années écoulées.

— Merci pour toutes ces informations, dis-je à Melba. Jusqu'ici, cela dit, il me semble qu'aucune de ces personnes – et toi encore moins – ne fait un suspect idéal. Est-ce que quelqu'un d'autre te viendrait à l'esprit ? Je crois que les parents de Godfrey sont décédés mais est-ce qu'il lui restait de la famille ?

— De lointains cousins, il me semble. Du côté de son père. Mais ils vivent dans le sud de l'Alabama. Et je ne crois pas que les parents de Godfrey aient eu beaucoup de contacts avec lui, qui plus est.

J'allais poser une autre question mais Melba poursuivit :

— Le seul autre à qui je pense est son demi-frère.

— Son demi-frère ?

C'était nouveau. Je ne me souvenais pas avoir entendu dire que Godfrey fasse partie d'une fratrie.

— Oui, il a une dizaine d'années de plus que lui. La mère de Godfrey avait déjà été mariée avant d'épouser M. Priest.

— Je ne savais pas, admis-je. Et je n'avais jamais entendu parler d'un demi-frère.

— Tu le connais, affirma-t-elle. Tu ne sais simplement pas que c'est lui, répliqua Melba d'un ton espiègle.

— D'accord, je donne ma langue au chat. Qui est-ce ?

Je n'en avais vraiment aucune idée.

— Rick Tackett, de la logistique.

24

— Alors comme ça, Rick est le demi-frère de Godfrey ?

Était-ce pour cela qu'il s'intéressait à la valeur des archives envoyées par le défunt ?

— Oui, affirma Melba. Je suppose qu'il n'y a pas grand monde au courant. D'après ce que j'ai cru comprendre, ils n'ont jamais vraiment eu de lien. À ce qu'on m'a dit, la mère des garçons a quitté M. Tackett et Rick pour le père de Godfrey. C'était dans les années 1950, et j'ai l'impression que ça a vraiment fait scandale.

— Elle a quitté à la fois son premier mari *et* son fils ? C'est affreux pour l'enfant.

— Comme tu dis. Je me suis toujours sentie un peu triste vis-à-vis de Rick à cause de ça. Son père n'a pas voulu qu'il ait le moindre contact avec sa mère. Visiblement, Godfrey s'est beaucoup inspiré de son propre père.

— Donc Priest était un homme à femmes, lui aussi ?

— Si j'en crois ce que m'a raconté ma mère, oui, répondit Melba. Mais ils sont restés mariés, même quand il la trompait. La vie lui a rendu la monnaie de sa pièce pour avoir abandonné Rick.

— Des gens charmants, commentai-je sur un ton amer.

Je n'avais aucun respect pour les hommes qui se comportaient de cette manière, ni pour les femmes qui s'enfuyaient en abandonnant leur enfant pour les beaux yeux d'un amant. Ne connaissant pas tous les détails, je pouvais me tromper à propos de la mère de Rick et Godfrey, mais tout de même...

— Mme Tackett, telle qu'elle était connue à l'époque, était l'organiste de l'église. Sa sœur était la femme du pasteur. Alors ça a beaucoup fait jaser.

— Athena, ton univers impitoyable ! me moquai-je.

— La réalité dépasse souvent la fiction, décréta Melba. Les gens ne changent pas tant que ça. Ils trouveront toujours le moyen de se fourrer dans des situations ingérables.

— Il faut croire. Mais est-ce que l'une de ces « situations ingérables » a un rapport avec la mort de Godfrey ? Du côté de Rick, par exemple ?

— Comme je te le disais, je ne crois pas que Rick et Godfrey aient entretenu des liens. Je n'en ai jamais entendu parler, en tout cas. Rick n'a pas eu une vie facile.

— Je ne sais presque rien de lui, dis-je, conscient que Melba se ferait un plaisir de combler cette lacune.

— Pour commencer, il a fait le Vietnam, pile vers la fin de la guerre. Dieu sait à quel point ça a pu l'affecter, commenta Melba d'une voix empreinte de pitié. À ce qu'on dit, le vieux M. Tackett était un homme dur. Il était fermier, et on sait tous que ce n'est pas un métier facile. Rick a travaillé à la ferme jusqu'à atteindre l'âge requis pour s'engager dans l'armée.

— Il devait avoir hâte de partir. C'est l'impression que ça donne.

— Sûrement, renchérit Melba. Rick a été marié deux fois, lui aussi. Il a trois gamins, il me semble.

Elle hésita.

— Oui, trois, reprit-elle. Deux garçons et une fille. Il avait une autre fille, mais elle est décédée à l'âge de neuf ou dix ans.

— C'est horrible.

Je n'imaginais rien de pire que la mort d'un enfant.

— Une sorte de cancer, précisa Melba. Ils l'ont emmenée à l'hôpital St. Jude de Memphis, où le corps médical a fait tout ce qu'il pouvait pour la sauver. Mais il n'a pas réussi.

— Pauvre Rick.

— Il n'a pas été gâté par la vie, commenta Melba. D'un côté Godfrey, qui fait fortune avec ses livres, de l'autre Rick, qui galère pour s'occuper de sa famille et financer les études de ses enfants.

— Godfrey n'a sans doute jamais levé le petit doigt pour les aider.

Ce n'était pas son genre de se montrer charitable. Et peut-être que Rick lui-même ne voulait rien avoir à faire avec son demi-frère.

— Pas que je sache. Ses enfants sont intelligents, et la jeune fille a beaucoup de talent. Je l'ai entendue chanter dans la chorale de l'église. Elle a une très belle voix. Aux dernières nouvelles, elle était partie étudier dans une école de musique réputée de la côte est. Je crois qu'elle veut devenir cantatrice.

Une vocation qui coûtait cher. L'argent de Godfrey aurait pu faire toute la différence, s'il avait voulu les aider.

Je discutais quelques minutes de plus avec Melba, mais elle n'avait pas d'autres squelettes à sortir des placards. Je finis par raccrocher et reposer mon téléphone.

Diesel s'était endormi sur mes genoux, et mes jambes commençaient à protester sous son poids. Je le réveillai en douceur et le déposai à terre. Il me regarda en clignant des paupières, bâilla puis sauta sur le lit, où il se rendormit.

Je me levai et me dégourdis les jambes sur le chemin de la salle de bains où j'allais boire un verre d'eau. J'avais la gorge sèche après cette longue conversation.

Je me brossai les dents avant de m'installer dans mon lit, à côté de Diesel, reconnaissant qu'il m'ait pour une fois laissé assez de place pour ne pas avoir à le pousser.

Je restai allongé un bon moment dans l'obscurité à repenser aux informations de Melba. Godfrey avait causé beaucoup de peine autour de lui, tout comme sa mère et son père, semblait-il. Mais parmi toutes ces tristes histoires, y en avait-il une en lien avec la mort de l'écrivain ?

La seule chose qui retenait mon attention était l'existence d'un demi-frère. Je voyais bien en quoi Rick aurait pu en vouloir à son frère, surtout que Godfrey était devenu riche et célèbre tandis que lui-même avait du mal à joindre les deux bouts.

Mais même si Rick en avait voulu à Godfrey, était-ce une motivation suffisante pour aller jusqu'au meurtre ? D'après ce que Melba m'avait raconté, il semblait peu probable que le défunt ait mentionné Rick et sa famille dans son testament. Rick n'avait sans doute rien à gagner, financièrement parlant, à assassiner Godfrey.

Pouvait-il avoir agi par pure jalousie, une jalousie rendue meurtrière par des années de déception et de ressentiment ?

Troublé par ces questions, j'eus du mal à m'endormir. Je finis pourtant par m'assoupir, Diesel à mes côtés.

Quand le réveil sonna le lendemain matin, j'émergeais, groggy, sans aucune envie de me lever. Mon sommeil n'avait pas été réparateur et je savais que je serais amorphe pour le restant de la journée. Diesel plaqua sa truffe contre mon nez et lança un petit cri. Voyant que je ne bougeais pas, il appuya sa patte contre mon bras et ronronna de plus belle. J'ouvris les paupières pour le fusiller du regard.

— Bon, ça va, ça va, je me lève. J'aurais trop peur que tu ne meures d'inanition si je ne remplis pas immédiatement ta gamelle.

Diesel me passa dessus pour descendre au sol, sans prêter attention à mon grognement de douleur quand il marcha sur mon ventre. Il m'avait remis à ma place.

Arrivé au rez-de-chaussée, j'allumai la machine à café, remplis les écuelles de Diesel et nettoyai sa litière. Tandis qu'il s'attaquait avec entrain à sa nourriture, j'allai récupérer le journal sur la pelouse et m'assis pour le lire.

Cette cafetière chauffe trop lentement.

J'avais vraiment besoin d'une bonne dose de caféine pour remettre mon cerveau en route.

La mort de Godfrey faisait toujours la une, même si j'eus le plaisir de constater que l'article ne mentionnait aucun nom de suspect. Il faudrait que je remercie Kanesha Berry de s'être assurée que ni le mien ni celui de Julia ou de Justin n'apparaissent dans le journal. Ce qui me fit réaliser que le journaliste local n'avait pas rappelé. Pour cela aussi, j'étais redevable à Kanesha.

Azalea débarqua, très affairée, alors que je terminais ma deuxième tasse de café.

— Bonjour ! me lança-t-elle.

— Comment va votre fille ? demandai-je après lui avoir rendu son salut.

— Aussi tendue qu'un chat qui traîne sa queue dans une pièce remplie de chaises à bascule, répondit Azalea. Elle a intérêt à vite résoudre cette affaire, sans quoi je ne sais pas ce que je ferai d'elle.

— Elle est sous pression. Je comprends qu'elle puisse se sentir stressée.

— Raison pour laquelle j'espère bien que quelqu'un trouvera un moyen de l'aider, rétorqua Azalea avec un regard lourd de sens.

— Je fais de mon mieux, assurai-je. J'ai creusé différentes pistes mais sans rien identifier de très solide. Godfrey a réussi à se mettre beaucoup de gens à dos au fil des années, et il semble que ses parents aient fait de même.

— Pas étonnant quand on voit la grue qu'il avait comme mère et le coureur qu'était son père, lança la gouvernante avec un reniflement dédaigneux.

— Vous les avez connus ?

Son ton acerbe donnait l'impression qu'elle avait eu affaire à eux personnellement.

— On peut le dire, répondit-elle avec une grimace. J'ai travaillé à peu près six semaines pour cette femme quand j'avais seize ans. Jamais vous n'aurez entendu autant d'insultes et de jurons qu'entre ces deux-là. Et ce pauvre gamin obligé de subir ça. Pas étonnant qu'il soit devenu comme son père.

— Ça devait être affreux.

— Terrible, assura Azalea. Même pour tout l'or du monde, j'aurais refusé de continuer à travailler pour eux. Je me suis trouvé un autre job dès que j'ai pu. C'est à ce moment-là que je suis venue travailler pour Mme Dottie.

Un sourire vint adoucir son expression.

— Une authentique grande dame. Et j'ai adoré chaque minute passée à son service.

Je savais que ma tante avait chéri Azalea mais n'osai pas le mentionner. C'était la première fois que cette dernière se montrait aussi sentimentale devant moi, et je n'avais aucune envie de l'offenser par un commentaire bien intentionné mais malvenu.

— Oui, c'était quelqu'un d'unique, me contentai-je de dire.

Azalea se retourna vers la cuisinière.

— Je vais faire des œufs brouillés et du bacon.

— Très bien. Je monte me doucher. Je reviens dans un petit quart d'heure.

Azalea opina du chef ; je la laissai dans la cuisine. Diesel me suivit dans l'escalier mais continua à monter alors que je m'arrêtai au premier étage. Il s'assurait que Justin soit levé à temps pour le petit déjeuner.

Le garçon apparut alors que j'avais presque fini mon repas. Il mangea rapidement en expliquant qu'il devait se rendre à la bibliothèque avant le début des cours pour retrouver un ami avec lequel il révisait.

Il engloutit sa nourriture à une telle vitesse que je doutais qu'il ait pu l'apprécier. Mais je me souvins de mes propres repas sur le pouce quand j'étais étudiant et m'abstins de tout commentaire.

Diesel et moi passions trois vendredis par mois à la bibliothèque municipale où je travaillais comme bénévole. J'allais là où ils avaient besoin de moi : j'aidais à la documentation, je faisais un peu de catalogage et j'animais l'un des groupes de lecture pour retraités. Ce vendredi-là, cependant, j'étais libre. Je décidai donc de me rendre aux archives et de poursuivre mon examen des documents de Godfrey.

Le temps pour Diesel et moi d'arriver au campus, le bâtiment avait ouvert ses portes. J'envisageai d'aller trouver Rick pour lui parler de l'écrivain, mais sous quel prétexte ?

Rien qui ne fasse pas de moi l'équivalent d'un journaliste en quête de scoop. Je décidai plutôt d'attendre de voir si une occasion se présentait d'elle-même. Peut-être Rick serait-il présent à la cérémonie commémorative prévue le lendemain.

Mon chat et moi arrivâmes à l'étage sans avoir été repérés par Melba. J'aimais autant qu'elle ne sache pas – au moins pour le moment – que Diesel et moi étions sur place. Je voulais me concentrer sur les documents de Godfrey, et ma collègue ne ferait que me distraire.

Je fermai la porte derrière nous et allumai la lumière. Les cartons semblaient intacts, et je comptais sur le changement de serrure pour préserver cet état de fait.

Diesel s'installa confortablement à la fenêtre. Je parcourus l'inventaire en m'asseyant à mon bureau. Par où commencer ?

Je n'avais pas envie de reprendre la lecture des courriers, donc je mis de côté la correspondance professionnelle de Godfrey. Je me rappelai le carton avec les disquettes. Autant voir ce qu'elles contenaient et commencer à en inventorier le contenu.

J'allai chercher la boîte et la posai sur mon bureau. Je sortis un coffret de disquettes et l'ouvris. Il s'agissait de modèles de grande taille, qui n'étaient plus utilisés depuis des années. Dans des circonstances ordinaires, de tels supports auraient constitué un problème : rares étaient les ordinateurs à même de les lire.

Les archives étaient toutefois préparées à ce genre de souci. Je disposais d'un ordinateur équipé du bon lecteur et de divers logiciels de traitement de texte. Je devrais être en mesure d'accéder au contenu des disquettes grâce à l'un d'eux.

La machine en question était installée sur une table dans un coin de la pièce, derrière une bibliothèque garnie de livres. J'emportai les disquettes avec moi et l'allumai. Le temps qu'elle démarre, j'examinai certaines disquettes. Elles étaient étiquetées et je reconnus les titres de plusieurs des premiers ouvrages de Godfrey. Elles comportaient également des dates, qui me permettraient de les classer par ordre chronologique.

Une fois l'ordinateur paré, j'insérai la disquette la plus ancienne et exécutai une commande pour en afficher le contenu. Si j'en jugeais par l'extension des fichiers, ils seraient sans doute faciles à ouvrir. J'examinai le dossier : il n'y avait que douze éléments, tous portant un numéro. Les chapitres un à douze, sans aucun doute.

J'ouvris le document intitulé « Un » et le parcourus rapidement. Je reconnus le texte de ce qui devait être le premier thriller de Godfrey, *Loin du compte*. Le changement de style entre ses débuts – des énigmes policières traditionnelles – et l'après était très net.

Je refermai le fichier et retirai la disquette. Je ne voyais pas grand intérêt à lire le contenu des romans, je n'étais pas là pour analyser la prose de Godfrey.

Trois des disquettes étaient étiquetées « Compte ». J'insérai la troisième dans le lecteur et en affichai le contenu. Encore des documents numérotés, mais l'un d'entre eux s'appelait aussi « Lettre ». Je l'ouvris et commençai à le lire.

Le courrier était simplement adressé à « G. ». Je supposais qu'il s'agissait de Godfrey. L'auteur commençait par remercier G. d'avoir pris le temps de lire un certain manuscrit et exprimait son espoir que G. l'apprécie assez pour contribuer à le faire publier. La lettre faisait référence au titre *Loin du compte*.

Je terminai la lecture de la missive – sans signature, malheureusement – en ayant acquis la conviction que Godfrey n'avait pas écrit le livre édité sous son nom.

25

Sidéré par le contenu de la lettre, je demeurai face à l'écran, le regard dans la vague, à tenter de remettre mon esprit en marche.

Si le courrier n'était pas une espèce de blague, les implications étaient claires : Godfrey avait volé le travail d'un autre écrivain pour le publier sous son nom.

Mais comment avait-il pu faire une telle chose impunément ? L'auteur, M. ou Mme X, en avait forcément eu connaissance. Godfrey avait même repris le titre mentionné par son interlocuteur.

Je relus le document, en prenant cette fois tout mon temps, à la recherche d'un éventuel indice quant à l'identité de l'auteur.

Voici le manuscrit dont je t'ai parlé quand tu es passé il y a quelques mois. Merci d'avoir accepté de le lire. J'espère qu'il te plaira suffisamment pour te donner envie de contribuer à sa publication. Le style est différent de tes romans – bien plus sombre et violent –, mais pendant ton allocution au groupe, tu as dit aimer les thrillers. Je l'ai intitulé Loin du compte, *sachant que ce n'est pas forcément le meilleur titre qui soit. Toute suggestion que tu pourrais avoir sur ce point sera la bienvenue. Avoir un titre accrocheur semble important, tu en sais beaucoup plus que moi sur le monde de l'édition. Pour le moment, en tout cas. J'espère en apprendre beaucoup à mon tour dans le futur. Encore merci. J'ai hâte d'avoir ton avis.*

Rien de plus. Aucune mention ne permettait de savoir s'il s'agissait d'un homme ou d'une femme. Deux éléments pouvaient s'avérer utiles : « quand tu es passé il y a quelques mois » et « pendant ton allocution au groupe ». Le texte n'évoquait aucune date, mais j'eus l'idée de génie d'aller voir la date de modification du fichier sur la disquette.

Je lançai d'abord une impression de la lettre, puis affichai de nouveau le dossier pour voir la date : le 3 août... Soit dix-neuf ans plus tôt ! La dernière fois que le fichier avait été modifié remontait dix-neuf ans en arrière.

Dix-neuf ans. Je réfléchis un moment.

Justin avait dix-huit ans.

Godfrey s'était trouvé à Athena à peu près dix-neuf ans plus tôt.

Pouvait-on en conclure que la personne derrière cette lettre habitait Athena ?

Il ou elle devait être quelqu'un du coin. Le meurtre de Godfrey avait forcément un lien avec la ville. Sinon, pourquoi aurait-il été tué ici plutôt qu'ailleurs ?

Du calme. Tu tires des conclusions un peu trop rapidement.

J'imprimai une capture d'écran du contenu du dossier et l'attachai à la lettre à l'aide d'un trombone.

Avant d'examiner les autres disquettes, je voulais vérifier quelque chose. Cet ordinateur n'étant pas relié à Internet, je retournai à mon bureau. Diesel, à sa fenêtre, semblait profondément endormi. Je me connectai au catalogue en ligne de la bibliothèque et cherchai le nom de Godfrey. Je voulais consulter les dates de publication de ses livres. S'agissant d'un auteur local, la bibliothèque devait tous les posséder dans sa collection.

Godfrey avait certainement aussi un site officiel qui recensait ces mêmes informations, et j'irais le voir par la suite. Mais je préférais consulter en premier le catalogue ; les données seraient sans doute plus précises que celles du site.

J'effectuai les opérations nécessaires pour obtenir un récapitulatif de tous les romans de l'écrivain et l'imprimai. Le document mentionnait l'éditeur et la date de publication de chacun.

Une fois l'impression terminée, je parcourus les pages. J'avais trié le contenu par ordre chronologique de publication, du tout premier roman de Godfrey à son plus récent.

Ses cinq premiers livres avaient été publiés en l'espace de quatre ans, après quoi quatre années de plus s'étaient écoulées avant que paraisse le sixième, *Loin du compte*. Il avait été publié dix-sept ans plus tôt, ce qui indiquait un délai d'environ deux ans entre la date inscrite sur la disquette et la sortie effective du bouquin.

Les cinq premiers ouvrages de Godfrey étaient différents des autres par leur style et leur ton. Légers, joyeux et amusants, ils mettaient en scène un duo d'enquêteurs amateurs et chamailleurs, qui se débattaient avec leur attirance mutuelle en résolvant des affaires de meurtre qui leur tombaient dessus par hasard.

Loin du compte constituait un changement radical et, si j'avais dû y réfléchir, j'aurais sans doute supposé que Godfrey avait négocié ce virage pour des raisons commerciales. Il n'était pas encore un auteur à succès à l'époque, pour autant que je sache, mais *Loin du compte* s'était hissé en haut de la liste des best-sellers. Et Godfrey en était devenu un habitué depuis.

La lettre que j'avais trouvée donnait la raison de ce changement abrupt au sein de son œuvre.

Ce roman n'était tout simplement pas de lui.

Mais était-ce le seul ? Qu'en était-il des quinze autres titres publiés après *Loin du compte* ?

Diesel se redressa sur le bord de la fenêtre et s'étira en bâillant. Je tendis la main pour lui caresser la tête, ce dont il me remercia par quelques ronrons ravis. Il descendit de son perchoir pour m'accompagner comme je rapportai la liste des ouvrages de Godfrey à l'autre ordinateur. Le livre publié l'année après *Loin du compte* s'intitulait *Reste avec moi*. Je repris la boîte de disquettes, dont trois étaient étiquetées « Reste ».

J'insérai la première dans le lecteur et déroulai la liste des fichiers. Uniquement des chiffres. Je vérifiai la deuxième puis la troisième. Même chose. Pas de lettre cette fois. Mon chat se frotta à plusieurs reprises contre mes jambes avant d'aller fureter dans le bureau. Il ne faisait généralement aucun dégât donc je le laissai explorer à sa guise.

Je m'intéressai au livre suivant sur la liste : *Le Complot des condamnés*. Quatre disquettes y étaient associées. Cette fois, j'insérai la quatrième pour en examiner le contenu.

Bingo. Une autre lettre, toujours simplement adressée à G. Et sans signature.

Frustrant.

Notre accord semble plutôt bien fonctionner, même si je pensais que tu allais au moins me mentionner dans les remerciements. Je me fiche que ce soit à toi que les médias s'intéressent ; je déteste ce genre de trucs. Mais pourquoi n'avoir pas au moins cité mon nom quelque part ? Franchement, je m'attendais à un peu plus de gratitude. Financièrement, c'est très bien, je ne me plains pas sur ce point. Mais je te rappelle que, sans moi, tu ne figurerais pas sur la liste des auteurs qui cartonnent. Content qu'on arrive au moment d'un nouveau contrat. Je vais demander certains changements, je te préciserai lesquels après avoir pris le temps d'y réfléchir en détail.

La lettre se poursuivait en décrivant, de manière très concise, l'idée derrière le roman suivant, et demandait un retour à Godfrey.

Ce courrier constituait la preuve assez claire que Godfrey avait apposé son nom sur le travail d'un autre auteur. Il donnait aussi l'impression que X commençait à s'agacer d'un manque de reconnaissance publique.

Pourquoi Godfrey avait-il conservé ces disquettes ? S'il avait un tant soit peu de jugeote, il aurait dû les détruire depuis des années. Il n'était de toute évidence pas prévu qu'elles fassent partie de ses archives puisque la boîte n'était pas mentionnée dans l'inventaire. Je supposais, connaissant son arrogance, qu'il n'avait jamais imaginé que quiconque puisse découvrir le pot aux roses.

Un employé trop zélé avait dû voir le carton et décider de l'inclure dans la série. De quoi faire piquer une crise à Godfrey s'il l'avait su.

Quel coup de chance pour moi, par contre. Je remerciai silencieusement la personne qui avait ajouté le coffret de disquettes au reste de l'envoi.

Kanesha Berry devait être mise au courant, et j'avais bien l'intention de le faire.

Mais je voulais d'abord creuser plus loin pour voir s'il y avait d'autres courriers. Godfrey avait-il continué à s'approprier le travail de X ?

Je pris soin de lire la section des remerciements dans tous les romans, en quête d'indices potentiels.

Est-ce que son agente était au courant ?

J'allais devoir noter toutes les questions qui me viendraient.

Je repris l'examen du contenu des disquettes, dans l'ordre chronologique. Aucune lettre n'accompagnait celles associées à l'ouvrage suivant. Je passai au cinquième roman.

Le pactole ! Je lus la missive, les yeux écarquillés.

Salaud ! J'aurais dû me douter qu'on ne pouvait pas te faire confiance. Tu n'as pas changé, tu es toujours prêt à baiser les autres pour avoir ce que tu veux. Je pensais qu'un contrat me protégerait mais tu t'es assuré que non, hein ? Quelle naïveté de ma part ! J'ai été stupide. J'aurais dû aller voir un avocat, mais tu m'as dit que ça coûterait cher pour rien. Ton agente a vraiment relu le contrat, comme tu l'as prétendu ? Franchement, je n'y crois pas. J'ai presque envie de l'appeler pour avoir une petite conversation avec elle. Je ne peux pas me permettre de rembourser ce que j'ai touché, et tu le sais très bien, salopard. Tu as réussi à me coincer, mais ça ne veut pas dire que je ne trouverai pas le moyen de me dépêtrer de tout ça.

Quel genre d'accord avait bien pu signer X ?

Godfrey n'avait que trop visiblement exploité sa naïveté et son manque d'expérience. Ça semblait grave, même pour Godfrey.

L'inventaire mentionnait des contrats, mais je devinais que celui signé avec X n'en ferait pas partie. Même Godfrey n'aurait pas été assez arrogant – ni assez bête – pour ajouter un document à ce point dommageable au reste de ses archives.

Malgré tout, ledit contrat était potentiellement la clé de toute l'affaire.

L'injustice de la situation avait-elle fini par faire sortir X de ses gonds au point de vouloir trucider

Godfrey ? Si seulement j'avais pu mettre la main sur le document… ou trouver un moyen d'identifier X.

La réponse se trouvait peut-être dans ce coffret de disquettes. Il fallait simplement prendre le temps.

Je passai le reste de la journée devant l'ordinateur – sans oublier une courte pause pour rentrer rapidement déjeuner chez moi – pour passer en revue le contenu de toutes les disquettes.

Je trouvai plusieurs lettres supplémentaires, certaines pleines de la colère de X face au comportement de Godfrey, d'autres plutôt résignées. De temps à autre, X mentionnait les profits grandissants associés aux livres ; il n'avait visiblement pas à se plaindre sur ce point.

C'était un autre élément à prendre en compte : Godfrey avait gagné des millions avec ses romans. Même moi, j'avais vu passer des articles sur son train de vie. Aussi X avait-il dû empocher des sommes importantes.

Y avait-il à Athena quelqu'un connu pour vivre au-dessus de ses moyens ? Est-ce que X avait résisté à la tentation de dépenser ostensiblement son argent ? Un point sur lequel Kanesha serait plus à même d'enquêter que moi… une fois que l'un de nous aurait réussi à mettre un nom sur X, évidemment.

Après tout ce temps consacré à l'étude des disquettes, je n'avais aucun indice sérieux quant à son identité. X connaissait de toute évidence Godfrey depuis longtemps, mais c'était le cas de beaucoup de gens ici et ailleurs.

Il y avait plusieurs mentions d'un groupe – sans doute une communauté d'aspirants écrivains –, mais on en trouvait un peu partout.

Je restai néanmoins convaincu que le meurtre ne s'était pas produit à Athena par hasard. Il y avait un lien. Et c'était un point de départ comme un autre.

Je pourrais m'adresser à l'une des employées de la bibliothèque municipale, présentes depuis presque trente ans. S'il existait un collectif d'apprentis écrivains aux alentours, elles seraient au courant.

J'imprimai le reste des missives issues des disquettes et les classai par ordre chronologique. Je m'assurerais que les disquettes elles-mêmes soient bien organisées dans leurs boîtes.

Fini de retarder l'échéance.

J'avais beau appréhender l'explosion qui allait inévitablement suivre, je ne pouvais pas me défiler.

Je retournai à mon plan de travail. Diesel, lui, s'était rendormi sur le rebord de la fenêtre. Je décrochai le téléphone et appelai le bureau du shérif.

26

Dès l'instant où Kanesha Berry passa la porte de mon bureau, je vis des nuages noirs s'amonceler au-dessus d'elle.

— Qu'y a-t-il de si urgent ? Je n'ai pas le temps pour l'ingérence d'amateurs dans cette enquête, monsieur Harris.

— Je comprends bien, agente Berry. Je ne vous aurais pas dérangée si je n'étais pas convaincu de l'importance de mes informations.

Mon ton conciliant ne parut pas l'apaiser. Je lui désignai le siège à côté de la table.

— Asseyez-vous, je vous en prie, et laissez-moi vous expliquer ce que j'ai trouvé.

Derrière moi, Diesel se redressa près du rebord de la fenêtre. Il réagissait toujours quand quelqu'un parlait sur un ton dur ; Kanesha l'avait perturbé.

Elle s'assit comme je le lui suggérais mais garda son air ombrageux. Avant de m'asseoir à mon tour, je lui tendis une chemise contenant les lettres que j'avais imprimées à son intention. Elle le prit mais ne l'ouvrit pas.

— Qu'est-ce que c'est ?

— Cela pourrait constituer la preuve d'un mobile évident pour le meurtre de Godfrey Priest, dis-je. Laissez-moi vous montrer ce que j'ai découvert, je pense que vous serez d'accord pour dire que c'est du sérieux.

Kanesha hocha la tête avant de consulter ostensiblement sa montre.

— Quand Godfrey s'est présenté à mon bureau il y a trois jours, il m'a annoncé qu'il souhaitait faire don de ses textes aux archives de l'université, expliquai-je. Mais je ne savais pas, à l'époque, qu'il avait déjà organisé l'expédition de ses documents jusqu'ici. Ils sont arrivés le lendemain de sa mort.

— Et vous avez attendu deux jours pour m'en parler ? s'agaça Kanesha, le regard plus noir que jamais.

— Effectivement. En gros, ces écrits de Godfrey sont désormais la propriété de l'université. C'est ce qu'indique Godfrey lui-même dans le courrier qui les accompagnait.

— Peut-être, rétorqua Kanesha, mais cela ne signifie pas que vous pouvez dissimuler des informations potentiellement en lien avec l'affaire. Ce serait une raison suffisante pour vous inculper d'obstruction dans le cadre d'une enquête officielle.

— Je ne dissimule rien et je ne cherche pas à faire barrage. Il y a simplement eu un délai avant que vous soyez informée qu'ils étaient là. J'ai conscience que ce n'est pas une excuse en soi, mais étant celui qui devra cataloguer les textes en question à l'avenir, je voulais avoir la possibilité d'en examiner le contenu. Contenu dont une large part ne sera d'absolument aucune utilité dans votre enquête.

— Très aimable à vous d'en décider à ma place, répliqua-t-elle sur un ton sarcastique. Et comment puis-je être sûre que vous n'avez pas déjà détruit tout ce qui, dans ces documents, aurait pu vous relier au meurtre ? Vous ou quelqu'un d'autre, comme Julia ou Justin Wardlaw ?

— Seulement ma bonne foi, répondis-je avec ce que j'espérais être un sourire désarmant. Et si vous voulez m'inculper, allez-y. Mais laissez-moi au moins d'abord vous faire part de mes découvertes. C'est peut-être la clé de l'énigme.

— Je vous écoute.

« Mais pas pendant très longtemps » semblait dire son expression.

Je me saisis de l'inventaire et le lui tendis.

— Voici l'inventaire qui accompagnait les cartons. Il reste très général, ce qui est regrettable. Mais le fait le plus intéressant est qu'il y a un carton non répertorié.

— Que voulez-vous dire ? demanda Kanesha en feuilletant l'ensemble.

— Ils étaient tous numérotés, sauf un. Et les chiffres correspondent à ce qui est indiqué dans l'inventaire. Le carton sans numéro, lui, contient des disquettes informatiques.

Kanesha me rendit les papiers.

— Vous pensez que ce n'était pas censé être ajouté au reste ? demanda-t-elle.

— D'après ce que j'ai trouvé sur certaines disquettes, je dirais que non. Je ne crois pas que Godfrey aurait voulu que qui que ce soit les voie. Je ne sais même pas pour quelle raison il les a conservées, en dehors de son incroyable arrogance. Il a sans doute cru que personne ne mettrait jamais la main dessus et qu'il ne risquait rien.

— Par rapport à quoi ? s'enquit Kanesha avec un nouveau coup d'œil à sa montre.

— Au contenu des courriers que j'ai trouvés sur plusieurs disquettes.

Je pointai du doigt la chemise que je lui avais précédemment remise.

— Ils sont tous là, dans l'ordre chronologique. Regardez-les, vous comprendrez très vite ce que je veux dire.

Elle pensait toujours que je lui faisais perdre son temps. Cela se lisait sur son visage. Elle m'en voulait également de ne pas lui avoir parlé plus tôt des colis. Mais après quelques crispations des mâchoires, elle ouvrit le dossier et se mit à lire.

Je l'observai. Elle lut rapidement, et après la deuxième lettre, releva les yeux vers moi, les sourcils froncés. S'apercevant que je conservais une expression neutre, elle reprit sa lecture. J'avais enfin piqué sa curiosité.

Huit minutes plus tard – j'avais chronométré –, elle avait terminé.

Elle referma la chemise et me dévisagea, songeuse.

— En gros, il a payé quelqu'un pour écrire ses livres à sa place, dit-elle. Et l'individu en question n'était pas satisfait des termes du contrat.

— Exactement. Je pense que X – c'est comme ça que j'appelle ledit auteur inconnu – a pu finir par être tellement furieux d'être traité ainsi par Godfrey qu'il – ou elle – l'a tué.

— Hmm…

Elle me rendit les documents.

— Si X ressentait une telle insatisfaction par rapport à leur accord, pourquoi est-ce qu'il ou elle n'a pas embauché un avocat pour traîner M. Priest devant les tribunaux ?

— Impossible de vous fournir une réponse solide sans savoir ce que stipule le contrat en question, répondis-je. Mais en lisant entre les lignes, je présume que cet engagement obligeait X à garder le secret absolu sans quoi l'accord serait rompu.

— Je suppose que c'est une possibilité, admit Kanesha. Mais quel était l'enjeu ? La réputation de M. Priest, évidemment, mais au niveau financier ? Quelle somme a-t-il pu engranger grâce aux livres ?

— Le temps que vous arriviez, j'ai fait quelques recherches sur Internet, expliquai-je. J'ai trouvé un article daté d'il y a un peu plus d'un an, qui classait les écrivains américains à succès en fonction de leurs revenus annuels. Godfrey comptait parmi les dix premiers. D'après ce que j'y ai lu, ses revenus annuels s'élevaient à environ vingt millions de dollars.

Kanesha ne s'était pas attendu à un tel chiffre. Je la vis écarquiller les yeux.

— Ça fait un sacré salaire, dit-elle. Comment pouvait-il gagner autant ?

— Pour commencer, les romans sont publiés dans une trentaine de langues et ils semblent très bien se vendre à travers toute l'Europe et au Japon. Viennent ensuite les adaptations cinématographiques. Si Godfrey recevait un pourcentage des recettes, ça peut aussi représenter de gros montants. Plusieurs films basés sur des livres figuraient au box-office, ici et à l'étranger.

— Vingt millions de dollars par an.

Kanesha secoua la tête comme si elle avait du mal à se faire à l'idée.

— X savait forcément que les livres généraient d'énormes revenus, affirmai-je. Sans doute que sa part était réduite par rapport à ce que Godfrey engrangeait. Ajoutez-y le fait qu'il n'était absolument pas reconnu pour son travail, et on peut imaginer que sa frustration ait empiré d'année en année.

— C'est probable. Je vous le concède. Et c'est une théorie aussi sensée que tout ce que j'ai pu trouver jusqu'à maintenant. Mais comment je vais m'y prendre pour découvrir qui est X ? Je ne sais même pas où il réside.

— À mon avis, X habite notre ville, dis-je avant d'expliquer mon raisonnement.

Elle reprit le dossier et parcourut de nouveau les courriers.

— Ça se tient, estima-t-elle après avoir terminé. Il ne me reste plus qu'à identifier la communauté d'apprentis écrivains auquel appartenait X... Une aiguille dans une botte de foin, dit-elle en roulant des yeux.

— Je pourrai vous aider. L'une des bibliothécaires municipales d'Athena y travaille depuis trente ans. Si quelqu'un connaît les groupes d'écriture locaux, c'est bien elle. Elle s'appelle Teresa Farmer.

— Je vois qui c'est, dit Kanesha. Elle s'occupe du programme de lecture estival pour enfants.

— C'est ça.

Je tapotai du doigt l'inventaire posé sur mon bureau.

— On peut aussi regarder dans les cartons contenant des contrats. Ils contiennent peut-être des infos utiles. Et vous pourrez toujours parler à l'agente de Godfrey. Elle est censée être présente à la commémoration demain.

Kanesha opina du chef, deux fois de suite.

— J'ai déjà rendez-vous avec elle. Elle arrivera de Memphis tard dans la soirée et fera la route jusqu'à Athena demain matin.

— Bien, dis-je.

— Pourquoi faites-vous tout cela ? demanda mon interlocutrice, les yeux plissés.

— Pourquoi je me mêle de votre enquête, vous voulez dire ? répondis-je en essayant de ne pas paraître trop désinvolte.

Elle acquiesça.

— Un peu par instinct, j'imagine, dis-je avec un haussement d'épaules. Les bibliothécaires sont formés à aider les autres à trouver des réponses. D'autant que comprendre qui a tué Godfrey est essentiel. Et puis je me sens impliqué au nom de Justin et Julia Wardlaw. Je ne peux pas imaginer que l'un ou l'autre ait tué Godfrey, et je fais mon possible pour les soutenir.

J'aurais voulu ajouter : « Et parce que votre mère me l'a demandé et que je n'ai pas réussi à dire non. »

— S'il s'avère que vos actions ont compromis mon enquête d'une quelconque manière, vous allez au-devant de gros ennuis. Est-ce bien clair pour vous ?

Je résistai à l'envie soudaine de me mettre au garde-à-vous. Kanesha me faisait penser à un sergent instructeur face à de la bleusaille née de la dernière pluie. Je ne m'attendais pas à ce qu'elle se mette soudain à me remercier avec effusion, mais sans doute aurais-je dû prévoir qu'elle n'apprécierait toujours pas mon ingérence dans l'affaire.

— Très clair, répondis-je. Mais laissez-moi vous poser une question : si je vous avais appelée à la seconde où j'avais reçu ces cartons, qu'auriez-vous fait ? Vous vous seriez précipitée pour les confisquer – ou quel que soit le terme approprié –, au nom de votre enquête ? Est-ce que vous auriez examiné le contenu des disquettes comme je l'ai fait ? D'ailleurs, disposez-vous vraiment d'un ordinateur capable de lire cet ancien format ?

— Houla !

Elle leva une main pour m'interrompre. Je m'étais un peu emporté.

— Vous m'avez peut-être fait gagner du temps avec ces disquettes, mais rien ne m'assure que vous n'ayez pas détruit d'autres preuves. Pour être franche : comment être certaine que vous n'avez pas créé de toutes pièces cette histoire autour de X pour faire diversion ?

Je la dévisageai, stupéfait. Je n'aurais jamais imaginé qu'elle réagirait de cette façon. Je ne savais pas quoi répondre.

— En ne m'avertissant pas dès l'arrivée de ces documents, vous avez en quelque sorte contaminé les preuves. En admettant que ces éléments puissent même être considérés comme tels. Je serais beaucoup plus à l'aise avec tout cela si j'avais pu m'assurer que le contenu de ces cartons était resté intact après leur livraison ici. Mais vous avez décidé d'élucider l'affaire, et je me retrouve dans une situation difficile.

— Je suis désolé, finis-je par dire.

Je n'avais pas réfléchi à tout cela et prenais brusquement conscience de l'étendue de ma bévue.

— Je ne sais vraiment pas quoi vous dire d'autre, avouai-je.

— Où sont les disquettes ?

Elles étaient toujours dans leur coffret, près de l'autre ordinateur. J'allais les chercher et lui remis le tout sans dire un mot. Kanesha regarda à l'intérieur.

— Je vois ce que vous vouliez dire en parlant d'ancien format.

Si c'était sa manière de me tendre un rameau d'olivier, j'étais tout disposé à le saisir.

— Je les emporte, dit-elle. Si vous pouvez émettre un reçu, je vous le signerai. Mais ces preuves repartent avec moi.

— Je m'en occupe, dis-je. Que fait-on pour le reste des documents de Godfrey ?

Je pris soudain conscience que je devrais l'informer du passage d'un visiteur non autorisé dans mon bureau mercredi soir. Elle allait m'aimer encore un peu plus.

— Où sont les autres cartons ? s'enquit-elle.

— Dans la salle de stockage, un peu plus loin.

— Elle est sécurisée ?

— Maintenant, oui. Il y a autre chose qu'il faut que je vous dise.

— Allez-y.

L'expression blasée de son visage semblait demander « quoi encore » ?

Je lui relatai, de la manière la plus concise possible, les faits concernant l'intrus.

— Et il ne vous est toujours pas venu à l'esprit de m'appeler ?

Elle m'examinait comme elle aurait pu le faire avec une espèce d'insecte exotique déplaisant.

— Non, admis-je. Mais je me suis assuré que les serrures soient changées le jour même. Il n'y a que trois jeux de clés. J'en ai un, évidemment. Melba Gilley, l'assistante du directeur de la bibliothèque, en possède un autre. C'est Rick Tackett, le responsable logistique, qui détient le dernier.

Kanesha me dévisageait toujours comme si j'étais un intrigant spécimen.

— D'ailleurs, dis-je en sentant le malaise me gagner un peu plus à chaque seconde, vous saviez que Godfrey avait un demi-frère ? Rick Tackett, justement. Vous le connaissez ?

— Non, répondit-elle. Toutefois j'étais informée de leur lien de parenté. Vous aurez peut-être du mal à le croire, mais je me suis efforcée d'en apprendre autant que possible sur la victime et sa famille.

— Pardon, répondis-je, confus.

Elle se contenta de m'observer fixement et je fis de mon mieux pour ne pas m'agiter sur mon siège. Cette impression d'être un délinquant d'une dizaine d'années était une expérience nouvelle pour moi.

— Dans l'immédiat, nous allons ranger ces cartons dans la salle de stockage avec les autres et je placerai des scellés sur la porte jusqu'à ce que je puisse envoyer quelqu'un pour les transporter jusqu'à nos locaux.

— D'accord, ça me paraît une bonne idée, dis-je.

Je n'allais pas protester. Si l'université y trouvait à redire pour une raison ou une autre, je réglerais ça en temps et en heure.

Soudainement inspiré, j'allais chercher les gants en coton que j'utilisais pour manipuler les livres rares et lui en proposai une paire. Elle les accepta avec un hochement de tête. Puis nous déplaçâmes les colis depuis mon bureau jusqu'à la salle de stockage.

Très curieux de voir ce que nous faisions de toutes ces boîtes, Diesel suivit attentivement chacun de nos allers-retours.

— Puisque nous sommes sur place, dis-je en embrassant la salle de stockage du geste, pourquoi ne pas examiner certains des contrats ? Ce serait le moyen de répondre rapidement à une question qui se pose.

— En clair, vous avez envie de savoir, donc vous voudriez que je les étudie illico et que je vous apporte la réponse avant que ces cartons soient déplacés.

Kanesha ne sourit pas, mais j'aurais juré avoir capté un soupçon d'amusement dans sa voix. C'était une surprise.

— Eh bien, oui, admis-je.

— Allez chercher l'inventaire et le coffret de disquettes, je reste ici, dit-elle. Je vais jeter un œil à ces contrats.

J'acquiesçai, puis retournai à mon bureau pour récupérer l'inventaire. Diesel resta auprès de Kanesha, occupé à fouiner au milieu des cartons. Je m'attendis à ce qu'elle s'en plaigne mais elle ne parut pas lui prêter attention.

Je revins avec les documents souhaités.

— J'ai vérifié, indiquai-je. Les contrats sont dans la boîte numéro dix.

Je posai le coffret de disquettes par terre pour me mettre en quête du colis concerné avec Kanesha. Ce fut elle qui le trouva, en bas d'une pile de quatre boîtes. Je l'aidai à déplacer les trois du dessus et elle tira la numéro douze à l'écart.

— Elle m'a l'air plutôt légère, constata-t-elle, les sourcils froncés.

Elle s'accroupit et l'ouvrit.

Le carton était vide.

27

Si j'avais pu me recroqueviller à l'intérieur de la boîte vide et refermer le couvercle sur moi, je l'aurais fait. L'expression implacable de Kanesha aurait pu arrêter net une charge de rhinocéros.

Une fois la caisse refermée, l'agente se leva et sortit dans le couloir. Sa colère était on ne peut plus palpable. Elle se retourna en attendant que Diesel et moi la rejoignions dans le couloir.

— Merci de bien fermer à double tour, dit-elle.

J'obtempérai, après quoi elle tendit la main pour récupérer le trousseau.

— Désolé, dis-je en le lui remettant.

Elle ne répondit pas et remonta le couloir jusqu'à mon bureau, l'ouvrit avec la clé et se posta ostensiblement près de la porte. Diesel me suivit et entra avec moi.

— Je reviens dans quelques minutes, indiqua Kanesha. Je vous rendrai votre jeu à ce moment-là.

Elle s'éloigna vers l'escalier.

J'allais m'installer derrière mon plan de travail. J'avais commis une grosse erreur et la colère de Kanesha était plus que justifiée. Je m'étais laissé absorber par la situation sans prendre le temps de réfléchir clairement aux conséquences de mes actes. Je n'étais pas l'un des frères Hardy assistant joyeusement son détective de père.

En tant que citoyen respectueux des lois, par contre, j'avais porté un regard un peu trop lâche sur ce que je considérais comme mon devoir civique, à savoir aider le bureau du shérif dans son enquête. J'estimais avoir bel et bien donné un coup de main à Kanesha, et ce de plusieurs manières. Combien de temps lui aurait-il fallu pour trouver les lettres sur les disquettes, par exemple ? Cela compensait-il toutefois ma bourde, qui avait permis à quelqu'un de voler le contenu d'une boîte entière – si ce n'est plus ?

Pour m'éviter de ressasser inutilement, j'allumai mon ordinateur en vue de consulter mes e-mails.

Diesel, qui paraissait avoir perçu mon trouble, n'avait cessé de se frotter contre mes jambes en ronronnant. Je lui grattai gentiment la tête, ce qui – comme chaque fois – me fit du bien. Voir le plaisir qu'il prenait à recevoir mon attention avait un effet très apaisant.

Après deux minutes de papouilles, mon chat retira sa tête et reprit son poste à la fenêtre. Sans cesser de ronronner, il s'installa pour faire une sieste pendant que je tâchai de me concentrer sur mes tâches.

Plongé dans la lecture de mes messages, j'entendis Kanesha revenir mais gardai les yeux sur l'écran. Quelques minutes plus tard, elle franchit le seuil de mon bureau. Je pivotai sur ma chaise pour lui faire face.

— Voici vos clés, me dit-elle en les posant sur mon plan de travail. J'ai fait poser des scellés officiels sur la porte de la salle de stockage, puis j'enverrai quelqu'un dans l'heure pour transporter ces cartons jusqu'à nos locaux. Si vous pouviez préparer le reçu d'ici-là, je vous en serais reconnaissante.

J'osai un coup d'œil vers son visage. Son expression avait perdu de sa rigidité, ce qui me permit de me détendre légèrement à mon tour. Peut-être n'allait-elle pas me maudire à jamais, après tout.

— Avec plaisir. Je m'en charge.

— Bien.

Elle me transperça de son regard noir.

— Je sais que vous étiez animé de bonnes intentions, monsieur Harris. Et, en général, nous apprécions la coopération des civils. Mais vous avez largement outrepassé les limites. Vous en êtes conscient, n'est-ce pas ?

— Oui, absolument. Je ne saurais vous dire à quel point je regrette de ne pas vous avoir immédiatement avertie de la livraison des documents de Godfrey. Je ne peux qu'espérer que cela n'ait pas de conséquences sérieuses sur votre enquête.

Elle m'écouta mais, une fois ma tirade terminée, se contenta de hocher la tête avant de ressortir.

J'essayai de reporter mon attention sur mes e-mails, en vain. J'étais trop perturbé par ce qui venait de se passer.

Je consultai ma montre. Il était presque 16 h 30. *Ça ne sert à rien que je reste.*

— Viens, mon brave, c'est l'heure d'y aller, dis-je à Diesel en éteignant mon ordinateur.

L'interpellé bâilla, se redressa en position assise et s'étira. Il reste patiemment immobile, comme à son habitude, le temps que je lui enfile son harnais. Quelques minutes plus tard, nous étions prêts à partir.

En arrivant dehors, je constatai que l'après-midi était frais mais ensoleillé. Je profitai du court trajet à pied jusque chez moi pour réfléchir à ce que j'allais faire ensuite.

Une soirée tranquille à la maison semblait l'idéal. C'était du moins ce que je me disais. Mais une petite voix tenace dans un coin de mon crâne insistait sur une autre possibilité.

Teresa Farmer, dont j'avais parlé à Kanesha Berry, officiait généralement jusqu'à 18 heures le vendredi. J'avais le temps d'aller jusqu'à la bibliothèque municipale et de m'entretenir avec elle pour voir si elle connaissait des groupes d'écriture locaux.

Ce qui impliquerait de marcher de nouveau sur les plates-bandes de Kanesha. Mais je savais pouvoir compter sur la discrétion de Teresa. Si je lui expliquais pourquoi le sujet m'intéressait, elle n'en parlerait à personne d'autre jusqu'à ce que l'agente Berry lui demande son aide.

Au fil des ans, j'avais découvert que, lorsqu'on veut quelque chose, on y trouve généralement une justification. Même quand on sait qu'on ne devrait pas.

À la maison, tout était calme. Je laissai à Diesel le temps d'aller dans sa litière et de manger un peu avant de repartir en voiture. J'envisageai un instant de le laisser mais je savais que si je passai les portes de la bibliothèque sans lui, je devrais faire face à d'innombrables visages déçus. Diesel était très populaire là-bas.

J'arrivai sur le parking de l'établissement quelques minutes après 17 heures. Diesel partit devant en tirant sur sa laisse, impatient d'entrer. Il aimait beaucoup cet endroit pour les nombreuses attentions dont il bénéficiait à chacune de ses visites.

Nous passâmes les premières minutes à accueillir les bonjours de nombreux enfants, sans oublier ceux des employés.

Teresa ne se trouvait pas au comptoir de la documentation, et je craignis un instant qu'elle ne travaille pas ce vendredi. Mais elle émergea quelques minutes plus tard, sans doute alertée par le brouhaha dans la salle. Petite femme aussi menue qu'énergique, âgée de quelques années de plus que moi, Teresa eut un grand sourire en découvrant l'origine de cette agitation.

Je saisis la première occasion d'extraire Diesel de la nuée de jeunes admirateurs pour l'emmener voir Teresa. Elle-même avait trois chats et craquait autant pour le mien que la plupart des visiteurs.

— Qu'est-ce que vous faites ici, Charlie ? Voilà un plaisir inattendu, commenta-t-elle. Et toi, Diesel, comment vas-tu ?

Elle s'accroupit pour lui prodiguer quelques caresses et lui gratter affectueusement la tête. Diesel répondit par des ronronnements et de petits cris ravis tandis que j'expliquai :

— Je suis venu vous voir. J'ai besoin de votre aide.

— Bien sûr, dit Teresa en se levant. Allons dans mon bureau.

Je la suivis, Diesel à mes côtés. Teresa était à la fois directrice adjointe de la bibliothèque et à la tête du service documentation. Elle supervisait également les rares bénévoles de l'établissement, si bien que je travaillais en étroite collaboration avec elle depuis presque trois ans.

Elle s'installa et me désigna du geste le siège en face du sien. Je m'assis et libérai Diesel de son harnais. Il fit tranquillement le tour de la pièce pour grimper sur les genoux de Teresa. Lorsqu'il se redressa, je souris en constatant que sa tête se hissait légèrement plus haut que celle de Teresa.

— Que puis-je faire pour vous, Charlie ? me demanda-t-elle en caressant le maine coon sous le menton.

— C'est en rapport avec Godfrey Priest.

Elle me dévisagea avec surprise.

— C'est étonnant, dit-elle.

— Pourquoi ça ?

— J'ai reçu un message il y a quelques minutes de la part de l'agente Berry. Elle passera demain matin pour me parler de quelque chose en lien avec l'écrivain. Elle n'a pas précisé de quoi il s'agissait, simplement qu'elle avait besoin d'éléments et que quelqu'un lui avait suggéré de s'adresser à moi. C'était vous ?

Kanesha avait agi plus vite que je ne l'avais imaginé. Au moins avait-elle tenu compte de ma suggestion.

— Oui, c'était moi, confirmai-je. C'est très vilain de ma part de venir vous parler avant elle, mais je vous avoue que ma curiosité l'emporte.

— Je promets de ne pas vous dénoncer, répondit Teresa en riant. Qu'est-ce que l'agente Berry et vous cherchez à savoir ?

— Nous sommes en quête d'informations sur les groupes d'écrivains locaux. Je me suis dit que, s'il en existait, vous seriez au courant.

— Merci. Nous essayons de rester informés de toutes les activités de ce type pour répondre aux questions du public.

— Je sais, répondis-je avec un grand sourire. Je n'oublierai jamais la fois où, à Houston, j'ai reçu un appel d'une femme qui voulait des renseignements sur une organisation dédiée aux chats.

Je ne pus me retenir de rire rien qu'en y repensant.

— Qu'est-ce qu'il y avait de si drôle ? s'enquit Teresa.

— Elle avait entendu parler d'une communauté qui tricotait des chaussettes pour félin et voulait en faire partie, expliquai-je avec un nouveau gloussement.

Teresa éclata de rire à son tour.

— Je n'imagine pas un seul de mes matous me laisser lui enfiler des chaussettes. Ils piqueraient une crise.

— Ça m'a paru assez cocasse. Mais je ne pouvais évidemment pas le lui dire. Donc je lui ai fourni le nom d'un contact au sein d'un groupe local de passionnés de chats. Je n'ai jamais su si elle avait ou non trouvé ce qu'elle cherchait.

— Vous lui aurez au moins donné une piste, dit Teresa sans cesser de sourire. Concernant les groupes d'écriture, oui, j'en connais plusieurs. Il en existe un qui se réunit ici, à la bibliothèque, depuis à peu près vingt ans. Ce sont tous des poètes, et je doute que ce soit ce que vous cherchez. Hormis si c'est en lien avec Godfrey Priest.

— Très juste. Je voudrais savoir s'il a un jour appartenu à l'un de ces collectifs ou s'il lui arrivait d'intervenir devant ces derniers quand il revenait à Athena.

— Et vous ne pouvez pas me dire pourquoi vous avez besoin de ce renseignement ?

— Non, admis-je avec regret. J'espère que ça ne vous dérange pas.

— Je m'en remettrai, répondit Teresa sur un ton pince-sans-rire. Bon. Godfrey Priest et les groupes d'écriture...

Elle réfléchit, les sourcils froncés. Entre-temps, Diesel s'était allongé sur ses genoux, la tête appuyée contre sa poitrine. Il ronronnait de contentement pendant que Teresa lui caressait doucement la tête.

Je restai silencieux tandis qu'elle fouillait dans ses souvenirs. Elle avait une incroyable mémoire ; l'une des qualités qui faisaient d'elle un formidable atout pour le service de documentation. Si l'information existait, Teresa la trouverait.

— Ça doit remonter à au moins vingt ans. Godfrey Priest n'est pas intervenu dans cette bibliothèque depuis facilement deux décennies. Il a participé à une collecte de fonds que nous avions organisée il y a sept ans, a fait un discours pour le dîner de gala des Amis de la Bibliothèque, mais c'est tout.

— Que se passait-il il y a vingt ans ? finis-je par demander d'une voix douce après un long silence.

— Un groupe se réunissait occasionnellement dans nos locaux, à l'époque, expliqua-t-elle. Sept ou huit personnes, je crois. Ils n'ont pas persévéré, ou en tout cas ils n'ont pas demandé à louer notre salle pendant très longtemps. Peut-être ont-ils continué à se réunir ailleurs.

— Vous vous souvenez des membres qui le constituaient ? demandai-je en croisant les doigts.

— Je peux faire encore mieux, répondit Teresa en souriant. À savoir vous montrer une photo de l'équipe. Mais pour ça, il va falloir que tu me laisses me lever, dit-elle à mon chat en lui grattant le crâne.

Diesel se redressa, frotta sa tête contre le menton de Teresa puis se laissa poser au sol.

— Une photo, ce serait super ! commentai-je pendant que le maine coon contournait le bureau pour venir s'installer près de ma chaise.

— Je reviens dans une minute, promit Teresa en quittant son siège. Ça doit se trouver dans l'un des meubles de rangement de la documentation.

Diesel et moi patientâmes paisiblement jusqu'à son retour. Elle réapparut moins de cinq minutes plus tard et me tendit un dossier. L'étiquette indiquait « Rapports annuels de la bibliothèque ».

— J'ai mis le document concerné au-dessus, indiqua-t-elle avant de se rasseoir.

Je sortis le rapport et posai le reste des documents sur son bureau. Celui qui m'intéressait ne faisait que quelques feuillets. En page quatre, je trouvai le cliché dont Teresa m'avait parlé. Il était de petites dimensions, avec pour légende :

Un groupe d'écriture
rencontre un romancier local.

Au centre, parmi les six personnes rassemblées, se tenait Godfrey Priest, l'air beaucoup plus jeune et bien moins ivre de son succès que lors de son passage dans mon bureau quelques jours plus tôt. Logique : la photo avait été prise avant qu'il devienne célèbre.

Je scrutai les différents visages. J'en reconnus immédiatement deux et restai momentanément bouche bée. Debout, aux côtés de Godfrey, souriant face à l'objectif, se tenaient Julia Wardlaw et Rick Tackett.

28

— Vous avez l'air choqué, constata Teresa. Il y a un problème ?

— Non, je suis seulement très surpris de reconnaître deux personnes que je ne m'attendais pas du tout à voir et qui, à ma connaissance, n'étaient pas spécialement intéressées par l'écriture.

Je dévisageai les autres membres du groupe. Deux d'entre eux me parurent vaguement familiers sans toutefois que je puisse les identifier. Si seulement la légende du cliché avait pu donner leurs noms...

J'étais sur le point de rendre les feuillets à Teresa pour lui demander si elle connaissait leur identité quand un élément de la photo attira mon attention. Je l'examinai de plus près en plissant les yeux. La résolution de l'image n'était pas terrible, mais je crus distinguer le sommet d'une tête derrière l'épaule de Julia, à côté de Godfrey.

— On dirait qu'il y a quelqu'un d'autre à l'arrière-plan, dis-je.

Je tendis le document à Teresa.

— Dites-moi ce que vous en pensez. Et qui sont ces personnes ?

Teresa examina le cliché avant de reposer le rapport. Elle ouvrit un tiroir de son bureau et fouilla à l'intérieur.

— Ah, la voilà ! dit-elle en brandissant une loupe.

Elle examina l'image à travers le verre grossissant.

— Je crois que vous avez vu juste, dit-elle après quelques secondes. Ça ressemble à une tête. Étrange. Pourquoi la personne en question n'aurait-elle pas voulu apparaître sur la photo ?

— Je l'ignore, répondis-je.

Mais mon cœur s'était emballé à l'idée que le mystérieux individu derrière Julia puisse être X. D'après les lettres que j'avais lues, X préférait éviter le feu de projecteurs. Il ou elle ne voulait peut-être pas non plus se faire tirer le portrait.

Teresa reposa sa loupe et reprit son examen.

— Je les connais tous, dit-elle avant de nommer chaque personne.

En plus de Julia et Rick, je reconnus les patronymes de deux professeurs d'histoire et de littérature de l'université.

— Vous voulez bien m'écrire leurs noms ? demandai-je. Ils habitent encore tous dans le coin ?

— L'une d'entre eux est décédée il y a quelques années, répondit Teresa. Je vous mettrai une croix à côté de son nom. Mais les autres sont toujours là… Excepté M. Priest, évidemment.

— Merci beaucoup pour votre aide. Je ne peux pas vous dire comment ni pourquoi, mais tout ceci pourrait s'avérer crucial pour élucider le meurtre de Godfrey.

— Voilà qui est très intrigant, répondit Teresa.

Elle termina d'écrire sur une feuille qu'elle me tendit.

— J'imagine qu'il serait utile de savoir qui est l'individu caché en arrière-plan. Après réflexion, il me semble que deux ou trois autres personnes se joignaient occasionnellement au groupe. Mais ce sont ces six-là qui en constituaient le noyau. Ils se sont retrouvés pendant quatre ou cinq ans d'affilée, je dirais.

— Je connais plutôt bien l'une de ces personnes, dis-je. Et je suis collègue avec une autre.

— Ah oui, Rick travaille à la bibliothèque de l'université, releva Teresa. Un homme gentil, calme, qui lit beaucoup. J'espère qu'il n'est pas impliqué dans cette histoire.

— Moi aussi. Comme vous, je pense que c'est quelqu'un de bien. Mais je sais aussi que l'une de ces personnes pourrait bien être le coupable que recherche l'agente Berry.

— Une idée pour le moins perturbante, commenta Teresa, les sourcils froncés. J'espère qu'elle parviendra à l'identifier rapidement. Je risque de me sentir nerveuse si l'un d'eux se rend dans nos locaux d'ici là.

— Ne vous inquiétez pas. Personne n'aura la moindre raison de soupçonner une quelconque implication de votre part.

— En dehors de l'assistance que j'aurai apportée à l'enquête officielle, vous voulez dire ? Et à la non officielle, ajouta-t-elle avec un sourire espiègle.

— Oui..., répondis-je en espérant ne pas rougir. Encore merci pour votre aide, mais je pense qu'il est temps pour Diesel et moi de rentrer.

Me voyant me lever, Teresa sortit de derrière son bureau pour me serrer la main.

— On se voit vendredi prochain, bien sûr.

— C'est toujours un plaisir pour nous, assura Teresa en nous raccompagnant. L'aide que nous apporte l'équipe de bénévoles est énorme, et nous vous sommes vraiment reconnaissants de ce que vous faites.

Elle se pencha pour caresser la tête du maine coon.

— Et envers toi aussi, mon grand.

Diesel lui répondit par un ronron, et je souris en l'emmenant vers l'extérieur.

Nous sortîmes quelques minutes plus tard seulement, le temps que tous ceux que nous croisions s'extasient devant lui. Et il adorait ça, le bougre.

De retour à la voiture, je relus la liste de noms pendant que Diesel s'installait derrière moi, sur la banquette des passagers.

Autant commencer par Julia.

La voir sur cette photo m'avait fait un sacré choc. Ses liens avec l'affaire ne cessaient de se renforcer. J'avais beau être convaincu qu'elle n'avait rien à voir avec le meurtre de Godfrey, je savais que son appartenance au groupe d'apprentis écrivains pousserait Kanesha à s'intéresser à elle d'encore plus près.

Rick me semblait constituer un suspect plus solide. Pour commencer, c'était le demi-frère de Godfrey. Et en tant que responsable logistique de la bibliothèque, il avait facilement accès à mon bureau et aux archives. Personne n'aurait rien trouvé à redire en le voyant du côté de la salle de stockage le soir où l'intrus s'était introduit dans le bâtiment et avait manipulé les cartons.

J'espérais que, quelle que soit son identité, le coupable n'avait pas détruit les contrats. Si Kanesha pouvait les retrouver en sa possession, cela constituerait un lien important avec le meurtre.

Il devait de toute façon exister d'autres exemplaires de ces contrats. L'agente de Godfrey devait en avoir une copie. Et elle serait présente à la cérémonie commémorative le lendemain. D'ici là, elle aurait déjà discuté avec Kanesha et je pourrais peut-être lui poser quelques questions sans soulever d'objections.

Je profitai du court trajet du retour pour réfléchir à ce que j'allais lui demander. Comment entamer la conversation ? Que dire qui puisse désamorcer suffisamment ses réticences pour qu'elle veuille bien me parler ?

Une question majeure me vint immédiatement, et il faudrait faire très attention à la manière de la poser : son agente savait-elle que Godfrey n'écrivait pas lui-même ses livres ? Kanesha l'interrogerait sans doute sur ce sujet – et beaucoup d'autres – dès ce soir. Je ferais au mieux et verrais bien où cela me mènerait.

La voiture de Julia était garée devant la maison. Diesel et moi trouvâmes mon amie dans la cuisine. Je la saluai tout en libérant le félin de son harnais, qui alla lui dire bonjour avant de trotter en direction de sa litière.

— Je suis venue chercher Justin, me dit-elle. Il vient dîner avec nous et passera sans doute la nuit sur place.

Le jeune homme passait chaque vendredi soir chez ses parents, ce qui signifiait que j'avais la maison pour moi tout seul une soirée par semaine. Au moins jusqu'au printemps, en tout cas, quand mon autre pensionnaire reviendrait de son semestre à l'étranger.

— Comment va Ezra ? m'enquis-je. Je te sers quelque chose en attendant ?

J'allai moi-même jusqu'au réfrigérateur pour me servir un soda light.

— Non, merci. Justin va descendre d'une minute à l'autre. Ezra va bien, il est heureux d'être rentré de l'hôpital, naturellement.

— Tant mieux, dis-je avant d'ouvrir la canette et de boire une gorgée.

Je revins jusqu'à la table et m'assis.

— Je suis tombé sur quelque chose d'intéressant dont j'aimerais te parler, si tu as un instant.

Julia fronça les sourcils.

— J'ai bien peur que ce ne soit pas possible, là, maintenant. Il faut vraiment que je retourne auprès d'Ezra. Et que Justin s'active un peu.

— Je comprends. Fais-moi signe dès que tu auras un moment. C'est important.

— D'accord. Peut-être quand je ramènerai Justin, mais ça dépendra de l'état d'Ezra.

— Bien sûr.

Je devrais m'en contenter, car Julia n'était de toute évidence pas d'humeur à discuter.

Soudain l'étudiant dévala bruyamment l'escalier, son sac à dos sur l'épaule, des mèches de cheveux dans les yeux.

— Je suis prêt, maman !

Puis, lorsqu'il m'aperçut :

— Bonsoir, monsieur Charlie.

— Bonsoir, Justin. Ta compagnie me manquera au dîner ce soir.

Ce qui m'obligea à constater que c'était effectivement le cas. Je m'étais habitué à manger accompagné. En dehors de Diesel, je veux dire.

— Merci, dit-il en rosissant.

Il se baissa pour caresser mon chat, qui avait refait son apparition à l'instant où il avait entendu Justin.

Julia se leva.

— On ferait mieux d'y aller. On se revoit demain matin, Charlie.

— Le plus tôt sera le mieux, dis-je.

Elle me lança un regard interrogateur mais ne s'attarda pas. J'espérais qu'elle aurait le temps de me parler le lendemain. Pour l'heure, cela dit, je devrais faire taire mon impatience.

Diesel les accompagna dans l'entrée, et j'entendis Julia lui dire au revoir avant de refermer la porte. Il revint dans la cuisine alors que j'étais occupé à chercher ce qu'Azalea avait laissé pour le dîner.

Il y avait un rôti dans le four, accompagné de pommes de terre en robe des champs et d'une casserole de haricots verts sur la cuisinière. Je soupirai de contentement ; les rôtis d'Azalea étaient tendres et savoureux. J'avais hâte d'attaquer mon repas.

En montant me déshabiller, j'envisageai un instant d'appeler Rick avant d'écarter rapidement l'idée. Je ne voyais aucun prétexte valide pour lui téléphoner ainsi par surprise, d'autant qu'il était sans doute rentré chez lui à présent. Et puis j'avais conscience qu'un tel appel risquait de me compromettre encore un peu plus aux yeux de Kanesha.

Je mettais de côté ma discussion avec Teresa Farmer et l'échange à venir avec Julia. À ce sujet, j'estimais possible que l'agente Berry aille lui parler avant moi. Le lendemain, mon amie me ramènerait Justin avant l'heure du déjeuner ou le début d'après-midi. Si Kanesha allait trouver Teresa suffisamment tôt le matin, elle enchaînerait probablement avec Julia.

Mon fils m'appela alors que je m'apprêtais à descendre dîner. Au lieu de quoi je m'assis sur le lit et discutais avec lui pendant près d'une heure. Un appel particulièrement long pour Sean, dans la mesure où nos conversations duraient rarement plus de dix minutes. Ce soir-là, je sentis qu'il avait besoin de parler, et pas question pour moi de le presser.

Il avait appris la mort de Godfrey, et je lui révélai mon implication involontaire dans l'affaire. Sean, diplômé depuis deux ans, travaillait pour un prestigieux cabinet de Houston, spécialisé dans le droit civil. Il ne cacha pas son inquiétude pour moi, mais je lui assurai que tout se passerait bien.

S'il poursuivit sur des sujets légers, je perçus toutefois dans sa voix un stress sous-jacent. Je finis par lui demander franchement ce qui n'allait pas. Il soupira.

— Je ne sais pas trop, papa. Plusieurs choses. Le boulot, pour commencer. Ce n'est pas vraiment ce que j'imaginais et je fais des horaires de dingue. Je passe mon temps à bosser.

— Je sais que c'est dur. Ce genre de cabinet fait trimer les jeunes avocats durant leurs premières années.

Je ressentais chez lui une forme de soulagement à avoir enfin abordé le sujet de fond.

— Ouais, ça fait partie du problème. Ça va me prendre des années pour évoluer, et je ne suis pas sûr d'être taillé pour ça.

Une déclaration qui avait de quoi m'inquiéter, sachant que Sean avait décidé de devenir avocat à l'âge de douze ans, après la lecture de *Ne tirez pas sur l'oiseau moqueur*.

— Tu as toujours voulu être Atticus Finch, lui rappelai-je.

— C'est vrai, répondit-il. J'étais sacrément naïf, hein ?

— Idéaliste. Ce n'est pas la même chose.

— Franchement, c'est difficile de t'accrocher à tes belles idées quand tu travailles sur des affaires à plusieurs millions de dollars et que tu représentes d'énormes boîtes qui essaient d'échapper à la loi par tous les moyens imaginables.

— Qu'est-ce que tu comptes faire ? demandai-je.

Sean resta silencieux quelques instants.

— Je ne sais pas encore. Je réfléchis encore. Je me disais que j'aimerais bien passer deux semaines avec toi à Noël, si ça ne te dérange pas. Tu penses que Laura viendra aussi ?

— Elle ne m'a rien dit pour l'instant, mais j'espère que oui. Et je tiens à ce que tu saches que tu peux venir quand tu veux et rester aussi longtemps qu'il te plaira. Il y a largement la place, ici.

Je n'osais pas me montrer trop expansif, Sean se hérissant vite face au sentimentalisme paternel. Il avait toujours été plus proche de sa mère.

— Merci, papa, dit-il avec un soulagement audible. Je te dirai quand je pourrai venir.

— Super. J'ai hâte de te voir.

Je ne l'avais pas revu depuis deux ans, lors de sa remise de diplôme. Il avait toujours été trop occupé pour me rendre visite et avait découragé chacune de mes tentatives de voyage à Houston.

La conversation se poursuivit pendant quelques minutes avant que je raccroche, songeur. Sean était en difficulté, et je tenais à l'aider. Je devrais néanmoins attendre la période des fêtes. Je tâchai de ne pas trop m'attarder sur la possibilité qu'il puisse quitter définitivement Houston pour revenir à Athena ; je ne voulais pas prendre le risque d'être déçu. Il pourrait très bien changer d'avis d'ici décembre, y compris quant à l'idée de venir pour Noël.

La nourriture fut en tout point aussi délicieuse qu'attendue, mais une fois le repas terminé, je me pris à regretter d'avoir succombé à une troisième portion de rôti. Un début de mal de ventre venait me punir. Je mis cela sur le compte de mon inquiétude pour Sean ; j'avais toujours eu tendance à forcer sur la nourriture quand j'étais contrarié.

Mon sommeil aussi fut agité. Mon dîner trop copieux et le souci que je me faisais pour mon fils en étant la cause.

Le lendemain matin, alors que je me levais à peine reposé, Diesel sauta au bas du lit, aussi guilleret qu'à son habitude. Ces fois-là, il me rappelait l'un de mes colocataires à la fac qui se levait invariablement heureux, le sourire aux lèvres. Au point que j'avais parfois eu envie de lui mettre un bon coup de massue sur la tête avant de planquer son corps dans le placard.

Diesel ne risquait rien, cela dit. Il était bien trop rapide pour moi.

Je passais le plus souvent mes matinées du samedi à traîner après avoir lu le journal et pris mon petit déjeuner. Il m'arrivait parfois de travailler dans le jardin. Deux des parterres de fleurs derrière la maison avaient d'ailleurs besoin d'attention. Je n'étais pas le jardinier le plus enthousiaste du monde mais je savais que me consacrer à une activité utile et à l'air libre me ferait du bien.

Et puis Diesel adorait explorer cette partie du jardin, ce vaste espace constellé de multiples recoins où un félin entreprenant trouvait toujours mille occasions de jouer. Tandis que je retirai les mauvaises herbes, Diesel ne cessa d'aller et venir pour m'encourager entre deux bagarres acharnées avec les feuilles mortes.

Aux alentours de midi, je décidai de faire une pause déjeuner. Je n'avais aucune nouvelle de Julia et son fils, et j'espérais qu'ils ne tarderaient pas. J'avais hâte d'aborder le sujet qui me taraudait.

Alors que je me lavais les mains dans la cuisine, j'entendis s'ouvrir la porte d'entrée. Justin avait une clé, donc je supposai qu'il s'agissait de lui. Diesel fila vers l'escalier, certainement pour accompagner l'étudiant.

— Bonjour, lança Julia en s'immobilisant sur le seuil. Tu es en plein jardinage, on dirait.

Baissant les yeux, j'avisai les traces de terre sur mon vieux pantalon en toile.

— Je nettoyais les parterres de fleurs pendant que Diesel arpentait la jungle et affrontait de redoutables feuilles mortes.

L'image fit rire Julia.

— Entre, assieds-toi. Tu veux boire quelque chose ?

— Ça ira, dit-elle en s'asseyant. On sort juste de table. Justin était pressé de rentrer, il a un devoir à rendre pour lundi.

Je remplis un verre au robinet puis m'attablai à mon tour.

— Comment ça se passe ? demandai-je.

— Ça va, répondit Julia. Même si on a eu droit à la visite de l'agente Berry ce matin.

— Je vois. J'ai une petite idée de ce dont vous avez pu parler.

— Comment pourrais-tu le savoir ? s'étonna mon amie. Elle se confie à toi ?

— Pas vraiment, répondis-je sur un ton sarcastique. Mais j'ai réussi à découvrir quelques trucs qu'elle ignorait.

— À propos d'un groupe d'écrivains amateurs auquel j'ai appartenu par le passé, avança-t-elle d'un ton sec.

Elle paraissait irritée. Par moi ou par Kanesha ? Je n'aurais pas su le dire.

— C'est ça, répondis-je.

— Pourquoi tant d'intérêt pour un truc qui remonte à vingt ans ? demanda-t-elle, les sourcils froncés. Je ne vois pas le rapport entre ma participation à cette communauté pendant un ou deux ans et son enquête.

Elle se tut un moment, les yeux dans le vague.

— Même si c'est effectivement le moment où j'ai eu une liaison avec Godfrey – Dieu me pardonne –, et où je suis tombée enceinte de Justin.

— Je ne peux pas vraiment te dire pourquoi Kanesha est intéressée, ni pourquoi je le suis aussi. Mais ça me semble important. Je ne savais pas que tu t'intéressais à l'écriture.

Julia haussa les épaules.

— J'ai essayé différentes choses à l'époque. J'espérais découvrir ce dont j'étais capable en dehors de mon rôle de femme de pasteur. J'avais toujours eu de bonnes notes en cours, donc j'ai supposé – à tort, en réalité – que j'avais du potentiel en tant qu'écrivaine.

Elle éclata soudain d'un rire teinté d'amertume.

— Je me voyais déjà devenir la nouvelle Phyllis Whitney ou Victoria Holt. Sauf que non seulement les romances historiques n'étaient plus publiées à l'époque – à moins de s'appeler Whitney ou Holt –, mais surtout je n'étais pas très douée pour en écrire. Godfrey se comportait souvent comme un salaud mais il aura au moins su me convaincre d'arrêter de perdre mon temps.

— Ça ne t'intéressait pas, le thriller ?

Sa façon de parler de son écriture paraissait sincère, mais je devais m'assurer qu'elle n'était pas X et qu'elle n'essayait pas de m'embobiner.

— Mon Dieu, non !

Elle rit de nouveau, mais cette fois, elle semblait amusée.

— Je n'en lis quasiment pas. Et je n'ai jamais eu la moindre envie d'en écrire, tu peux me croire.

— Bien, dis-je. Et les autres membres du groupe ? Certains projetaient de se lancer dans le thriller ?

— Pas que je sache, répondit Julia.

Elle réfléchit quelques instants.

— Rick rédigeait un livre sur le Vietnam. À mon avis, c'était avant tout une démarche cathartique. Les deux autres femmes du groupe imaginaient des histoires romantiques et l'un des gars planchait sur un western. Le professeur d'histoire – je crois bien que Justin a cours avec lui ce semestre – écrivait un récit absolument imbuvable sur un druide qui ne pensait qu'au sexe dans la Grande-Bretagne d'autrefois.

— Ça fait six personnes, comptai-je. Il y avait d'autres membres dans le groupe ?

— De temps à autre. Trois personnes nous ont rejoints durant une courte période, si je me souviens bien. Mais ça n'a pas duré.

Je pensais à l'individu que l'on devinait derrière Julia sur la photo.

— Tu te souviens de qui il s'agissait ? Quelqu'un qui aurait pu faire partie du groupe à l'époque où Godfrey est venu vous parler il y a vingt ans ?

— C'est ce que Kanesha Berry voulait savoir, dit Julia en penchant la tête sur le côté.

— Ah. Et que lui as-tu répondu ?

Julia me dévisagea pendant quelques secondes.

— Qu'effectivement un étrange petit homme est venu à quelques reprises mais sans jamais nous montrer ce qu'il écrivait. Il a cessé de venir peu de temps après l'allocution de Godfrey.

— C'était qui ? demandai-je.

J'avais le sentiment que Julia faisait délibérément durer le plaisir.

— L'un de nos anciens condisciples du lycée, figure-toi.

Elle se tut pendant un instant, et je crus que j'allais de nouveau devoir la pousser à parler. Mais elle reprit d'elle-même la parole :

— C'était Willie Clark. Qui a toujours été un peu excentrique, comme tu le sais.

29

— Willie.

Bien sûr.

Willie que j'avais vu le jour de la mort de Godfrey en train de griffonner d'un air concentré dans la salle de repos.

À cet instant, une autre pièce du puzzle trouva sa place dans mon esprit. La misogynie qui transpirait des romans… Qui avait la réputation d'être misogyne ? Willie. Je me remémorai la conversation que j'avais entendue à la bibliothèque Hawksworth. Willie n'aimait pas les femmes, alors que Godfrey si.

J'allais peut-être un peu vite en besogne, mais à mes yeux, la conclusion était claire : Willie était le fameux X qui avait écrit les livres. Et qui avait une très bonne raison de vouloir tuer Godfrey.

— Charlie ?

La voix de Julia me ramena sur terre.

— Qu'est-ce qu'il y a ? demanda-t-elle. Pourquoi est-ce que tu réagis ainsi à la mention de Willie ?

Je m'efforçai de retrouver mon calme. Je ne voulais rien laisser paraître devant Julia, pas avant d'avoir pu m'entretenir avec Kanesha.

— Je ne peux pas vraiment en parler. Mais savoir que Willie a fait partie de votre groupe, même brièvement, vient éclairer certaines zones d'ombre.

Julia me scruta longuement, comme si elle essayait de lire dans mes pensées.

— C'est trop bizarre, lâcha-t-elle finalement.

— Quoi donc ?

— Willie, reprit-elle. Maintenant que j'y pense, je pourrais jurer l'avoir vu au *Farrington House* mardi.

— Vraiment ?

Mieux que tout : un témoin qui l'avait vu près de la scène du crime !

Elle hocha la tête.

— Il me semble bien que c'était lui. Tu sais comment c'est quand tu es pressé et que tu repères quelqu'un du coin de l'œil. Je ne crois pas avoir vraiment saisi sur l'instant de qui il s'agissait.

Elle s'interrompit, puis ferma les yeux, comme pour essayer de se remémorer les événements.

— Au moment de partir, j'ai vu une silhouette dans la porte à tambour, quelqu'un qui entrait dans l'hôtel alors que j'en sortais. Mais je devais me dépêcher d'aller à la banque, puis de retourner à l'hôpital, donc je ne me suis pas arrêtée sur le moment.

— Et c'était Willie ?

De quoi confirmer la présence à la fois de Willie et de Jordan dans l'hôtel. Je savais que Jordan avait vu Godfrey. Les exemplaires datés et signés de son nouveau livre le prouvaient.

— Oui, plus j'y repense et plus j'en suis certaine, m'assura Julia.

Si Willie était le tueur, il avait vu Godfrey après Jordan. D'après elle, elle n'avait passé qu'un bref moment avec Godfrey. Après quoi serait arrivé Willie, animé par de lourds griefs quant à la façon dont l'écrivain l'avait traité. Peut-être voulait-il réclamer plus d'argent que ce qui était prévu dans leur accord passé, ou bien était-il simplement lassé de son anonymat, en quête de reconnaissance.

Quelles que soient les motivations de Willie, l'attitude de Godfrey avait pu le plonger dans telle colère qu'il avait vu rouge et avait frappé l'auteur.

Oui, le scénario se tenait.

— Durant ta conversation avec Kanesha ce matin, tu as mentionné que Willie avait un temps été membre de votre groupe ?

— Oui, confirma Julia. Elle avait une photo avec elle. Un rapport annuel de la bibliothèque, en fait. J'avais carrément oublié ce cliché. Je me suis souvenu que Willie était présent ce jour-là mais qu'il s'était caché derrière moi. J'avais trouvé ça bizarre, à l'époque, mais tu sais comment il était : toujours à filer d'un endroit à l'autre en essayant de ne pas se faire remarquer.

— Pour que l'équipe de football américain ne s'en prenne pas à lui, si je me souviens bien.

Les années de lycée de Willie avaient dû être très pénibles.

— Et Godfrey était l'un des pires ados, ajoutai-je.

C'était particulièrement ironique, si j'avais raison de penser que Willie était bien X.

— Comme tu dis, soupira Julia. Il pouvait se comporter en vrai salaud.

— Il faudra que tu dises à Kanesha que tu as vu Willie à l'hôtel le jour du meurtre.

— Bien sûr. Dès que j'en aurai l'occasion.

Mon amie consulta sa montre.

— Je ferais mieux d'aller dire à Justin de se dépêcher.

— Vous allez quelque part cet après-midi ?

Elle acquiesça.

— À la cérémonie en l'honneur de Godfrey. J'ai promis à Justin de l'accompagner. Tu n'avais visiblement pas prévu d'en être, ajouta-t-elle en désignant ma tenue du geste.

Ça m'était complètement sorti de l'esprit ! Je regardai l'heure : il était 12 h 32. En me dépêchant un peu, je pourrais faire une toilette rapide, m'habiller et être prêt à temps. De justesse.

— Je n'arrive pas à croire que j'avais oublié, dis-je en me levant. Si tu veux bien m'excuser, je monte vite me préparer. Je vous retrouve là-bas, Justin et toi.

Tant pis pour le déjeuner.

Je me souvenais toutefois avoir lu qu'un repas serait servi après la cérémonie.

— D'accord. On te gardera une place, si possible. Je m'attends à ce qu'il y ait beaucoup de monde, surtout des curieux.

— Sans doute. À tout à l'heure.

Remontant l'escalier quatre à quatre, je croisai le jeune homme sur le palier du premier étage. Il portait un costume noir, son teint était pâle mais il paraissait calme.

— Bonjour, monsieur Charlie. Vous venez à la cérémonie ? me demanda-t-il avec un regard dubitatif lancé à ma tenue.

— Bien sûr, j'ai juste pris un peu de retard, assurai-je. Je vous retrouve sur place. Diesel était avec toi ?

— Oui, oui, dit Justin en s'arrêtant sur les marches. Mais il a disparu quand j'étais sous la douche.

Il hésita, comme sur le point d'ajouter quelque chose, puis se détourna et reprit sa descente.

Diesel faisait un somme sur mon lit, la tête posée sur l'un des oreillers. À mon arrivée, il ouvrit un œil, m'observa un instant, puis le referma. Je vis sa queue s'agiter deux ou trois fois pendant que je me déshabillais, puis il parut s'endormir profondément.

C'est mieux comme ça.

Je ne pouvais pas l'emmener à ce genre d'événement. J'espérais qu'il resterait endormi le temps que je me prépare.

Je me lavais rapidement puis, tout en m'essuyant avec ma serviette, je revins sur ma décision, me souvenant de l'hésitation de Justin avant de descendre l'escalier. Le moment s'annonçait difficile pour le garçon, et il avait probablement voulu me demander de prendre le maine coon avec moi. Tous les deux avaient noué des liens particuliers, et Justin avait besoin de soutien.

Diesel n'avait qu'à venir, après tout. Pour le bien de son ami humain.

J'enfilai rapidement l'un de mes costumes de couleur sombre. Mon chat se réveilla quand je m'assis sur le lit pour faire mes lacets.

— Viens, mon brave. On y va.

Des mots qui lui étaient familiers. Il sauta du lit et fila comme l'éclair jusqu'à la porte.

Je jetai un coup d'œil à ma montre en descendant l'escalier derrière Diesel, qui ouvrait la marche. Il était 12 h 52. J'y arriverais, mais de justesse.

Je mis son harnais à Diesel en un temps record, puis direction la sortie. J'estimai qu'il serait tout aussi rapide de marcher que de prendre la voiture et d'essayer de trouver un emplacement pour se garer.

Nous nous mîmes en route d'un pas rapide. Le carillon du campus résonna alors que nous arrivions à la chapelle située après la bibliothèque.

Les forces de sécurité du campus étaient bien visibles, de même que l'équipe du bureau du shérif et les policiers municipaux. Je repérai les trois types d'uniformes au milieu de la foule de reporters et de photographes installés sur la pelouse. J'aurais dû deviner que la cérémonie en l'honneur de Godfrey attirerait les médias. Pour autant que je le sache, cela dit, ils n'avaient pas connaissance de mon rôle dans l'affaire. Ce pour quoi je pouvais remercier Kanesha.

Diesel et moi n'étions pas les uniques retardataires, même si j'étais le seul invité accompagné d'un chat. Sa présence déclencha quelques froncements de sourcils mais je m'en moquais. Justin comptait plus pour moi que l'opinion de ces gens.

Deux ou trois journalistes tentèrent d'attirer mon attention, sans doute à cause de Diesel. J'entendis cliqueter les appareils photo sur les derniers mètres menant à la porte de la chapelle. Le micro à la main, flanquée d'un cameraman, une journaliste tenta de contourner le cordon mis en place par la police, mais un agent de sécurité s'interposa et la força à reprendre sa place. J'entrai tout en espérant pouvoir de nouveau éviter les reporters après la cérémonie.

Je m'arrêtai à l'entrée du sanctuaire et tentai de repérer Julia et Justin au sein de l'assemblée. Malgré une capacité d'accueil de plus de trois cents personnes, il ne restait que de très rares sièges libres.

Je vis Melba et Peter assis à l'avant. Willie était présent, lui aussi, au dernier rang sur ma gauche. Jordan n'était pas loin de lui, à deux rangées devant. Kanesha s'était postée contre le mur du fond, sur ma droite. Elle était vêtue d'une jupe et d'une veste noire en lieu et place de son uniforme habituel. Elle me vit et me salua d'un hochement de tête.

Je balayai de nouveau la foule du regard et finis par trouver mon amie et son fils assis sur l'un des bancs à droite, à mi-chemin entre l'entrée et l'autel. Il restait un espace libre à côté de Justin, aussi guidai-je Diesel dans cette direction. Je murmurai plusieurs « excusez-moi » tandis que nous nous frayions un chemin. Une femme siffla un « eh ben ça ! », et un homme qui m'était vaguement familier lui fit signe de se taire.

— C'est le chat dont je t'ai parlé, l'entendis-je lui souffler à voix basse.

Je lui décochai un sourire puis rejoignis la place repérée et m'assis. Diesel vint se placer entre les jambes de Justin, les yeux levés vers lui.

— Merci, me chuchota le garçon.

Il se pencha pour caresser la tête du félin. J'espérais que Diesel ne ronronnerait pas trop bruyamment, au risque d'agacer les gens autour de nous.

Julia baissa les yeux et secoua la tête tout en souriant. Elle avait passé un bras autour des épaules de son fils.

L'organiste se mit à jouer ; la cérémonie avait commencé.

La chorale entonna deux hymnes, puis le chapelain évoqua brièvement les réussites de Godfrey avant de déplorer qu'une vie ait été ainsi écourtée par la violence. Le président de l'université prit également la parole en évoquant la générosité de l'écrivain envers l'établissement au fil des années. Toutes les sommes données par Godfrey l'avaient été sous condition d'anonymat, ce qui me surprit. Lui qui semblait toujours vouloir être le centre de l'attention… Il remontait dans mon estime.

Le président nous présenta l'agente de Godfrey, une blonde menue du nom d'Andrea Ferris, qui prononça quelques mots concernant l'accablement des millions de fans à travers le globe. Elle-même ne semblait toutefois pas vraiment peinée. Peut-être faisait-elle simplement bonne figure après tout.

Le président revint au micro pour inviter les personnes présentes à se rendre dans la salle de réunion attenante. Puis ce fut terminé. La cérémonie avait été brève, Dieu merci, mais cela ne m'avait pas empêché de capter la tension grandissante chez Julia et Justin à côté de moi. Personne n'avait fait mention du fils de Godfrey récemment découvert, pour le plus grand soulagement, sans doute, de mon amie et du garçon. Attirer l'attention sur eux à ce moment aurait été des plus pénibles, encore plus avec les médias en embuscade au-dehors.

Je restai assis auprès d'eux et de Diesel tandis que les bancs se vidaient lentement. Julia ne faisait pas mine de se lever. Avait-elle prévu de rentrer directement chez elle, sans se rendre à la réception ?

— Vous partez maintenant ? demandai-je une fois que nous fûmes seuls.

— Non, répondit Julia. On va au moins faire acte de présence au cocktail. Et je voudrais parler à l'agente de Godfrey.

— Moi aussi, dis-je avec un bref sourire. On y va ?

Je me levai et quittai le banc en guidant Diesel au bout de sa laisse. Justin et Julia traversèrent le sanctuaire avec moi jusqu'à la salle située derrière.

Tous ceux qui avaient assisté à la cérémonie n'étaient pas nécessairement restés. N'était présente qu'une centaine de personnes, ce qui m'arrangeait. J'avais tendance à me sentir un peu claustrophobe quand beaucoup de gens s'agglutinaient dans un espace réduit, et cette salle n'était pas conçue pour accueillir autant de monde que la chapelle.

N'ayant pas eu le temps de déjeuner, je fis la queue au buffet derrière Julia et Justin. De là où j'étais, j'apercevais une partie de la nourriture disponible. Principalement de petits amuse-bouches. Ce n'était pas idéal, mais ça ferait l'affaire ; un repas à base de fromage, de biscuits apéritifs et de fruits me conviendrait. J'aperçus aussi des œufs mimosas, en-cas typique de ce genre d'occasions, du moins dans le Mississippi. Il faudrait par contre que je garde un œil sur Diesel, au cas où il lui prendrait l'envie d'aller renifler les mets. Une fois dressé sur ses pattes arrière, il était suffisamment grand pour piquer des denrées sur la table.

Une fois nos assiettes remplies, j'accompagnai Julia et Justin jusqu'à un espace libre près du mur.

Les voyant grignoter lentement, je dus me restreindre pour ne pas dévorer mes propres amuse-bouches. J'étais plus affamé que je ne l'avais cru.

Kanesha s'approcha alors que je faisais un sort à ma dernière bouchée au fromage.

— Bonjour.

Elle parlait à voix basse, l'air circonspecte.

Je lui rendis son salut, imité par Julia et Justin. Diesel la gratifia d'un ronron qui la fit baisser brièvement les yeux. J'aurais presque pu jurer l'avoir vue esquisser un sourire, mais lorsqu'elle releva la tête, son expression était d'une impassibilité toute professionnelle.

— Julia a quelque chose à vous dire, annonçai-je tout de go, à la limite de la grossièreté.

À présent que la résolution de l'affaire était proche, je voulais que les choses bougent. Une fois Willie – alias X – en état d'arrestation, nous pourrions tous reprendre notre souffle. Car ce dernier avait à ce stade le mobile le plus évident, et le témoignage de Julia le plaçait directement sur le lieu du crime.

Kanesha se tourna vers mon amie avec un air interrogateur. Cette dernière fronça légèrement les sourcils.

— Je ne suis pas sûre que ce soit le meilleur endroit, dit-elle.

Justin nous surprit en interrompant la conversation :

— Monsieur Charlie, ça vous embête si j'emmène Diesel se promener ?

Le désarroi se lisait sur ses traits, et je me demandai si c'était trop pour lui.

Je lui tendis la laisse.

— D'accord, mais restez dans la chapelle. Je ne crois pas que sortir soit une bonne idée dans l'immédiat.

— Compris. Viens, Diesel.

Je regardai le garçon et le chat s'éloigner au milieu de la foule. Pauvre gamin. Il lui était arrivé tellement de choses en si peu de temps, pas étonnant qu'il cherche à s'isoler dans un endroit tranquille.

— Vous avez quelque chose à me dire ? demanda Kanesha d'un ton ferme à Julia.

— J'imagine que oui, répondit celle-ci en coulant un regard dans ma direction. Durant une discussion avec Charlie, je me suis souvenu d'un fait ayant eu lieu quand je suis allée voir Godfrey au *Farrington House*.

Kanesha bascula d'un pied sur l'autre.

— De quoi s'agissait-il ?

— C'est en parlant du groupe d'écriture que ça m'est revenu, précisa mon amie. Je me suis rappelé que, en quittant l'hôtel ce jour-là, j'ai vu quelqu'un entrer par la porte à tambour alors que je sortais.

Elle marqua une pause.

— C'était Willie Clark. Et Charlie semble penser que c'est une information importante.

— C'est-à-dire ?

Kanesha ne semblait pas particulièrement intéressée par la révélation de Julia, qui aurait aussi bien pu parler de la pluie et du beau temps.

Je pensais néanmoins pouvoir éveiller son intérêt. Je repris la parole :

— Willie, à savoir X, affirmai-je.

30

Kanesha me lança un regard lourd de sens accompagné d'un imperceptible mouvement de tête en direction de Julia.

— X ? Qu'est-ce que ça veut dire ? s'enquit mon amie en se tournant vers moi, perplexe. Tu es en train de dire que Willie a assassiné Godfrey ?

Elle avait heureusement parlé à voix basse, sans quoi les gens autour l'auraient entendue.

— Ce n'est pas un sujet dont je peux discuter avec vous, madame Wardlaw. Ne répétez cette conversation à personne.

Julia hocha la tête.

— Comptez sur moi.

Kanesha m'en voulait clairement d'avoir parlé devant Julia. Elle me prit par le bras pour m'emmener à l'écart.

— Je dois m'entretenir en privé avec M. Harris, annonça-t-elle.

Je la suivis sans protester. J'aurais dû garder mon sang-froid et attendre de pouvoir lui parler seul à seule, mais il m'arrivait de m'emballer parfois. Cela me rappela une expression que ma grand-mère employait quand j'agissais ainsi étant enfant : « Sa tête sait qu'il ne faut pas mais ses jambes ne veulent rien entendre. »

En d'autres termes, j'oubliais parfois toute prudence, quitte à mettre les pieds dans le plat.

Kanesha me mena dans la chapelle. Je repérai Justin et Diesel du côté du chœur, à l'écart des rares personnes qui conversaient et mangeaient, assises sur les bancs. Kanesha trouva un coin à trois bons mètres de distance de quiconque et désigna le banc d'un doigt impérieux.

Je m'assis. Elle s'installa à côté de moi, la main droite crispée si fort sur le dossier du banc devant le nôtre que ses articulations blanchissaient.

— Vous ne pouvez pas laisser échapper des informations de cette façon !

Je me sentais bête.

— Je sais, admis-je. Excusez-moi. Mais maintenant que j'ai identifié le coupable, je veux que l'affaire se termine.

Kanesha ferma les yeux pendant quelques secondes. Priait-elle pour avoir ce qu'il fallait de patience ? Sa prise sur le dossier ne faiblit pas.

— Donc vous savez qui a tué Godfrey Priest ? Vous pensez que c'est Willie Clark.

— Oui, affirmai-je, désireux de rattraper ma gaffe. Une fois que j'ai su qu'il faisait partie du club d'apprentis écrivains, et sachant ce que nous savons sur le fait que quelqu'un d'autre rédigeait les livres de Godfrey, tout m'est apparu clairement.

— Comment cela ?

Kanesha lâcha le banc pour croiser les bras sur sa poitrine.

— Le regard porté sur les femmes dans les romans. Est-ce que vous avez déjà lu un de ces romans ?

— Quelques-uns, oui, répondit Kanesha. Je m'amuse à repérer toutes les erreurs liées aux méthodes policières.

Elle secoua la tête.

— Les thrillers de Godfrey n'étaient pas très bons en la matière. Mais je vois ce que vous voulez dire au sujet des femmes. Il ne les aimait pas.

— Et ça ne lui ressemble pas. D'après ce que tout le monde dit, Godfrey appréciait vraiment les femmes. Il n'était simplement pas capable d'entretenir une relation sur la durée avec une seule d'entre elles. C'est Willie le misogyne. Vous devriez l'entendre s'adresser aux employées ou aux étudiantes. Un vrai goujat !

— D'accord. Il est misogyne. Il me faudra néanmoins plus de preuves que ça. Et quand bien même Willie a écrit ces livres, j'ai besoin d'un élément le reliant directement au meurtre.

— D'après Julia, il était à l'hôtel ce jour-là. Il s'y est forcément rendu pour parler à Godfrey.

Je me sentais un peu découragé par le manque d'enthousiasme de mon interlocutrice. J'aurais imaginé qu'elle verrait la situation aussi clairement que moi. Mais elle était membre des forces de l'ordre, et moi bibliothécaire. C'était son métier, pas le mien.

— Je me renseignerai à son sujet, annonça-t-elle. Mais à moins qu'il n'admette s'être rendu sur place, j'aurai besoin de plus qu'un aperçu de lui dans la porte à tambour pour faire avancer l'enquête.

— Bien sûr. Des preuves physiques sont indispensables pour que l'accusation soit solide.

J'avais lu suffisamment de romans policiers pour le savoir.

— Vous avez toutefois le mobile et le moment où Willie a pu passer à l'acte.

— Il existe d'autres suspects ayant eux aussi un mobile et un potentiel passage à l'acte, rétorqua Kanesha avec une logique implacable.

— D'accord, c'est vous qui gagnez, lançai-je.

Je pensais avoir trouvé la réponse, mais elle refusait de l'accepter comme telle. Et si je m'étais trompé ? L'idée me mettait mal à l'aise.

Kanesha savait sûrement des choses que j'ignorais, si par exemple son enquête avait permis de collecter des indices sur la scène de crime. Je ne savais même pas à quoi ressemblait l'arme.

— Votre action m'a aidée. Un peu. J'ai découvert certaines choses plus vite à la suite de vos interventions.

Elle semblait l'admettre à contrecœur, mais je n'étais pas assez naïf pour m'attendre à un authentique témoignage de gratitude.

Je hochai simplement la tête.

— Cependant votre rôle s'arrête là. Ne vous en mêlez plus et laissez-moi terminer l'enquête.

Je perçus l'éclat dans son regard.

— Vous savez qui est le coupable, c'est ça ?

Kanesha me dévisagea un moment.

— Oui. Mais j'ai encore quelques vérifications supplémentaires à faire, et je ne veux plus vous trouver en travers de mon chemin.

— D'accord. Promis.

— Bien.

Kanesha se leva et s'éloigna en direction de la salle de réunion.

Je restai assis à réfléchir à notre conversation. L'agente Berry connaissait l'identité du meurtrier. Était-ce grâce à ce que Julia et moi lui avions dit à propos de Willie ? Ou bien le savait-elle déjà avant ?

Peut-être cela voulait-il dire que Willie n'était pas le tueur.

Ne pas savoir allait me mettre les nerfs en pelote. Kanesha n'avait-elle pas fait exprès de me dire cela ? Si c'était le cas, sans doute était-ce une vengeance appropriée pour tout l'agacement que je lui avais causé.

Il était temps de retourner à la réception. Je devrais néanmoins faire attention à ce que je disais et à qui. J'avais déjà poussé le bouchon trop loin.

Je m'arrêtai sur le seuil de la salle et cherchai Julia du regard. Après quelques secondes, je la repérai dans un coin sur ma droite, en compagnie de quelqu'un que je ne distinguais pas. En me rapprochant, je reconnus l'agente de Godfrey, Andrea Ferris.

J'avisais à leur côté l'un des bavards impénitents du campus : Pemberton Galsworthy, un professeur d'anglais plutôt âgé. Beaucoup de gens pensaient qu'il s'était lui-même attribué un nom aussi pompeux. En l'occurrence, il lui allait comme un gant. Galsworthy était un moulin à paroles plein de suffisance, toujours prêt à partager la moindre de ses opinions à quiconque se trouvait à portée de voix.

Je faillis faire demi-tour, conscient que si je me joignais au petit groupe je me retrouverais coincé pendant une bonne heure. Galsworthy ne faisait jamais la conversation, il se mettait en scène à travers d'interminables soliloques.

Julia m'avait remarqué, et je ne pouvais pas ignorer son regard suppliant. Elle s'imaginait sans doute que je pourrais faire quelque chose pour arrêter le déluge de paroles. Nous avions tous les deux subis les cours de littérature de Galsworthy au lycée, et elle le connaissait aussi bien que moi.

Je m'avançais pour me poster à côté d'elle.

Galsworthy me remarqua – ce qui en soi représentait déjà un exploit – et s'interrompit le temps de reconnaître ma présence, les yeux braqués sur moi.

— Harris, c'est ça ? Bibliothécaire, non ?

Sans attendre ma réponse, il reprit sa péroraison, son attention désormais portée sur l'agente de Godfrey.

— La littérature contemporaine a de toute évidence été abâtardie jusqu'à la banalité absolue, affirma-t-il. Du mercantilisme crasse, naturellement. L'édition était autrefois une profession de gentlemen – des gens cultivés, sophistiqués, savants –, qui sélectionnaient les œuvres selon leurs mérites littéraires et leur capacité à éclairer ou transformer le lecteur. Et non parce qu'elles se vendraient par millions en répondant aux attentes du plus petit dénominateur commun, si tristement basique de nos jours qu'on en vient à craindre pour la survie intellectuelle de l'espèce.

Il poursuivit dans cette veine mais je cessai de l'écouter tout en maintenant une expression d'intérêt fasciné. Un talent que j'avais développé pendant son cours et n'avais heureusement pas tout à fait oublié.

Je coulai un regard vers Andrea, élégamment vêtue d'un tailleur noir et de talons hauts qui lui permettaient d'atteindre le mètre soixante. Elle affichait ce regard vitreux propre à quiconque se retrouvait en présence de Galsworthy pendant plus de dix secondes.

Julia attira mon attention d'un discret coup de coude. Les sourcils froncés, elle me désigna Galsworthy d'un mouvement du menton. Je savais ce qu'elle voulait mais, à moins de lui plaquer une main sur la bouche et de l'enfermer dans un placard, je n'avais aucune idée de comment le faire taire. Nous aurions simplement pu lui tourner le dos et nous éloigner, mais des générations de grands-mères attachées à la légendaire politesse du Sud se seraient retournées dans leurs tombes. Telle était la malédiction de ceux qui avaient été éduqués dans le respect des bonnes manières et de leurs aînés, aussi insupportables soient-ils.

Je dressai l'oreille à la mention de Godfrey.

— ... un triste exemple d'un jeune homme doté d'un esprit capable – notez que je dis bien *capable*, je ne parle pas ici d'excellence –, mais oui, un jeune homme à l'esprit capable qui aurait pu accomplir plus que cette production éphémère qu'il a choisie de créer. Sans oublier le navrant portrait qu'il brossait des femmes dans son œuvre. Il ne fait guère de doute qu'un psychiatre aurait pu aider le pauvre garçon à régler son évident sentiment de détestation envers le sexe faible. Même si je suis convaincu que ses lectrices ne soupçonnaient guère l'opinion qu'il avait d'elles.

J'échangeai un regard amusé avec Julia. Contre toute attente, Galsworthy avait lu certains des romans du défunt. Même si l'on se demandait pourquoi il avait permis que son intellect soit souillé par des lectures d'une qualité aussi douteuse pour l'avancée de l'humanité.

Galsworthy poursuivit dans cette veine, et je vis qu'Andrea était prête à exploser. Elle l'interrompit au milieu d'une phrase :

— Je serai ravie de partager vos observations sur l'édition contemporaine auprès de mes collègues de New York, dit-elle sur un ton d'une affabilité trompeuse. Je n'ai guère de doute sur le fait qu'ils y répondront immédiatement en envoyant au pilon toutes leurs publications bas du front pour se mettre à imprimer – en énorme quantité, bien entendu – des œuvres qui ne manqueront pas d'éclairer et de transformer les lecteurs. Cela va révolutionner le monde de l'édition à travers le globe et votre nom, professeur, sera sur toutes les lèvres !

D'abord choqué d'avoir été interrompu, Galsworthy parut ensuite enchanté de voir ses opinions si bien reçues. Mais au fur et à mesure qu'elle parlait, le ton d'Andrea se fit plus mordant, si bien que même Galsworthy ne put que reconnaître le sarcasme.

— Bonne journée à vous, jeune fille, lui lança-t-il avec un regard noir, outré au point de n'inclure ni Julia, ni moi dans ses adieux.

— Mais quel snobinard prétentieux ! s'indigna Andrea. Si on m'avait donné un dollar pour chaque individu de ce genre croisé dans ma carrière, j'aurais de quoi prendre ma retraite.

Elle se tourna vers moi et me tendit la main.

— Andrea Ferris, l'agente de feu Godfrey Priest.

— Charlie Harris. Archiviste à l'université. Comme Mme Wardlaw, j'étais au lycée avec Godfrey il y a bien, bien longtemps.

Andrea hocha la tête, le regard rivé sur Julia.

— Vous êtes la mère de son fils, c'est bien ça ?

Prise de court, mon amie hocha la tête.

— J'avais demandé à Godfrey de garder ça pour lui pendant un temps, mais visiblement il ne l'a pas fait.

— Oh, Godfrey me racontait tout, déclara Andrea. C'était mon plus gros client, en fait.

Godfrey lui avait-il vraiment tout dit ? Savait-elle qu'il avait un prête-plume ?

— Ça ne m'étonne pas, dis-je. Il engrangeait des millions.

— C'est certain. Je n'ai pas à me plaindre à ce sujet, répondit Andrea avec un sourire satisfait.

Elle pencha la tête sur le côté comme si une idée lui venait brusquement.

— Mais vous savez quoi ? Ce vieux bavard n'avait pas tort sur un point.

— C'est-à-dire ? demandai-je, même si je savais à quoi elle faisait référence.

— La question du traitement des femmes dans les romans de Godfrey, répondit Andrea. Ça m'a toujours troublée, car il les aimait. Aucun doute là-dessus. Je n'ai jamais compris pourquoi ses romans étaient si critiques envers la gent féminine.

— Vous lui aviez posé la question ? s'enquit Julia que le sujet semblait également intriguer.

— Oui, au début, expliqua Andrea. Je n'étais pas son agente sur ses premiers livres. Je l'ai pris sous mon aile en voyant la qualité de *Loin du compte*, son premier best-seller.

Elle eut un froncement de sourcils.

— Plus tard je suis allée lire l'un de ses précédents textes. Le ton était très différent.

— Qu'a-t-il répondu quand vous lui en avez parlé ? demandai-je pour la faire revenir au sujet de départ.

— Il s'est contenté de hausser les épaules en me disant que l'ouvrage était sorti ainsi. D'après lui, la plupart des polars étaient dans cette veine-là, donc pourquoi les siens seraient-ils différents ?

— Et ça vous a paru logique ?

Julia n'avait pas l'air très convaincue.

— Pas plus que beaucoup d'autres choses dans ce métier, répondit Andrea. Mais, honnêtement, il nous a fait gagner tellement d'argent que ça m'était plutôt égal.

Je décidai de risquer une question :

— Vous avez déjà imaginé que quelqu'un d'autre ait pu écrire ces livres ? Vu que le ton était si opposé, je veux dire ?

Andrea éclata de rire.

— Ne soyez pas ridicule. Qui d'autre aurait pu les rédiger ? Godfrey a changé de style, c'est tout. Il voulait percer, gagner beaucoup, et c'est ce qu'il a fait.

Elle paraissait sincère. Je compris que Godfrey avait gardé le secret sur son prête-plume, y compris auprès d'elle. La vérité allait lui faire un choc.

Julia me dévisagea avec curiosité ; elle savait que je n'aurais pas posé une telle question sans raison.

Avant que nous puissions répondre à la dernière remarque d'Andrea, celle-ci reprit la parole :

— Il est venu finalement, dit-elle en faisant signe à quelqu'un.

Julia et moi tournâmes la tête.

— Qui ça ? demandai-je.

— Le grand type en costume qui parle à la remplaçante du shérif, là-bas. Vous le voyez ?

— Oui, répondîmes Julia et moi à l'unisson.

À quelques mètres de là, Kanesha était plongée dans une discussion avec un homme distingué d'une soixantaine d'années.

— Qui est-ce ? s'enquit Julia.

— Miles Burton. L'avocat de Godfrey.

Elle gratifia Julia d'un grand sourire.

— Et si Godfrey a pu modifier son testament comme il l'avait prévu, votre fils va devenir très riche, madame Wardlaw.

31

Cette déclaration faite, Andrea prit congé en indiquant qu'elle voulait parler à Burton.

— On ne peut pas dire qu'elle soit très discrète, commentai-je pendant qu'elle s'éloignait.

— Non, répondit Julia, mais j'étais déjà au courant. Godfrey m'avait prévenue qu'il avait modifié son testament pour y inclure Justin et le reconnaître comme étant son fils.

Son sourire me donna l'impression d'exprimer une triste satisfaction.

— Et il est mort avant de pouvoir l'amender de nouveau, ajouta-t-elle.

— Pourquoi l'aurait-il changé de nouveau ?

Julia parut mal à l'aise.

— Eh bien, Justin s'était querellé avec lui, et tu sais à quel point Godfrey pouvait se montrer contrariant quand les choses n'allaient pas dans son sens.

Je n'étais pas très convaincu. Un désaccord le jour de sa première rencontre avec son fils ne signifiait pas pour autant qu'il le déshériterait. À mes yeux, Godfrey s'était montré trop enthousiaste à l'idée d'avoir un fils pour agir de manière aussi vindicative après une unique entrevue.

Je gardais cependant mes doutes pour moi. Julia observa Andrea s'entretenir avec Kanesha et Burton, une expression d'intérêt intense sur le visage. Je me demandai pourquoi elle ne les rejoignait pas pour se présenter à l'avocat.

Kanesha lui évita cette peine en lui faisant signe d'approcher, et je décidai de faire comme si l'invitation s'adressait aussi à moi. Julia avait besoin de soutien, d'autant plus qu'Ezra n'était pas là.

Kanesha m'adressa un froncement de sourcils tout en présentant Julia à Burton.

— Je suis navré de vous rencontrer dans des circonstances aussi tragiques, débuta celui-ci d'une voix de baryton. Où est votre fils ? Il était présent à la cérémonie ?

— Oui, indiqua mon amie. Il est quelque part, pas loin.

— La dernière fois que je l'ai vu, il se trouvait dans la chapelle, du côté du chœur, indiquai-je en me présentant. Vous voulez lui parler ?

— Effectivement, confirma Burton avec un sourire grave. J'ai certains sujets à aborder avec lui, ainsi qu'avec Mme Wardlaw.

— Je vais le chercher, dis-je.

Burton me remercia d'un hochement de tête.

Comme je m'éloignai, Julia lui demanda depuis quand il était l'avocat de Godfrey. Je n'entendis pas la réponse.

Une fois dans le sanctuaire, je me dirigeai vers le chœur. Aucune trace de Justin ni de Diesel. Je fis le tour des lieux, mais ils n'y étaient pas. Le garçon était peut-être allé aux toilettes.

J'empruntai le couloir situé à l'opposé de la salle de réunion et jetai un coup d'œil aux W-C pour hommes. L'endroit était silencieux, et je n'aperçus ni jambes ni pattes dans les box. Justin et Diesel étaient-ils rentrés à la maison ?

Si oui, avaient-ils pu échapper aux médias au-dehors ? J'eus une vision de Justin coincé sur les marches, à l'entrée de la chapelle, bombardé de questions par les journalistes. Mais, à moins de connaître son identité, ces derniers ne lui auraient sans doute posé que des questions bêtes. Comme pourquoi il était accompagné d'un chat.

Sur une intuition, je me rendis dans le fond de la chapelle. Un autre couloir longeait l'arrière du bâtiment jusqu'à la porte de derrière. Je l'ouvris et jetai un regard à l'extérieur : pas de reporters en vue.

Je sortis sur le perron et scrutai les alentours : rien. Justin et Diesel avaient facilement pu s'en aller sans attirer l'attention. En faisant un petit détour, il était facile de retourner à la maison sans croiser quiconque en chemin.

Je repartis vers la salle de réunion pour informer Burton et les autres. Tandis que je m'approchai, j'entendis les propos d'Andrea Ferris :

— ... dommage que le roman qui sort à l'automne soit le dernier. Dieu merci, Godfrey l'avait terminé avant de venir. C'est le meilleur qu'il ait jamais écrit, et je vous garantis qu'il se vendra encore mieux que les deux précédents, assura-t-elle avec un gloussement.

— C'est tragique, soupira Julia.

Elle se tourna pour me regarder. Je répondis à la question qui se lisait dans ses yeux :

— Aucun signe de Justin ou de Diesel. Je pense qu'ils sont sortis par-derrière et rentrés.

— Diesel ? Qui est-ce ? s'enquit Burton, l'air perplexe.

— Mon chat. Justin y est très attaché, et je l'ai amené à la cérémonie pour qu'il lui tienne compagnie. Toute cette histoire l'a bouleversé.

— Naturellement, commenta Burton, même s'il me dévisageait avec l'air de douter. J'aimerais pouvoir parler à ce jeune homme aujourd'hui, si possible. Mon avion décolle de Memphis demain matin à la première heure. Je suis attendu au tribunal de Los Angeles mardi.

— Je peux l'amener jusqu'à votre hôtel, proposa Julia.

— Ou vous pouvez nous accompagner jusque chez moi dès maintenant, dis-je avec un sourire. Il y aura sans doute des journalistes en embuscade devant l'hôtel, mais vous les éviterez si l'on sort par-derrière pour aller à mon domicile.

— Excellente idée, approuva Burton. Si cela vous convient, madame Wardlaw. Et à vous aussi, agente Berry, dit-il en se tournant vers elles.

— Très bien, confirma Julia.

— Ça me va, assura Kanesha. Je ne suis pas pressée de faire une déclaration aux médias et je dois entendre ce qu'a à dire M. Burton.

— Dans ce cas..., commença ce dernier.

Il tira un petit calepin de la poche de sa veste, l'ouvrit et tourna plusieurs pages.

— Si cela ne dérange pas M. Harris, j'aimerais requérir la présence de quelques personnes supplémentaires. Autant m'adresser en une seule fois à tous les ayants droit de Godfrey.

— Pas de problème. Vous pourrez vous installer dans mon séjour.

Kanesha fronça les sourcils. Cela allait-il nuire au plan qu'elle avait imaginé pour arrêter le meurtrier ? J'eus l'impression qu'elle réfléchissait à toute vitesse. Quelques instants plus tard, son froncement de sourcils avait disparu.

— Je n'y vois pas d'inconvénient, dit-elle enfin. À qui d'autre comptiez-vous parler ?

Burton consulta sa liste.

— Richard Tackett et William Clark. Et un représentant de l'université, si possible.

Je vis Julia se raidir à côté de moi. Qu'est-ce qui la troublait ? J'étais étonné d'entendre le nom de Willie, et elle aussi sans doute. Mais peut-être était-ce plutôt le demi-frère de Godfrey qui l'inquiétait. Après tout, elle était sortie un moment avec Rick avant de vivre avec Godfrey la liaison qui avait donné naissance à Justin. Et elle savait pertinemment – contrairement à moi jusqu'à il y a peu – qu'ils étaient de la même famille.

— Je travaille à l'université, me proposai-je. Et je suis archiviste. Godfrey s'est adressé à moi il y a quelques jours pour nous faire don de ses textes. Par ailleurs, j'ai vu le président s'en aller il y a quelques minutes.

— Votre personne devrait suffire dans l'immédiat, assura Burton. L'acte officiel pourra être adressé par la suite au président et aux administrateurs de l'établissement.

Balayant les lieux du regard, j'aperçus Rick et le désignai à l'avocat. Burton alla immédiatement lui parler.

— Tu vois Willie quelque part ? demandai-je à Julia. Je vais faire le tour de la salle. Il est assez petit pour qu'on n'arrive pas à le repérer au milieu de l'assemblée.

— Je vais t'aider.

Julia partit dans un sens, je pris la direction opposée. Andrea s'entretenait toujours avec Kanesha.

Je tombai sur Willie derrière un petit attroupement, occupé à tyranniser un professeur d'histoire au sujet de ses étudiants et de leur ignorance en matière de bonnes pratiques à la bibliothèque. Un refrain que j'avais déjà entendu à de nombreuses reprises.

Au moment où j'interrompis Willie, le professeur me gratifia d'un regard plein de reconnaissance avant de s'éclipser en vitesse.

— Qu'est-ce que tu me veux, toi ? grommela Willie avec son tact habituel.

— L'avocat de Godfrey Priest est ici et il voudrait te parler.

Willie parut d'abord décontenancé, puis un sourire se dessina sur son faciès disgracieux.

— Il y aura peut-être enfin une justice, dit-il en s'avançant.

— Qu'est-ce que tu veux dire ? demandai-je, même si j'étais certain de connaître la réponse.

— Tu le sauras bientôt, répondit Willie. Où il est, cet avocat ?

— Là-bas.

Burton était revenu auprès des trois femmes, accompagné de Rick.

— Je vous présente William Clark, lui dis-je en les rejoignant.

Willie lui tendit la main.

— Ça fait rudement plaisir de vous rencontrer.

— Moi de même, répondit Burton avec une poignée de main. Vous connaissez tous M. Tackett, j'imagine. Peut-être pouvons-nous nous rendre chez M. Harris à présent ?

— Suivez-moi, dis-je.

Je proposai mon bras à Julia, qui s'en saisit d'une main tremblante. Coulant un regard vers elle, je fus surpris de voir qu'elle avait pâli. Était-elle excitée ou nerveuse ? Je n'aurais pas su le dire. C'était peut-être en lien avec Rick. J'avais constaté qu'il l'observait avec insistance quand Willie et moi avions rejoint le groupe.

Je nous fis emprunter un trajet un peu plus sinueux qu'à l'aller, mais même avec ce détour, nous fûmes chez moi en moins de dix minutes. J'ouvris la porte et fis entrer tout le monde dans le séjour.

Burton posa son attaché-case sur la table basse tandis que chacun se trouvait un siège. Je proposai des rafraîchissements que tous déclinèrent.

— Je vais voir comment va Justin, annonçai-je. Il doit être à l'étage avec Diesel.

Il a intérêt à y être, songeai-je en montant les marches.

Je ne voyais pas où il aurait pu se réfugier si ce n'était là.

Comme je m'y attendais, Diesel et lui étaient dans sa chambre. Justin était allongé sur son lit, toujours en costume. Étendu à côté de lui, le maine coon ronronnait sous les caresses du garçon.

— Tout va bien ? m'enquis-je.

— Ça va.

Pas très convaincant. Il avait l'air triste, et c'était on ne peut plus compréhensible. J'aurais tellement voulu que tout cela lui soit épargné ! Les prochains mois – voire les prochaines années – seraient difficiles pour lui. Se voir arracher son père biologique de manière aussi cruelle alors qu'ils venaient à peine de se rencontrer… C'était tragique.

— L'avocat de Godfrey est en bas, avec ta mère et quelques personnes, expliquai-je. Il a à nous parler au sujet du testament de Godfrey.

— Je m'en fiche de son testament, répondit Justin. Les gens ne peuvent pas me laisser un peu tranquille ?

Il se détourna et blottit son visage contre son oreiller. Je m'assis au bord du lit.

— Je suis désolé que tu doives traverser toutes ces épreuves, mon garçon. Mais il faut vraiment que tu descendes pour entendre ce que l'avocat a à dire. Tout indique que Godfrey t'a inclus dans son testament et, par respect pour lui, tu devrais écouter ce qu'il a décidé.

Justin demeura allongé sans réagir. J'attendis un moment jusqu'à ce qu'il se redresse en position assise. Il avait pleuré.

— Va te passer un peu d'eau sur le visage, proposai-je d'une voix douce. Puis on ira ensemble.

Il acquiesça et se leva. Diesel s'étira et s'approcha de moi, je le chatouillai derrière les oreilles. Mon intuition me soufflait qu'il allait passer beaucoup de temps avec Justin dans un avenir proche. J'espérais qu'il apporterait au jeune homme le réconfort dont il avait besoin.

Au retour de Justin, nous descendîmes les marches dans le sillage du félin.

Toutes les têtes se tournèrent à notre entrée dans le séjour. Burton s'avança, la main tendue. Il se présenta et serra celle de Justin. Je perçus l'empathie qu'il avait pour lui.

Burton guida l'étudiant jusqu'au sofa, à côté de Julia et près du fauteuil que lui-même occupait. Diesel grimpa sur les genoux de Justin.

Andrea, qui occupait la troisième place du sofa, l'observa d'un air fasciné. Rick et Willie avaient rapproché des chaises pour former un demi-cercle.

Kanesha se tenait à quelques pas de là, les bras croisés. J'allai chercher une autre chaise que je lui proposai, mais elle fit non de la tête.

Je m'en servis pour m'asseoir à mon tour, derrière Rick, avec une vue dégagée sur Julia, son fils et l'avocat.

Burton tenait un épais document entre ses mains.

— Je regrette profondément l'occasion qui nous réunit tous ici. Godfrey Priest a été mon client pendant de nombreuses années, et j'aurais aimé qu'il demeure avec nous pour encore très longtemps.

Il baissa les yeux vers les papiers entre ses doigts.

— Mais il est maintenant de mon devoir de partager avec ses ayants droit les termes de son testament. Testament que Godfrey avait récemment modifié en apprenant qu'il avait un fils.

» Une information qui le remplissait d'enthousiasme, et je ressens une profonde tristesse à l'idée qu'il n'ait pu partager que si peu de temps avec ce jeune homme. Je sais à quel point Godfrey se réjouissait de faire sa connaissance.

Il sourit à Justin, qui baissa la tête. Diesel frotta sa joue contre celle du garçon.

— Je vais vous épargner les points accessoires, propres à ce type de testaments. Ayez simplement conscience que, dans le cas d'un patrimoine aussi vaste, il faut tenir compte de nombreux détails. Mais à ce stade, ceux-ci ne sont pas importants pour vous.

» Il y a un certain nombre de legs relativement modestes sur lesquels je reviendrai dans quelques minutes. L'élément important est que Godfrey a stipulé que ces legs soient payés en premier, et que le reste de son patrimoine soit réparti de la façon suivante :

» À mon fils biologique, Justin Henry Wardlaw, je lègue les deux tiers de ma fortune.

» À mon demi-frère, Richard Horace Tackett junior, je lègue le tiers restant de ma fortune.

Burton marqua une pause, comme pour jauger de l'impact de ses propos. Devant moi, je vis s'affaisser les épaules et la tête de Rick, et je crus l'entendre marmonner une prière de remerciements.

Julia avait une lueur triomphale dans le regard et un grand sourire sur les lèvres. Justin dévisageait l'avocat comme s'il avait du mal à comprendre.

— De quels montants s'agit-il, concrètement ? demanda Julia avec, dans la voix, une note de cupidité qui me surprit.

Burton la regarda avec ce que j'interprétais comme une moue désapprobatrice.

— Une estimation prudente de la part revenant à votre fils, madame Wardlaw, tournerait autour de soixante-dix millions de dollars.

Justin en resta bouche bée, et même Julia parut frappée de stupeur. Elle n'avait de toute évidence pas mesuré l'ampleur de la fortune de Godfrey.

Burton se tourna vers Rick.

— Ce qui signifie que la part de M. Tackett se monte à approximativement trente-cinq millions.

— J'arrive pas à y croire, s'étonna ce dernier sans cesser de secouer la tête. Après toutes ces années à ne jamais se préoccuper de moi, pourquoi maintenant ?

— Godfrey ne m'a pas donné d'explications, déclara Burton.

— C'était sûrement sa manière de demander pardon, analysa Andrea. Il était comme ça. Il pensait toujours que l'argent pouvait tout excuser.

— Et moi ? demanda Willie en faisant sursauter tout le monde. Qu'est-ce qu'il a dit à mon sujet ?

Burton consulta le testament, les sourcils froncés.

— À mon ami du lycée, William Ebenezer Clark, j'offre la somme d'un million de dollars et mes remerciements pour son amitié au fil des années.

Je m'attendais à une éruption de colère et je ne fus pas déçu.

— C'est tout ? C'est tout ce qu'il avait à dire ? s'emporta Willie.

Il bondit hors de son siège pour tenter d'arracher le testament des mains de Burton.

Kanesha s'interposa entre eux.

— Asseyez-vous, monsieur Clark. Tout de suite !

Willie battit en retraite, pourtant toujours furieux. Son teint cramoisi donnait l'impression qu'il était sur le point d'avoir une attaque.

— Foutu arnaqueur, j'arrive pas à croire qu'il m'ait fait ça. Même mort, il arrive à me baiser !

— Qu'est-ce que vous racontez ? lui lança Andrea en même temps qu'un regard noir. Il ne me semble pas que recevoir un million de dollars soit un motif de dépression, si ?

— Pauvre conne ! rétorqua Willie. C'est moi qui ai écrit ces foutus bouquins, pas Godfrey.

32

Un silence de mort s'abattit brusquement. Andrea se releva d'un bond, scandalisée.

— Mais vous êtes complètement dérangé, espèce de pauvre type !

Je crus un instant qu'elle allait monter sur la table basse pour sauter sur Willie.

— J'étais l'agente de Godfrey et je sais très bien qu'il écrivait lui-même ses romans.

— Ça montre bien à quel point vous êtes à côté de la plaque ! répliqua Willie, visiblement peu impressionné. J'ai la preuve que c'est moi qui ai écrit les bouquins. Godfrey m'avait toujours dit que vous étiez au courant, mais j'imagine qu'il ne vous faisait pas assez confiance pour vous dire la vérité.

— Quel genre de preuve ? demanda Andrea, désormais moins sûre d'elle. Vous avez intérêt à étayer vos propos.

— Pour commencer, je peux vous fournir le manuscrit du livre qui doit sortir en septembre, lança Willie sur un ton satisfait. Comment je pourrais en avoir un exemplaire si ce n'était pas moi qui l'avais écrit ?

— Godfrey aurait pu vous demander de le relire, répondit Andrea. L'intrigue se passe dans le Mississippi, il vous aura peut-être demandé de vérifier certains détails pour lui.

J'avais tenté d'attirer l'attention de Kanesha durant cet échange, mais elle prenait bien soin de ne pas regarder dans ma direction, concentrée qu'elle était sur la dispute entre Andrea et Willie.

Celui-ci se mit à rire.

— Vous pourrez argumenter autant que vous voudrez. Ça ne changera pas les faits. J'ai écrit ces livres, j'en ai la preuve. J'ai un contrat signé de la main de Godfrey.

— Un contrat que vous pouvez présenter ? demanda Burton, les sourcils froncés. Ayez conscience qu'il s'agit d'une très sérieuse allégation. Je ne suis pas certains du lien que cela aurait, car Godfrey a transféré ses droits à son fils.

Willie poussa un cri de rage et fit un pas en direction de l'avocat. Kanesha, qui se tenait toujours entre eux, leva une main devant le visage de Willie.

— Calmez-vous. Immédiatement. Sans quoi je vous fais escorter hors d'ici. Compris ?

Le ton et la posture autoritaires de Kanesha firent reculer Willie. Il se rassit et je sentis la tension se relâcher dans la pièce.

— Ce contrat existe et je suis en mesure de vous le présenter, assura-t-il. On en reparlera plus tard, comptez là-dessus.

Kanesha vint se placer à côté de l'avocat, mais son attention demeurait fixée sur Willie.

Le silence retomba pendant quelques instants, assez pour que j'entende une voiture s'arrêter devant la maison. Je me levai pour regarder par la fenêtre. Les rideaux étaient ouverts mais je dus écarter les voilages pour mieux voir.

Deux véhicules du bureau du shérif s'étaient arrêtés. Je tournai la tête vers Kanesha. Son regard planté dans le mien, elle inclina très légèrement la tête. Je retournai m'asseoir, mes neurones tournant à plein régime : elle allait arrêter quelqu'un à mon domicile. Mon cœur se mit à battre plus fort. Je n'étais pas certain que l'idée me plaise.

Burton reprit la lecture du contenu du testament :

— Il y a un legs de cinq millions de dollars à l'université d'Athena, dont deux cent cinquante mille destinés au traitement et à la préservation des textes dont il a fait don à l'établissement.

Burton se tourna vers moi.

— Je ne doute pas que notre président et les administrateurs seront ravis, dis-je.

Godfrey avait de toute évidence tout organisé avant de me consulter aux archives. Il n'était venu que pour me parler de Justin, ce que je pouvais comprendre.

— Des legs sont également mis en place au profit de quelques œuvres caritatives, ajouta Burton. C'est terminé.

Julia s'était penchée en avant et posait sur Burton un regard de rapace.

— Quand mon fils pourra-il concrètement recevoir son legs ?

— Le testament devra d'abord être authentifié, naturellement, répondit Burton. Ce à quoi s'ajoute l'enquête, et il ne pourra pas se passer grand-chose avant qu'elle soit conclue. Sans compter qu'il y a désormais une nouvelle problématique à prendre en compte : l'identité de l'auteur des romans publiés sous le nom de mon client. Je ne saurais dire, à ce stade, en quoi cela affectera la répartition du patrimoine de Godfrey.

— Quel rapport avec l'enquête ? demanda Rick. Je ne suis pas sûr de bien comprendre.

— Dans l'État du Mississippi, les meurtriers n'ont pas le droit de profiter de leur crime, annonça Kanesha. Si l'un des bénéficiaires cités dans le testament est déclaré coupable du meurtre de M. Priest, il ou elle n'héritera de rien.

— C'est vrai ? demanda Julia à Burton.

— Je suis certain que l'agente Berry connaît cette disposition particulière mieux que moi, répondit-il. Le crime ayant eu lieu ici, de toute évidence, cette loi s'applique.

Julia tourna son attention vers Willie. Je l'observais avec fascination, découvrant une facette de sa personnalité que je ne m'étais pas attendu à voir. Son comportement durant les dernières minutes écoulées la présentait sous un jour beaucoup plus cupide que je ne l'aurais imaginé.

Julia pointa un doigt accusateur vers Willie.

— Il me semble que tu avais un sacré mobile, dit-elle. D'autant que je sais que tu étais à l'hôtel, cet après-midi-là.

— Moi ? Tu débloques, Julia, répondit ce dernier d'une voix aiguë.

— Je t'ai vu, rétorqua-t-elle. Dans la porte à tambour, alors que je partais.

Elle se rencogna dans son siège, les bras croisés sur la poitrine, un sourire sinistre sur le visage.

L'éclat de rire de Willie nous surprit tous.

— J'y étais, c'est vrai. Je suis allé voir Godfrey pour lui parler du nouveau roman. Pas celui qui sort l'année prochaine, le suivant.

— Vous vous êtes disputés et tu lui as fendu le crâne ! rétorqua Julia avec un hochement de tête. J'imagine très bien comment ça s'est passé.

Je me tournai vers Kanesha pour qu'elle intervienne, mais elle n'y fit rien, se contentant d'observer la scène.

— Moi aussi, je t'ai vue, Julia, répliqua Willie sans paraître le moins du monde perturbé par son accusation. Mais tu racontes les choses dans le désordre. J'ai bien pris la porte à tambour en même temps que toi, sauf que c'était moi qui sortais, et toi qui rentrais. J'ai vu Godfrey vers 14 h 30, après l'avoir attendu pendant presque vingt minutes. Quand j'ai enfin pu lui parler, il était très contrarié et m'a dit qu'on en rediscuterait plus tard. Je ne pouvais de toute façon pas m'attarder, je devais retourner à mon poste au service de documentation à 15 heures. Un membre de l'équipe venait de déclarer un arrêt maladie, et il fallait que je le remplace.

— Le service de documentation ?

Julia avait pâli.

— Ouais, répondit Willie. À 15 heures, et un paquet de gens confirmeront ma présence à l'accueil jusqu'à 17 heures. Ensuite j'avais rendez-vous avec le responsable du département d'histoire et je suis resté avec lui jusqu'à presque 18 heures.

Willie semblait avoir un alibi solide. D'après ce que Julia m'avait dit, il était presque 15 heures quand elle avait quitté Godfrey. Une déclaration qui renforçait la crédibilité des propos de Willie.

Mais si elle avait menti sur l'heure à laquelle elle avait vu Willie, avait-elle menti sur autre chose ?

Kanesha rompit le silence qui était retombé sur l'assemblée :

— Je dois vous demander, madame Wardlaw, si vous souhaitez réviser ce que vous m'avez déclaré précédemment. M. Clark dit-il vrai ? L'avez-vous vu en *entrant* dans l'hôtel ?

— J'ai pu me tromper et voir Willie en arrivant, dit Julia. Mais lui a très bien pu revenir ensuite et tuer Godfrey.

— Certainement pas ! assura Willie. Une fois ma réunion terminée au département d'histoire, je suis allé prendre de quoi grignoter à la pâtisserie, puis je suis passé à la librairie pour assister à une lecture de poésie. Je n'ai pas eu le temps d'aller au *Farrington House* pour tuer qui que ce soit.

Tous les regards étaient désormais braqués sur Julia. Sauf celui de Justin. Il tenait Diesel contre lui, le visage blotti dans son pelage.

Kanesha se rapprocha un peu plus du sofa.

— Rafraîchissez-moi la mémoire, madame Wardlaw. Qu'avez-vous fait après votre départ de l'hôtel et votre entrevue avec M. Priest ?

Julia releva la tête, visiblement mal à l'aise.

— Je suis allée à la banque déposer un chèque que Godfrey m'avait donné. Puis à l'hôpital. Je suis arrivée au moment du changement d'équipe, un peu après 15 heures.

— Vous a-t-on donné un reçu pour ce dépôt de chèque, madame Wardlaw ?

Que se passait-il ? L'attitude de Kanesha commençait à donner l'impression qu'elle soupçonnait Julia du meurtre. Je sentis mes tripes se nouer.

— Je crois, oui, répondit Julia avec un haussement d'épaules. Ils vous en donnent toujours un, non ?

— Ils sont censés le faire, confirma Kanesha. Et ces reçus indiquent généralement l'heure du dépôt. Le saviez-vous, madame Wardlaw ?

J'avais le sentiment qu'un piège se refermait un peu plus sur Julia à chaque « madame Wardlaw ».

Julia dévisagea Kanesha sans répondre. Il était clair qu'elle n'avait pas réfléchi à la question de l'horaire imprimé sur son reçu bancaire.

— Je crois également savoir que la banque est ouverte jusqu'à 18 heures en semaine, dit Kanesha. Je peux évidemment vérifier auprès d'eux – et comptez sur moi pour le faire –, afin de déterminer à quelle heure vous avez effectué ce dépôt, madame Wardlaw. Je me suis déjà entretenue avec le personnel de l'hôpital pour confirmer vos déplacements sur place.

Quand Kanesha se tut, on n'entendit qu'un son de respiration laborieuse ; Julia avait peur, et sa crainte était presque palpable.

— Souhaitez-vous faire une nouvelle déclaration quant à l'horaire auquel vous avez déposé le chèque, madame Wardlaw ? Ce n'est qu'une question de temps avant que je sache la vérité.

Julia prit une profonde inspiration.

— Quelques minutes avant 18 heures, dit-elle.

Justin releva la tête pour regarder sa mère.

— Qu'est-ce qui se passe, maman ? Pourquoi tu as menti sur un truc aussi simple ?

— Je me suis un peu emmêlé les pinceaux, répondit-elle.

Même Justin ne la crut pas. La douleur que je lus dans ses yeux comme il dévisageait sa mère me fendit le cœur.

— M. Priest voulait emmener Justin avec lui en Californie, n'est-ce pas ? Vous avez craint de perdre votre fils, non ? Et vous refusiez qu'une telle chose arrive.

— Non, pas du tout. Godfrey n'aurait pas fait ça. Je lui avais parlé, et il m'avait promis de ne pas emmener Justin, en tout cas pas avant qu'il ait fini l'université.

Son ton avait quelque chose de désespéré, mais j'eus l'impression que plus personne ne la croyait.

— Je peux poser une question ? s'enquit Rick d'une voix basse et hésitante.

Kanesha parut surprise par cette interruption mais elle hocha la tête.

— Oui, monsieur Tackett, de quoi s'agit-il ?

— Quand est ton anniversaire, Justin ?

Rick observait le garçon, les mains posées sur les genoux. Je vis blanchir ses articulations sous l'effet de la crispation.

— Le 4 août, répondit le jeune homme après s'être raclé la gorge.

— Merci, dit Rick. Il n'est pas né prématuré, n'est-ce pas, Julia ?

Celle-ci avait les larmes aux yeux.

— Pas prématuré, non, dit-elle d'une voix à peine audible.

Rick hocha la tête. Sans quitter Justin du regard, il prit une profonde inspiration.

— Justin n'est pas le fils de Godfrey, dit-il. Mais le mien.

33

Je n'étais pas le seul dans la pièce à être stupéfait. Je coulai un regard vers Kanesha et faillis éclater de rire devant son expression. Si j'avais dû la décrire, j'aurais hésité entre « estomaquée » et « ébahie ». Elle se situait pile entre les deux.

Rick reprit la parole :

— Je suis vraiment désolé que tu doives l'apprendre de cette façon, fiston.

— Maman ? C'est vrai ? chevrota Justin, une main tremblante posée sur le bras de sa mère.

Julia ne répondit pas.

— Ça l'est forcément, assura Rick d'une voix assurée. Je m'en doutais depuis longtemps mais je préférais ne pas faire d'histoires. Julia m'avait largué pour Godfrey. Puis elle a décidé d'épouser Ezra. Elle avait clairement montré qu'elle ne voulait pas de moi, même si je l'avais demandée en mariage.

Il marqua un temps d'arrêt.

— Je n'avais pas compris avant aujourd'hui qu'elle prétendait que Godfrey était le père de son fils. Je ne pouvais pas laisser le mensonge perdurer plus longtemps.

— Comment pouvez-vous en être sûr ? demanda Kanesha.

Rick haussa les épaules.

— La dernière fois que Julia et moi nous sommes vus à l'époque...

Nous avions tous compris que « vus » était un euphémisme.

— ... c'était début décembre, reprit-il. Godfrey n'a débarqué en ville qu'à la mi-janvier.

Le calcul n'était pas difficile à faire. Si Rick disait vrai, Godfrey ne pouvait pas être le père de Justin.

— M. Priest était-il au courant de votre relation avec M. Tackett ? demanda Kanesha en reprenant l'offensive.

— Non, dit Julia. Il ne venait que par tranches de deux semaines de temps en temps, et j'ai fait en sorte qu'il n'en entende pas parler. Il n'a jamais su.

Je me devais d'intervenir, même si c'était désagréable :

— Il l'a appris mardi dernier, expliquai-je. Je le lui ai dit. C'est venu naturellement dans la conversation. Ma famille et moi étions sur place, cette année-là, et on avait vu Rick et Julia ensemble. Quand j'en ai parlé à Godfrey, il a eu l'air surpris.

Andrea se leva du sofa pour me rejoindre.

— Il a dit à Godfrey que le garçon était prématuré. La première fois que Godfrey m'a parlé de son fils, il m'a dit qu'il était reconnaissant que son garçon n'ait pas de problèmes de santé en étant né deux mois trop tôt.

— M. Priest vous a sommée de vous expliquer cet après-midi-là, madame Wardlaw. Il avait compris qu'il n'était peut-être pas le père de Justin. J'imagine qu'il était très en colère contre vous, déclara Kanesha en transperçant Julia du regard.

Celle-ci s'était mise à sangloter. Elle ne put que hocher la tête en guise de réponse.

Rick se leva et tendit la main à Justin par-dessus la table basse.

— Je pense que tu devrais venir avec moi, fiston.

Il échangea un coup d'œil avec Kanesha, qui acquiesça.

Justin, visiblement partagé, serrait toujours Diesel contre lui. Il porta d'abord les yeux sur Rick puis sur sa mère.

— Vas-y. S'il te plaît, dit celle-ci sans le regarder.

Justin hésita un instant puis l'embrassa sur la joue. Il écarta Diesel avec douceur pour se lever du sofa et contourner la table. Rick lui passa un bras sur les épaules. Tout le monde le suivit du regard tandis qu'il emmenait le garçon à l'écart. Diesel vint s'asseoir près de ma chaise.

— Monsieur Harris, vous voulez bien aller à la porte et faire un signe de la main à mes collègues garés devant chez vous ? Ils sauront ce que ça veut dire.

Kanesha s'approcha de Julia. Je quittai quant à moi ma chaise pour faire ce qu'elle m'avait demandé.

Alors que je me dirigeais vers l'entrée, Andrea, Willie et Burton se déplacèrent ensemble vers le coin opposé de la pièce.

J'ouvris la porte et fis un signe de la main. Quelques instants plus tard, les agents sortirent de leurs véhicules et remontèrent l'allée. Je me décalai pour les laisser entrer tout en gardant un œil sur mon chat, au cas où il lui aurait pris l'envie d'aller faire un tour dehors.

Au moment de refermer derrière les collègues de Kanesha, je le vis filer dans l'escalier. Je fus tenté de le suivre, tant je n'avais aucune envie d'assister à l'arrestation de mon amie. Ce qu'elle avait fait m'horrifiait, pourtant je détestais l'idée qu'elle se retrouve si seule à cet instant.

Je retournai dans le salon et m'assis à côté d'elle sur le sofa tandis que Kanesha l'arrêtait pour meurtre.

Le lundi matin suivant, alors que je m'apprêtai à partir pour la bibliothèque de l'université, Justin fit son entrée dans la cuisine. Julia étant en détention, le jeune homme était rentré chez Ezra le samedi matin. Je l'avais accompagné pour tenter d'expliquer ce qui s'était passé à un mari complètement dérouté.

La maladie d'Ezra pesait lourdement sur sa santé. Justin resta avec lui jusque dans la soirée, attendant l'arrivée de Rick. Il était trop désemparé pour prendre ses propres décisions ; je l'encourageai donc à suivre Rick. Il allait avoir besoin d'un père, et je percevais chez Rick une force tranquille qui l'aiderait.

Épauler Justin était également l'objectif de Julia, mais elle s'y était prise de la pire manière possible. Godfrey l'avait traitée de manière injuste, la poussant à choisir Ezra plutôt que retourner auprès de Rick. Une décision qu'elle avait sans aucun doute amèrement regrettée. Elle avait néanmoins paru déterminée à faire payer ses actes à Godfrey, et même après avoir compris que Justin n'était pas son enfant, celui-ci avait semble-t-il ressenti assez de culpabilité pour lui donner malgré tout de l'argent. Il avait dû s'imaginer pouvoir acheter sa tranquillité. Mais je soupçonnais que Julia en était arrivée à un tel point d'irrationalité qu'elle avait simplement agi sans se soucier des conséquences. Sans quoi elle n'aurait pas oublié le téléphone de Justin sur place ni laissé un banal horaire, inscrit sur un reçu bancaire, la trahir.

Tout cela était incroyablement tragique, et je ressentais une immense pitié envers Julia. Je pouvais cependant faire quelque chose pour elle en continuant à veiller de mon mieux sur son fils.

— Comment vas-tu ? demandai-je en dévisageant l'étudiant avec inquiétude.

Il semblait avoir très peu dormi durant les deux dernières nuits. Il haussa les épaules.

— Je ne sais pas trop. Tout est trop, trop bizarre.

Il s'accroupit pour étreindre Diesel, venu se frotter contre ses jambes.

— Comme tu dis, admis-je. Mais je veux que tu saches que si je peux faire quoi que ce soit pour te soutenir, je le ferai.

— Merci, répondit Justin en relevant les yeux vers moi.

Au-delà de la fatigue, j'eus le sentiment de distinguer sur ses traits les débuts d'une maturité nouvelle. Il se releva.

— À vrai dire, il y a un truc que vous pourriez faire pour moi, si vous voulez bien.

Il me dévisagea d'un regard tranquille.

— J'aimerais continuer à loger chez vous pour le moment, dit-il.

— Bien sûr, dis-je malgré la boule qui venait de se former dans ma gorge. Tu manquerais terriblement à Diesel si tu partais.

Justin me gratifia d'un début de sourire.

— Lui aussi me manquerait. Rick voudrait que j'emménage avec lui et mes frères et sœurs.

Il secoua la tête.

— Ça me paraît tellement dingue. J'ai des frères et sœurs, maintenant. « Demi », mais quand même.

— Tant mieux. C'est bien d'avoir une famille... Mais ça peut être un peu perturbant de devoir tous les découvrir en même temps. Il te faudra sans doute un peu de temps pour t'habituer à l'idée.

— C'est ça, confirma Justin. Merci, monsieur Charlie. Et merci à toi aussi, Diesel.

Il resta debout quelques instants, l'air incertain, et mon cœur se serra pour lui. Mais mon chat et moi ferions de notre mieux pour le protéger.

— Je crois que je vais monter faire une sieste dans ma chambre.

— Bonne idée, répondis-je en souriant. Et je parie que tu n'auras pas de mal à convaincre Diesel de t'accompagner.

— Viens, Diesel, on monte ! lança Justin en agitant les doigts à l'intention du félin.

Je m'assis à la table, sans plus penser au travail, tandis que les deux compagnons sortaient de la cuisine. En entendant le bruit sourd des pas de Justin dans l'escalier, je pris conscience de l'aspect réconfortant de ce son.

Durant les années qui avaient suivi le décès de ma femme, j'avais fait en sorte d'éviter le plus possible les contacts humains, en dehors du strict nécessaire. Mon fils et ma fille menant leurs propres vies, Diesel était mon unique compagnon.

Et cela m'avait suffi pendant un temps.

Mais le choc lié aux événements de la semaine écoulée avait fendu la muraille que j'avais plus ou moins consciemment dressée autour de moi.

L'espace d'un instant, je crus voir à la fois Jackie et ma tante Dottie attablées à côté de moi.

— Il est temps, aurait dit Jackie.

Et Dottie aurait hoché la tête.

Je souris alors que ces visions imaginaires se dissipaient dans l'éclat des souvenirs heureux.

Oui, il était largement temps.

Je rassemblai mes affaires et me mis en route pour la bibliothèque.

Composition
NORD COMPO

Achevé d'imprimer à Barcelone
par CPI Black Print
le 11 octobre 2021

Dépôt légal : novembre 2021
EAN 9782290358429
L21EDDN001182N001

ÉDITIONS J'AI LU
87, quai Panhard-et-Levassor, 75013 Paris

Diffusion France et étranger : Flammarion